U0504552

长生记

宋远升　著

上海三联书店

目　录

第一章

有灵性的人

一

　　我家庭出身极端贫困，却长着一颗并不贫困的心。如果说高贵那是抬举我，但是，至少在灵魂方面还是处于高位之上的。虽然我一生经历了那么多的狂风暴雨，但是，不知是幸还是不幸，我的灵魂一直都是在风雨中直立着的，既没有被吹倒，也没有坍塌。当然，这种出身与灵魂不平衡的现象，确实能够让我在特定贫困人群中脱颖而出，但是，在另外一个高阶层的人群中，却让我格格不入。这使我在两个人群中漂泊，在两个人群中都成为异乡人，在两个人群中都成为陌生人。

　　在我所经历的那些贫困的岁月里，遇到了无数庸庸碌碌的人，但是，却不能否认他（她）们是自得其乐的人。我认为只有他（她）们才是社会的火把。即使他（她）们都是在盲目地燃烧，但是，如果没有这些盲目燃烧的火，整个世界将变成一片死寂。对于其中的那些成年男人而言，即使他们经常在大声地开着低俗的玩笑，说话时喷着口水。对于那些成年女性而言，即使是很多婚前羞涩而单纯的女子，在结婚以后，也全然没有了作为姑娘时的矜持，各种荤素段子或者不荤不素的八卦经常都是脱口而出。然而，如果没有他（她）们，这个世界上将少了很多乐趣。

在我们那个以潘姓作为主体大姓的村庄，即使我的父母没有文化，却给我起了一个看起来没有文化，但实际上很有文化的名字——潘长生。注意，这是我一切因果的重要之因。我以后的生活主线都是围绕着这个名字展开。这是一条隐形的主线，却几乎贯穿着我的一生。

即使在我最无力的幼年或者少年之时，我的这个名字都吸引过一些通灵之人的注意。我是祖父的唯一的孙子，我父亲是老大，在宗族之中我属于长子长孙。一次不知为何祖父突发奇想，决定找人给我算一卦，看看生辰八字如何，将来发展道路怎样。

在一个集市的下午阳光下，一个长眉长发的中年女子正在算命，在她的右眼之上，长着一个醒目的赤红如丹的瘊子。据懂行的人说，一般人长在眼下面叫做泪瘊，这位算命人的瘊子长在那个地方叫做天眼。因此，这也是她算卦准的原因，因为她开了天眼了。这个算命人在我们附近几十里地都很出名，阴阳风水、相面摸骨无一不精。听说她来自隔壁的一个县，但是，这个县属于邻省了。这位算命人一般是不出摊的，在家里算命也是做到下午四点就停止，无论多少人排队等候都不会再算。她只是偶尔到我们这里的这个集市算命，据她自己说是要碰到一个有缘人。

算命女子面前摆着一块不知是哪个年代的已经看不出原来颜色的布，上面画着八卦图阵，八卦图上放着罗盘，以及一个锈迹斑斑的铜罐，里面放着几个不知哪朝哪代的铜钱。此外，在画八卦图的布上的一角，写了一行弯曲的白字：八字算卦、手相面相、风水命理、阳宅布局、合婚择吉、运势化解。

我和祖父最初是在那里围观，直到众人逐渐散去，在最后还剩下一人之时，祖父唯恐算命女子收摊，就提前插话，却被算命女子阻止，她说：不要急，不要急，急急忙忙也会迟。有缘千里来相会，有灵隔代有出息。

好不容易轮到我们了。这位女算命人可能口若悬河讲了大半天，声音有些嘶哑，声音让人听着感觉是从年代久远之处传来，现在我只能记得当时的部分细节。大致说我前世本不是一般人物，乃是一个有灵性之人，今世托生到我家，属于让祖父一家光宗耀祖的征兆。即使这次算命并不能改变我的命运。但是，对于我祖父那一代人而言，这位算命人好像就是一个为我说好话的托。祖父自此以后，对我尤其关心，这在那个物质普遍匮乏的年代非常关键，因为祖父家的那点东西，实在不足以支撑更多的人。幸亏有这次算命，当然，也不排除我是长子长孙的关系，否则，我就会吃更多的苦头。我的姐姐及堂妹却不在他主要的关心范围之内，我估计大概也与这次算命有着一定的关系。

二

在嘴里我说不是为了任何人而活，其实，我在内心还是有很大部分是为了我的儿子而活。儿子灵宝简直太像我了，只是一个远比我幼儿及少年时代更幸福的翻版的我。他在延续我的生命，我没有活过的日子就让他替我再活一次。在某种程度上，保护他就是保护我自己，这是人对后代的本能，而我的这种本能尤为明显。

我很少被谁改变过。如果有的话，那就是灵宝。但是，如果仔细想想，他就是我的另外一个年幼的变体，我只是被一个更为年幼的自己所改变，总体还是我改变了自己。

我费尽九牛二虎之力才将自己从一片遥远山地的村庄带到了城市之中。我们家族这条千百年流经那片山地的基因之河，从灵宝开始才转而流向城市。因为灵宝没有经历过那种烈日的炙烤，没有经历过那种暴雨的冲刷，没有经历过那种痛彻骨髓的伤害。在他眼里，山地都是一片可以种植各种好玩的花草树木的地方，山坡都是可以放牧如同白云一样洁白羊群的地方。当然，因为灵宝没有在那片山地农村生活过，在他的心里，就不会像我一样，日夜流淌着老家那条大河水的哗哗水声，也听不到一到夏天就有的那种温热气息中植物生长及拔节的声音，也没有机会躺在山地的细草丛中听虫鸣的声音。这些幸福，灵宝都没有享受过。我可能剥夺了他的一些东西，连同他一起我将一家连根拔起种植到一个巨大而荒凉的城市。不过这也是一种代价。任何东西都有代价，我们必须为自己获得的一切买单，即使我们不知道买单的时间。但是，关键是看这种买单是否值得。

要知道，我是一名兼职作家，作家是靠着作品说话的，作品是作家的最大的代言人，作品也是我的生命。作家是和自己的文字命运相通的。作品死了，作家也就死了。灵宝是我一生中最重要的作品，在我的心目之中，他要超过我所有作品的价值。

灵宝是一个很有灵性的孩子。其实，每一个父母都可能会过度夸大自己孩子的能力。然而，即使排除了父爱的天性，我还是认为，我的这个血缘传承中最好的作品是有灵性的。

你的心就是你的道路，你的心浑浊了，你的前方也就模糊了。

你的心死了，路也就断了。我的儿子就是我的心，是我的道路之一，保护他是我的本能，因为他是我不死愿望延续的希望。作为作家，我的作品也是。然而，它们的地位却不如灵宝的地位重要。

这就是我为他起名灵宝的原因。这是一块有灵气的宝石，这也是我在人间唯一种下种子后长出来的树苗，我必须竭尽一切保护他。我是他的父亲，不能像我的父亲一样，只是负责在山地上洒下种子，就扬长而去。无论骤雨疾风，无论是干旱或者透骨的寒冷都交由天意来处分。在我和灵宝之间，也不像我和父亲一样那么空洞无物，咫尺等于千里。至少灵宝在六岁之前和我之间都没有任何空隙，即使是在夜晚中也是如此，夜晚之时我们之间也是有温情的夜色予以填满。

在万事万物中存在着一个固定的趋势，如同天空中的重物落下一样，这是一般无法改变的自由落体规律。当然，这只是普通的人所看到的。然而，众人也应知道有灵异之人及灵异的事物。否则，为何在绝大多数庸庸碌碌的人中，偶尔会有才华不世出的杰出人物出现。为何在平庸如蝼蚁的人中，会有绝世英雄出世来拯救黎民苍生于水火之中。可能长生不老也是如此，我们所见过的或者知道的都必定死了。但是，却也可能存在长生之人，只是我们没有见到而已。其实，万事万物都是有灵的，只是我们忙于自己的其他欲望，从而忽视了这些灵的存在，从而把万事万物看作是平庸的、循规蹈矩的东西。

即使是我，也亲自经历过及见过一些不寻常之事。就在我所居住的村庄，在百年前本来是姓庄的人占据绝对优势，我的祖上只是兄弟两人从外地迁居于此。但是，过了百年之后，最初超过一百多户的庄姓人家，全部绝户，死的一个不剩。而我祖上兄弟两个人，至今却繁衍出上千人口，这本身也是违背正常发展趋势的现象。这是因为，在以前没有计划生育的上百年时间，大家都是平等地进行生殖竞赛，为何庄姓最初那么多人口，最终却没有一个男丁能够继续繁育后代？为何我的祖上只有两个男丁就繁育了那么多的后代？到底谁在暗中控制着这一切？

在我小时，曾亲眼看见过一个白鹅似的东西从西院的邻居家落入我祖母家的院子里，我连忙跑过去寻找，就是在几十秒的时间中却踪迹不见。在我十岁左右的一个冬夜，当我穿越村庄东边的那条河流去给我父亲抓药之时，在石桥下清楚地听见木槌清脆的捣衣声，但是，等我胆战心惊地借着比雪光还白的月光向桥下观看时，却什么也没有看到。

三

在灵宝很小时就体现出了与众不同的灵气。那时他最多有五岁，在一个夜晚要入睡时，他就忽然留下了悲伤的眼泪。是的，他是一个天真至极的孩子，和任何有爱之父母眼中的这个年龄阶段的孩子没什么两样。但是，他不同于其他孩子的地方在于，他这么小就知道了生死的感觉，并且为之而哭泣。他呜咽地告诉他的妈妈："人为什么要死呢？能不能长生不老？"他的声音虽然不大，但是，在我的耳朵里却如雷鸣，即使我在另外一个房间里关上门写作也是如此。我也走过去陪着一起安慰他说："儿子，你的名字叫灵宝，你是通灵之人，一定会长生的。你看我们家的男人都是如此。我的太祖父活了一百多岁，我的祖父也活了一百多岁，他们那个时候都挨饿受冻，都能活到一百多岁，你吃了这么多好东西，吃了那么多年妈妈的奶，一定可以长生不老的。"

灵宝并没有见过我的太祖父，也没有见过我的祖父。我祖父还在人间之时住在遥远的老家。在我的祖父健在之时，灵宝还稚嫩无比，很难承受一点外力的风险。那个时候老家条件很差，开车回去需要十几个小时，特别不方便，我就没有让他回去。即使他也对我提过多次，对着一个叫"老家"的地方无比好奇。我不知道在他的脑海里，老家是一个怎样的所在。但是，我不能让我的儿子冒任何一点风险，即使我自己经历了无数次风险。

在我的祖父去世之时，老家负责祭祀的一位长辈也和我商议，让灵宝回老家给他的太祖父打旗子。这种旗子是老家丧葬必备的葬礼用品，由去世者的长子长孙来负责用手举着，走在整个送葬队伍前引路，一直把逝者送到预先建造好的墓地里。但是，这也被我拒绝了。我本身就是祖父的唯一长孙，如果我能够做到的，就不会让我的儿子在那么寒冷的冬天，长途赶回家中。灵宝是一个有灵气的孩子，他一定知道我的心意，他对太祖父的心意由我来传达。

四

我在大约七岁之时，就对生死有了初步的感觉。然而，在我的同龄人之中，我也打听过，这是属于比较异类之儿童，其他同村的儿童一般只是到了十岁左右才对生死有了感觉。那年是在老家山村背后的山坡，模糊的记忆中呈现出的是一副初春的画卷。但是，春天的味道也逐渐浓了起来。如果走在向阳的山坡之上，能够清楚地感觉春天就在对面喘着气息，对所有经过之人或者深陷于其中之人眉目传情。即使树木的叶子还只是黄绿，叶片尚小，然而，也会让人感受到一种不可阻挡的力量正从其中慢慢渗透出来。尽管草只是从以往的老去的枯黄草下冒出一簇簇的青色芽苗，并且只是零散地生长于黄草之中。

几棵更为长细的黄草支楞在几座坟墓的顶部,明确地宣告墓地里的死亡者不会归来。然而,即使是一个智力一般之人,或者是不会表达之人,都会知道死者不会复活,但是,却也能感受到这些草的重新复活是不可避免的了。

在这片山坡之上,不仅有春天的生之气息,不仅有山蝎和草虫在萌生,不仅有草木在准备或正在繁衍,而且也有生命消亡。不仅活着的人喜欢这片向阳之地,死者也喜欢这种向阳的山坡。因此,在这座山的东坡总会有几家坟墓群落,都是一个家族一个家族地集体居住。如果是新坟墓,则会有尚未完全被雨水或者风打扫过的黑乎乎的纸钱烧过的痕迹。如果是老坟,早春时则有迎春花在其上迎着阳光绽放,从而使生死对比更为鲜明。一面是黄色的开的鲜艳的迎春花,一面是沉入无边死寂的坟墓。

我现在对坟墓不再害怕。我知道,当年我对之恐惧的坟墓,以及在坟墓之下的亡魂,不过是别人永远难以找到的亲人而已。然而,我在记忆之初见到那片向阳山坡的坟墓之时,就被一种莫名的情绪控制住了。这不是完全恐惧,却有点恐惧。不是完全恍惚,却有点恍惚。不是完全寂寞,却有点寂寞。我当时想,如果我以后死去,也可能要被埋在这种冰冷的坟墓之中,春天再温暖也难以到达,阳光再闪耀也难以照透里面的黑暗。也可能坟墓外边有像我当年年龄一样的孩子在欢呼雀跃,我却难以起身呼应,也难以和他们玩耍,那么,这该有多么寂寞啊。

我猜一棵枯死的树,当面对周围生机蓬勃、阳光招展的众多树木之时,也会有这种无边的孤独。这是一棵树的孤独,任何其他的树都不能替代。但是,总体而言这是公平的,这种孤独任何人、任何动物或者树、草都会最终面对。

然而，我那时才刚七岁，有这种想法可能有些过早。后来我想其中的原因，大概是我幼年时经常在家庭风浪中漂流，更能敏感地感受到心中琴弦被外界弹响的变化。因此，那么早就有了生死观念也是可以理解的。但是，灵宝却并不是如此。他几乎得到了父母所有的宠爱。不像是他的祖父对我一样，没有关爱，只有冷漠、自私及刻薄。然而，灵宝为何也在这么早就有了生死观念呢？这是遗传吗？还是其他因素造成的，我百思不得其解。

五

我是一个作家，即使这并不是我的主业。然而，当我卑微的生命在各种技巧百出的人中艰难地挣扎之时，作为一名作家，至少可以通过文字的气孔获得一点呼吸。我这时正好因为一本书需要在一家著名的出版社出版。即使我当时不知道详细内情，也知道文学书在这家出版社出版无疑是难上加难之事。当我通过一个非常间接的关系联系到了这家出版社编辑室的主任后，更验证了我先前的预判。

在我发短信给这位编辑室主任时，只知道她是一名编辑，具体年龄多大、长得什么模样、性情如何都不知道，当时也不知道她已经接近退休。编辑室主任在短信中简单地回我：正在开会，会后联系。在她开会后，当我给她打电话时，能够在电话里面明显听出是一个年龄不小且有些威严的声音。

编辑室主任还是比较热心，她在简单地问了我出书的经过之后，明确地表示说："现在全国知名的作家都在我们出版社等着排书号。如果插队可以，得先交合作费用，也就是出版费。"

我说："可以,如果能让我在你们这么出名的出版社出书,交出版费也没有太大的问题。"因为此时我正急切地想从当时工作的报社跳槽到另外一家报社,这本书的出版可能是我和另外一家报社谈判的一个筹码,这会给我增加一点信心。此外,我自己认为,至少这也给我当时工作的报社领导看看,我也不是无能之辈,能够在这么一家全国闻名的出版社出书。让我走人不是我的损失,而是他们的损失。当然,后来证明我这种想法还是很幼稚的,无论谁走,即使是文曲星或者是诺贝尔文学奖获得者离职,他们都没有损失,只要他们自己不离职就行。我只是一厢情愿罢了。

编辑室主任说:"即使是你愿意交出版经费,我们也需要审查,并不是交钱就可以在我们这里出书的。当然,你最好不要走合作交钱出版的路子,不交钱出书岂不是更好?"从后面这句话中,我可以听出她还是老一辈的那个传统,既讲原则,又有一定的情怀。

她接着又说:"我可能没有时间编辑你这本书了,我马上就要退休了。你可以先发给我,我再转给其他编辑。但是,我想知道你这本书是什么体裁的。"

我说:"这是一本有关农村体裁的小说,主要的内容是回忆改革开放刚开始的那一段时间的艰难而美好的历程。"

她说:"对于这种书,你应当抓住几点:第一,应当体现出艰辛;第二,应当体现出希望和美好;第三,你应当在每一章中至少有五句让读者记忆深刻的话。同时,你这本书是针对有农村背景读者的,因此,应当符合他们的口味,这你懂吗?"

我连连点头,通过我的虔诚及热烈的话语,对方这位马上要退休的编辑室主任应能感受到我的诚意。我说:"虽然您没有看我的书,但是,就如同看了我的书一样。您不信先看看,我基本上都符合您的要求。虽然我没有亲眼看到您,也能感受到您的亲切,也很负责。在目前的编辑中,有您这么认真的很少了。"

编辑室主任那边忽然也对我产生了一些好感,这种好感或者默契只有两人之间才会感受到。特别是我在简单介绍自己从一个贫寒家庭孩子,通过努力到一家省城著名报社任职的经历后更是如此。她也给我谈了一些她们编辑室的情况,感慨目前年轻人绝对不是她们那老一辈人了,无论在能力还是在思想方面,都已经断层了。当然,从她的这些想法中,我也能感受到一些共鸣。因为我感觉到,即使目前教育水平有了大幅度的提高,特别是在大城市高学历也屡见不鲜。但是,有学历并不代表有文化,文化素养却普遍降低。这种共同的价值观让我和这位编辑室主任越谈越有兴趣。我知道她开会后一直没有吃午饭,估计她可能忘记了我们已经聊了一个多小时。这是一个热心的人,当然,也是一个健谈的人,我能够感受到她北方人的那种直言快语的性格。

编辑室主任忽然问起了我的家庭情况,她说:"你的孩子多大了?"

我说:"马上快六岁了。"

我忽然对这位刚认识还没见面的陌生人没有了距离感,就把灵宝最近经常说到的生死之事告诉了她。她说:"我懂一些相面算命之术。从你的讲述中,我知道你出身贫苦,能发展到现在的程度也算是一个奇迹。我感觉你的前世绝对不是贫苦农民,你可能出身于一个书香门第。在你转世后,你的前世的灵气没有丢掉,而是带到了现在的这个世上。你的儿子也是一个有灵的人。否则,为什么你们都是在这么小的时候感悟到了生死,都是在其他孩子甚至不谙世事时,就对生死之事忧心忡忡呢?"

第二章

命中的缘分

一

随着我的年岁逐渐变老,我更认为自己是一条时间豢养的狗。我陪伴时间一辈子了,时间让我守门我就守门,时间让我咬谁我就咬谁。为了讨好时间,为了与时间更好地共存,我做了很多不该做的事情,也做了很多超出我本来正常生存所需要的事情。等到我老了,却发现并没有因而受到时间的优待。在服从时间的漫长历程中,我脖子上的链子都已变得锈蚀,但是,越是奔向衰老,我越是感觉到被那条链子拴得更紧。我的手脚被时间困住而笨拙,我的眼睛逐渐被时间蒙住而浑浊。以前我在时间里还有不少的空间,但是,越是衰老,我发现自己越容易被关入时间的狭窄的监狱里。这一切也许是我对时间起了背叛之心,从而寻求长生之道的原因。谁还能一辈子都甘愿受到欺压。如果我一辈子对时间逆来顺受,却没有获得一点安慰,那么,只有背叛才有其他的可能。反正都是一个死，即使背叛时间成功的可能性极小，这毕竟存在着万一的可能。老年是所有人的监狱，没有人能越狱成功。人是时间的囚徒，但是，我不想终生都是时间的囚徒。

　　时间总是在做无用功。它创造了万物，又以消灭万物为目的。后来我逐渐明白了，无论我是奔跑得速度有多快的马，最终还是会在到达终点的地方留下一具骨架，这毫无例外。无论一匹马跑的再快，也跑不过时间，时间是最终的杀马者。从这一点而言，跑的快和跑的慢倒是没有什么本质差别。马的速度也在本质意义上不比牛的速度快。这也是我希望通过人的思考追寻长生，从而避免被时间彻底消灭的原因。我只是不想坐以待毙而已。

　　以前我经常见诗人在写作诗歌时将时间比喻成白马，古人就经常这么写过。现在一些歌词的创作者也不比以前更有学问，也把时间比作成白马。但是，我现在却逐渐感觉时间是以杀马为生，我就是一匹马。在我年轻之时，我内心中有匹马在奔腾，让我终日急急匆匆。我不像是一头牛，牛总是慢吞吞的，好像一个哲学家，或者好像是一位相信慢工出细活的老学究。我这匹马年轻力壮之时生活在山区中，但是，它不甘心像那片山地的其他马一样，整日爬坡拉磨，最终被时间毫无声息地干掉。这匹马就决定冒更大的风险，到城市中获取更大一点的希望，或者寻找更多一点的可能。即使城里人心机多端，即使城市里车如潮涌，这匹马也要试试，否则，死时也不会闭上马目。当然，让一般马不理解之处在于，这匹马已经逐渐呈现出衰老之相，这匹马的皮毛在年轻时也不华美，在有了衰老迹象后，皮毛更是打着有些肮脏的细绺，眼里也不似少年之时可以看见黄草中最为细小的青草，心中再也不相信情马眼中出美马。然而，它却异想天开地想寻找长生之道，不想在时间把它变成骷髅前就静卧在那里等死。

在以前，我只是关心谋生之事，关心哪些事情能够让我在目前位置上合法地赚钱，这是我的人生第一要务。但是，自从我接受了灵宝委托我寻找长生之道的使命之后，我决定改变目前活着的方式。即使那时灵宝还不会准确地表达，但是，我是他的父亲，知子莫如父，我知道他的心思。他的心思也是我的心思。我们只是不同年龄版本的同一个人而已。他还小，还不知道正式表明让我寻求长生之道，但是，我知道他内心中一定希望自己心目中最强大、最安全的父亲为他做这个事情。至此，寻找长生之道就成为我的使命。在以后足够长时期内，这都会超越我对谋生或者金钱的渴求。

因此，像是我在谋生中努力抓住一切可能抓住的机会一样，我在寻求长生之路上，更会抓住一切的机会。我是一个有知识的人，尽管看起来与大家有些不同，看起来比大家更不清醒。但是，清醒并不是只看表面的，而是需要反复叩问内心。

我可以求助于神灵获得长生之道，不论是求助于佛教，还是道教中的得道者。我还可以求助于医学界、长生学界的高人。我可以求助于有智慧且隐藏于灵界的列祖列宗的启示，从而获得长生之道。我可以在一座庙宇中去寻找长生之道。我可以在一块石头或者一根草木中寻找长生之道。

有人将谋求滔天权势作为使命，有人将追求富可敌国作为使命，有人将娶得绝色美女作为使命，有人将立下不世功业作为使命。当然，更多的人没有任何使命，或者只是为了配合完成其他人的使命。我的使命没有前几者那么奢华、高大，也没有后者那么无聊而空空地燃烧。我的使命只是想获得长生的体验。即使我不能长生,但是,就是为后人积累长生经验也好。我相信绝大多数人认为这没有什么价值。然而,使命也是一种宿命。如果我不能在这个使命道路上迈上一步,那么,将会一生都感觉不自在。我宁愿让这种使命感压迫我。

当然,虽然我这种想法理想得让人发笑,但是,在本质上我还有理智的一面,否则,我也不可能从底层贫寒出身,仅凭一人的努力,就将自己拔擢到省城中去,从事报社记者这看起来与我的祖辈从事的工作八竿子打不着的行业。要知道,在我老家那个村里,在我知道的有血缘的族人中,已经上百年没有出现过一个正式的大学生,何况能在省城里面做个记者。即使我这个记者也在内部倾轧中饱受折磨,但是,至少我保留了在老家乡邻中的体面。当然,可能正是由于职业的缘故,我喜欢从各个角度寻求解决问题的方法,因此,这决定了很多领域都可以为我寻求长生之道提供帮助。

二

很多事情都是缘分,很多事情都是命。随着我相信缘分,相信命,缘分和命都在不断地证明我的相信是有道理的。

如果换个时间,有人给我发个信息说某个先生在某个较远的地方讲什么阴阳八卦、道家之道,即使我有心情,也没有时间。或者我有时间,也没有心情。或者心情和时间都有,却没有一个人在这么恰当的一天为我讲述这些玄而又玄的事情。如果那次讲道的德善先生不说一个仍然健在的活佛已经二百四十九岁,我也不会后来一直对长生抱有那么高的希望和热情。

何况那年正是疫情期间,虽然并不是疫情最为严重时期,已经从疫情的最高峰到了缓慢恢复的阶段。很长一段时间只是偶尔听说过几起瘟疫疾病的传染，却还是在惊弓之鸟的众人的内心中，迅速激起了不小的波澜。对于这种疫情，我自己的理解是，这与森林的天火自燃或者接受雷电洗礼后燃烧没有任何区别，都是剪除腐烂或者老朽者而已。这是一种自然规律，不是人力所能抵抗。死亡也是如此，其被设置的目的也是剪除人中的衰老及弱者，从而使整个人群更有活力。自然规律中最大的规律是消减规律及驱赶规律，从而修剪冗枝，保证有生命力的个体获得更为充裕的空间。

巨大疫情是一种自然界的警告。但是，这也可能是地球符合自然规律的自我消除恢复机制。如果没有强有力的控制措施及现代医疗科技，放在中世纪或者传统社会时期，这次疫情绝对是一次不次于黑死病的瘟疫。

此类疫病是冥冥中设置的消除密码，只有如此，才能通过消灭机制实现优胜劣汰。可以说，实现数量平衡是一种自然规律的要求。人类逆天行事，才导致现在的这个规模。动物界没有科技治疗能力，只有通过此类疾病，才能保持一定的数量平衡。因此，只要人类或者动物存在，如此烈度的大规模疾病消除机制将永远存在，不可避免。

然而，一想到此处，我就对自己一直苦苦追求的长生之道怀有疑虑。长生其实是根本违背自然规律的，是一种逆天行事的行为。可是，如果这种巨大疫情都可以最终被消灭的话，那么，这种生死自然规律或许存在万一被改变的可能。这万一或者亿万分之一的可能，就是我替灵宝保存的希望。我不能让他哭泣，也不能让自己内心的种子哭泣。

三

当然,除了考虑到这次严重瘟疫疫情的因素,按照正常的情况,我都不愿意来这个相对偏僻的郊县。其中的原因是路程确实有些远了。这个地方虽然是一个大城市管辖的县,然而,当我开车到达时,却发现这里还不能达到一个比较发达县城的规模。即使是县城所在地的楼房也不高大,还有一些散乱的古老的民居,时隐时现地在城区闪现。但是,由于这是一个巨大城市的郊区县,也显示出旺盛却粗鲁的生机。在沿街的铺面中,可以看见形形色色的店铺,有针对活人的,这主要是一些吃穿的店铺。想吃湘菜的有湘菜馆,想吃川菜的有川菜馆,还有更精明的老板改成了川湘菜馆、沪苏菜馆等等。也有针对死人的香烛铺,在不太显眼的街道之处也有棺材铺。在远处有些破败公园的隔壁,有一片上百年的民居被集体推倒,一位以前的名人没有想到自己死后还要搬家,被连同其他居民一起搬迁到更偏僻的地方。无论他生前多么出名,口才多么好,现在却不能发出反对的声音。

在那座公园西墙外有一座有些历史的石桥,桥上的过水痕迹证明夏天这里的河水还是有相当巨大的力量,能看到河水将一些杂草托举到桥墩的上侧,然后干掉后留下斑驳痕迹。一个巨大的塔吊从工地那边伸过来,倒影将整个河流上的水面填满。但是,我从中看不出有什么灵动的气息。即使这座塔吊再宏伟,也不能永远指向一个方向。这不如我老家村西的那棵巨大的刺槐树,一枝树杈总是指向回村的方向,一枝树杈指向远方。那真是一棵巨大的刺槐树,在我初中回家的路上,这是一棵天然的坐标,仅次于家里的炊烟能给我提供方向。那棵古老的树上有个巨大的树洞,我们那里没有熊，不能为熊做巢穴，但是，却可以为鸟提供食宿。那棵树不仅可以住一窝鸟，而且能住几窝，就这一点，我就认为这个塔吊不如那棵老槐树有生机。

这里曾经是一个被现代化脚步遗忘的地方，然而，却不是永远遗忘，这些脚步早晚都会卷土重来，还是喘着巨大的粗气，迈着沉重的步子重新回来了。这些声音或者脚步压过了那些晨起锻炼身体的老人。每次我看到这些人，就想起老家那些躺在墙根被磨短了的铁锹等农具。不过那些农具已经放弃了挣扎，即使是最大的风雨来袭之时，也只是光着身子站立在雨中。城里的这些老人却不是这样，明知再怎么锻炼，也不能锻炼成以前的高度及纯度，却很少有人愿意放弃，或许这就是人和铁锹的区别。但是，即使铁锹上剩的铁再短，再少，如果有需要，还可以被铁匠回炉，再加入一些新的铁，从而制作成一把新的铁锹，人行吗？这是人和铁锹的第二个区别。

德善先生讲道的地方位于一座新近建造的大楼，几乎是刚刚装修好他就搬进去了。偏僻的县城加上偏僻的楼房位置，也是来这个道场听讲的人少的原因。来听讲道的除了我以外，只有一位身材高大的退休军医。我推开门进去的时候，德善先生正在有些焦急地等着听讲的顾客。如同一家饭店开门的第一天，在晚上别家饭店的食客云集之时，自己家的饭店却门可罗雀。因此，即使德善先生是讲师，是为我们讲解《黄帝内经》的人，现在形势发生了逆转，我们听讲者却成为了整个形势的操纵者。如果我们都不来，那么，他就等于被谁打了一巴掌，却不知是谁打的。

德善先生长着一张不像是讲道者的脸，红润而多肉。即使年龄不是太大，几根长的白鼻毛不合时宜地从他鼻孔里探出头来窥望。他尽量穿着与自己讲道的主题相符的衣服，这可能是与他想象中的讲道者的形象相符。他穿着那种灰蓝色的短的袍子，以及黑色的布鞋，可能在我以前看过的电影或者电视剧中，这套行头都是讲道者的标配。

德善先生拿出两本《黄帝内经》给我和老军医，一本是竖排的字体，一本是简单横排的字体。在给我们读经之前，他告诉我说，拿给我的这本横排字体的《黄帝内经》，是他以前教一个国学班的小朋友的课本，今天就暂时借给我用。

德善先生说："我们那么长时间都没有一起读书了，现在人不多，一起读一下，烘托一下气氛。"

他领着先读起来，尽管有的字发音不标准，有的句子被读破，然而，这也丝毫不影响他的兴致。于是在这间下午的单居室里，就传来半小时以前还完全是陌生人的三个人不协调的读书声：

"岐伯曰：女子七岁，肾气盛，齿更发长。

二七，而天癸至，任脉通，太冲脉盛，月事以时下，故有子。

三七，肾气平均，故真牙生而长极。

四七，筋骨坚，发长极，身体盛壮。

五七，阳明脉衰，面始焦，发始堕。

六七，三阳脉衰于上，面皆焦，发始白。

七七，任脉虚，太冲脉衰少，天癸竭，地道不通，故形坏而无子也。

丈夫八岁，肾气实，发长齿更。

二八，肾气盛，天癸至，精气溢泻，阴阳和，故能有子。

三八，肾气平均，筋骨劲强，故真牙生而长极。

四八，筋骨隆盛，肌肉满壮。

五八,肾气衰,发堕齿槁。

六八,阳气衰竭于上,面焦,发鬓斑白。

七八,肝气衰,筋不能动,天癸竭,精少,肾脏衰,形体皆极。

八八,则齿发去。"

尽管窗户玻璃中没有空隙,秋末的下午阳光仍然执着地从西边窗户中钻了进来,这让室内一些闪光的东西更加闪光。特别是德善先生半秃的光头,在阳光的照射之下渗出细微的汗珠,更是让他头上半秃的地方也感觉发光起来。即使已经快到初冬,在光照这么好的时候,这种室内温度显然也是适合睡觉。德善先生也不在状态。退休军医问他为什么在上述《黄帝内经》中的这几句话中,对于女子,是以"七"为一个计量单位,而对于男子或者"丈夫"为何是以"八"为计量单位?我模糊地听到他努力解释了半天,后来竟然说出了八八六十八。但是,我不能发笑,困倦让笑意也变得麻木起来,何况在这种初次见面场合,更没有理由笑出声来。其实,为何古时女子用七做计量单位,为此我专门查了资料。资料中说,七在古时代表秀外慧中、纤巧等等。这更让我对德善先生的道家解读水平心存疑虑,这也是我以后很少去他的道场的原因。

我昏昏欲睡,努力让自己身体活动起来,却不能幅度太大。我对德善先生的讲座不大感冒,我感兴趣的是长生或者长寿。因此,我总是在适当的空隙插入几句,既可以让睡眠的虫子被刺一下,让它清醒起来,也可以让我这次前来不虚此行。要知道,在这么大的一个城市,多年的谋生本能告诉我,不应做任何没有价值的事情。

这次讲道的内容是《黄帝内经》中的第一篇《上古天真论》,然而,由于瘟疫疫情的原因人来的非常少。当然这种原因是我为德善先生专门找的,否则,他专门准备的一场讲道只有三个人,还包括他自己，这本身就是被砸了场子，然而，却不知砸场子的人是谁。

其实，我在这次听德善先生讲道之前，在我工作的报社里面，同样面对着不知谁是凶手的问题。当然，这一切并不关键，关键的是被害人是我。

<h2 style="text-align:center">四</h2>

当我在那家报社工作期间，能够获得奖项的采访稿子几乎有一半是我拿出来的。并且除了完成本职工作任务外，我还经常舞文弄墨，不仅做记者为他人做嫁衣裳，而且自己也经常发表一些文章，隔个几年也会出版一本小说。然而，如果在体制内单位工作过的人就会懂，大家都在安分守己、循规蹈矩地上下班消磨时间，你却到处出风头，在一潭死水的单位之中，这本身就是一种挑战整体的行为。

我所在的报社中有条考核制度，这条考核制度也是我们单位《十七条规章》之一。其主要内容就是要求每人必须一年根据安排去采访几个人，然后写成稿件在本报社特定栏目发表。否则，年终考核就不及格，或者美其名曰基本合格，而其他人全部是合格或者优秀，因此，基本合格也就是不合格的意思。然而，由于僧多粥少，能够被安排去采访的人主要就是那么几个元老或者在领导面前混的熟的。结果，我并没有被安排那么多的采访任务，然而，在考核时却说我没有完成任务。如同一个工厂招收工人，不安排干活或者安排干的活本来就不足，却说这些工人没有完成任务，从而予以降级及罚款一样既蠢又坏。

在上述问题中，由于报社的考核制度是一位已经成为大领导的人制定的，即使他已经离开我工作那家报社很多年，但是，这项制度就如同前朝皇帝传下来的遗旨一样，还有不可挑战的权威性。何况现任的领导或者中层并没有必要去挑战它。谁会掌握着这么一把尚方宝剑而主动放弃自废武功呢？人事部门在必要之时也可以用它镇压不听话的员工，显示一下自己的权力优越，谁愿意主动剥夺自己的权力呢？

因此，负责考核的人事部门时不时就把这把尚方宝剑拿出来挥舞一下。如果某位员工没有完成考核任务，就对其按照规定的所谓规章制度去处罚。当然，这种任务是本来就完不成的，因为没有报社安排，任何人也不能私自去采访。但是，如果该员工是领导的红人或者领导发话放过的，就可以放过一马。如果本来是与领导走的不近，或者是不看领导眼色行事的员工，这把尚方宝剑马上就会寒光闪闪，发挥出威力。

我就是这种变态规定的受害者。在这项规定中，报社的主要领导看不出来有什么责任。负责考核的中层领导也看上去没有问题，他们是规章制度的严格执行者，他们用这项规章制度严格考核报社员工，这恰恰是他们表现良好的加分项，上头领导当然不会怪他们，高兴还来不及呢。

对此，实际的受害者只有两条路，第一条就是屈服或真心臣服。第二条就是反抗。如果服从，那么，压制并不一定能够消减，但是，至少能够证明你在服软，能够让这个单位的主体和你形成一种平衡。如果采取抵抗的手段，无论是以语言还是行动的方式，那么，这几乎等于是向整个单位挑战。因为在一个单位中，这是一种向领导挑战的行为，领导就是单位。凡是在单位生存过的人都知道，这就是挑战单位内的生态平衡。一个人只要想继续干下去，就不能挑战领导以及领导制定的规章制度，无论有多么不合理。

因此，如果反抗，这就等于自己驱逐自己。任何一个在体制内工作过的人都知道，这是犯了大忌，等于你把自己当作靶子主动亮出来，让整个单位的火力或者眼光集中到自己身上。因此，在体制内，一些处于弱势的人都有配合被压制的任务，否则，就是大逆不道，从此可能会被整个单位边缘化。

五

由于德善先生的讲解催眠作用实在强大，我不得不找个话题打断他一下，要不我坐着就能睡着。我问德善先生："现在医疗科学技术更发达了，为什么现在人的疾病层出不穷？这些疾病好像并没有得到根治啊？"

由于正在讲解《黄帝内经》兴头之上，德善先生很不情愿地停下来说："这个和平常的饮食有关系。以前人们都是以吃蔬菜为主，现在主要是以吃肉为主。蔬菜属于阴性，肉属于阳性。之所以现在出现了一些以前很少有的疾病，并且不好治疗，这主要是阴阳失调的原因。"

我又问：那怎么才能实现长寿呢？你知道寿命最长的人有多大岁数？

德善先生显然不想让今天的话题跑的太远，他说："还是回到《黄帝内经》上来，岐伯对黄帝说：上古之人，其知道者，法于阴阳，和于术数，食饮有节，起居有常，不妄作劳，故能形与神俱，而尽终其天年，度百岁乃去。因此，如果符合岐伯对黄帝所讲的话，像是上古之人一样，活个一百岁也没有问题。"这显然不是让我满意的答案。我说："那我怎么经常听到过有人活到一百五十岁？"

退休军医大概六十多岁的样子，却似乎比我精力还要旺盛。

他声如洪钟地说："如果生活有节制，我估计活个一百二十岁到一百四十岁是没有问题的。"

我问："德善先生，我到这里来听道的主要目的是想知道，你所讲的道到底是什么？对于道家的道让我感觉就是如同进入了森林之中。刚绕过一片树木，又会遇到另外一片树木。或者是刚从一片迷雾中显现出来，但是，马上就会有另外一阵迷雾袭来，重新让我陷入道的迷雾之中。另外，我还想问，人一生到底能够最长活多长时间？你见过最长寿的人到底有多大岁数？"

德善先生对我的第一个问题没有回答，却被第二个问题勾起了兴趣，他摸了一下自己半秃的头，慢悠悠地说："我见过年龄最大的有二百四十九岁。"

我的兴趣突然跃起，如同在平静的湖泊中忽然卷起了巨浪，声音也显然比德善先生高了几度。

我问："这位二百四十九岁的人到底是谁呢？你亲眼见过吗？"

他回答："是一位西藏的活佛，我见过。"

我显然有些半信半疑，接着又问："这位活佛长得什么样子？"

他回答："活佛显然是得道高人的样子，他和你身高差不多，身材不高，也长的比较瘦。活佛戴着一顶藏传佛教的帽子，脸上一点皱纹也没有，长着一副童颜。"

我接着向德善先生核实说："那他的手长的什么样子，是否长了老人斑？是老人手的样子吗？"

他回答说："他的手看上去是老人的手，但是，却并没有长老年斑。"

我问道："你能不能把这位活佛的名字告诉我？我可以通过网上查一下。"

德善先生说："他是几年前我参加一次佛教活动时遇到的,至于活佛的名字,我脑子突然短路想不起来了,我想起后发信息给你。"

旁边的退休军医也笑起来说："你看,这位绝对是做学问的料,如同做生意一样,马上他就能抓住商机。"

我好不容易等到德善先生把那天的题目讲完,至少我感觉这是一个有毅力的人。如果是我,在只有两名听众,且这两名听众都昏昏欲睡的情况下,可能坚持不下来。说实话,那天我已经用尽了所有的努力不让自己睡着,可能我和德善先生都互相没有认识到对方的真正水平。或者我和德善先生应当加强彼此的深入了解,这样的话我们今后交往可能会变得更加容易一些。这是一个认真有趣的人,我愿意和他交往,何况他还有一个在世上活了二百四十九岁活佛的名字没有告诉我。我之所以能从一个贫困山区的底层人走到现在,是因为我不会浪费任何一次机会。或者说,我善于把任何一次不是机会的机会转化为机会。

六

对于我而言,我经历过不知多少次艰难困苦,才换来能够在大城市里和中产阶级喝杯咖啡的机会,因此,即使我出身可能不如那些一起喝咖啡者,但是,我是用后天的力量来喝那杯咖啡,他们却只是用先天的力量来喝那杯咖啡。

如果想要继续灵宝的长生梦想,首先我必须将自己的生存梦想延续下去。否则,长此以往,可能在大城市里生存都成问题,就不要再谈什么长生不老的梦想。

我对德善先生说："无论是你,还是这位军医老大哥,都是非常有智慧的人，我今天来这里，除了听你讲《黄帝内经》外，而且也想请你解除我心里的一些困惑。我现在准备跳槽到另外一家单位去，你和这位军医大哥能否一起给我指点一二。"

这并不是恭维，确实说的是实情。因为我准备换到另外一家报社去。这种事情不能事先大肆声张，更不能对同事讲这种事情。否则，做贼不妙，不如上吊。如果报社领导发现我有炒他鱿鱼的迹象，即使我属于单位中可有可无的人物，然而，如果主动辞职，对他们的面子却是一个打击。在我没有调走之前，他们绝对不会有好果子给我吃。即使我在那家单位吃的果子本来就不好，我敢以自己的名誉保证，后面的果子会更加苦辣。

德善先生明显是没有准备我这种问题，但是，看到我这么执着，同时又可能没有其他的话题可言，也就开始为我支招。他说："尽管我们相处没有多少时间，也就是一下午的时间不到，但是，我能看出你是一个恃才傲物之人。"他最初只是说了"恃才"两个字，后面两个字显然没有及时在脑海中供应得上。我和老军医连忙把"傲物"两个字补充上。

他继续说："因此，你在单位受到排挤是理所应当之事。并不是你发光才导致这种后果，而是你长的白就会反照出他们比你更黑。这等于是小偷被人抓了现行。你不受排挤谁受排挤？"

我补充了一下说："也并不是一直如此。我们单位前两任社长和我私人关系都不错。他们在我们报社领导的位子上时，对我有不少照顾。即使这种照顾不是主动的。但是，在譬如考核这种事情上，如果他们还是报社的头头，为我打个招呼就过去了。要么人事部门干脆不去管这种事情，谁愿意去得罪领导的人。"

退休军医也在一旁插话，显然这也是一个善谈且有一定社会经验的人。在一个军种的后勤医院中，他说自己曾经担任过中层领导。这是一个身材及声音都具有一点威势的人，很符合担任过一个单位中层领导的举止。他说："问题的关键是，你应当去找你以前的老领导，这些人在单位中摸爬滚打了那么多年，一定有经验，有思路。你去找他们的时候，一定要谦虚些，让他们给你指个路子。他们吃的盐也比你吃的米多，走的桥也比你走的路多。"

此时，我尽量配合这两位新朋友。很明显对他们的建议我不能争执，只有洗耳恭听。这是因为，如果稍有争执的话，说不定会扫了他们的谈兴，就不和我谈这个话题，我到哪里去找两个这么有社会经验，又和我没有交集，不会到处乱传的人呢。当然，即使他们乱传，这个城市太大了，大到一块巨大的石头落下去，都不会激起一点浪花。然而，一味地附和他们也不是我的为人特点。我说："这些我也想到了，谢谢给我的指点。但是，如果我找单位退休的那个社长，我估计他不会拆自己老单位的台。目前至多我能去找调走的那个社长，对于他调到的那家新的单位，虽然和现在的单位平级，但是，却比我现在的单位更核心，更有影响力。关键是这位领导愿不愿意为我说话。此外，我马上需要面对的是，这两天我准备找一下要跳槽过去的报社领导，去和他当面谈谈，看能否要我。"

德善先生接过话茬说："军医老哥说的是对的，一定要去找领导。另外，在你准备跳槽到另外一家报社之前，你要方向正确。不知道你看过最近发生的一个案例没有？国外一个囚犯花了五年时间挖地洞逃跑，最后挖到了监狱的警卫室里。这说明，并不是越快越好，方向正确最重要。你在见要跳槽去的单位领导之时，要明确对方能给你什么。如果还和现在的单位一样，就是一个职位的话，我劝你暂时就不要过去，到哪里不是一样？哪里的乌鸦不是黑的?"他有些为自己的睿智和幽默而感觉满意,不由自主地笑了一下。

我也跟着笑了起来,气氛变得与傍晚的阳光一样,更加柔和了一些。我说:"这我懂。其实这也是一场谈判。首先要明确对方需要我做什么,或者说我又能给对方带来什么。其次要明确对方单位能够给我带来什么。"

老军医也补充话进来,他显然等着我们谈话暂停有一会了。他说:"你听德善先生的,你看他多稳。这就是谈判,不要把底牌全部摊给对方。否则,你接下去怎么谈?我再告诉你一句,宁做鸡头,不做凤尾。看来你还是书生气太重。你现在等于把整个单位的人都得罪了。即使其他人同情你,也没有人愿意帮你。现在的人哪有主动帮别人的,何况你是和领导不对眼的人,帮你就等于和领导作对。"

可能我们已经在一起呆了一下午,彼此逐渐熟悉起来。也可能是我透露了自己比较私人的问题,这说明我是一个没有多少心机且比较容易接近的人。当然,也有可能是德善先生比退休军医年龄更小一些,城府没有老军医深,德善先生忽然与我有了真正的共鸣起来。他也说出自己的一些旧事,以让我警醒。他说:"记住,千万不要主动先辞职,一定要先找好下家。否则,我的事例就是你的前车之鉴。我以前并不是讲《黄帝内经》《易经》或者中医的,而是一个银行的中层经理,并且当时做的相当不错。可能自恃水平和能力不低,我那时言语不太注意,结果遭到了单位一个领导的嫉妒。因此,两个人就有了一些摩擦。在我准备找下家时,我当年的那位领导知道了消息,就提前让人事部门在我续约时让我签字:三年之内不得辞职加入同一类银行,否则,就等于是违约。我坚决不签,结果一个月后被以此理由辞退。我到帝都去找我们行的大领导,大领导也没有办法。大领导说,这是你自己主动不签字放弃职位的,天高皇帝远,我也管不了太远。现在给你另外一个选择,你可以去一个小的基金公司,从基层再重新做起。我一听就炸毛了,一怒之下离开了银行,弄成现在这种局面。虽然目前我过得还算不错,但是,以前单位和我同一级别的人,现在都是银行行长或者副行长了。我当年就是吃了这种冲动的亏。”

第三章

长生的前提是谋生

一

从小我就用尽全力努力推着时间向前走,在中年之时,逐渐感觉被时间推着慢吞吞地不情愿地向前走。小时候一天天地过着日子,到青年之时一月月地过着日子,到现在一年年地过着日子。不是时间发生了改变,而是被围困于其中的人发生了改变。一眨眼,我现在已经到了需要用温暖的回忆来烤手的年龄了。这最好的烤手之处当然是童年及少年,是故里,是生我养我的地方,这里不只是生我的肉身的地方,也是生我灵魂的地方。

即使我在城市里生活了好多年,但是,我内心还是认同那片山地有着青墙白瓦不规则院墙的院子是我的家。这里是我的根须最初生长之处,这是我的回忆容易扎根之处。城市的水泥路面太过坚硬,我的回忆触须无法扎根。在城市里面,我感觉自己的回忆就是一种梦游,空茫茫地无处落脚。何况,在这么大的城市里面,几乎所有的道路及建筑都一样，并且几年就是一个变化，回忆也难以找到回去的道路。

我从小就盼望着长大，能够自己控制自己的命运。但是，真是到了实现长大这个目标之后，却又逐渐陷入了喜欢回忆的陷阱中。其实，我不知道喜欢回忆算不算一种心理问题，是不希望自己老去吗？这或许也是盼望长生的一种体现吧。

很多人以为凭借自己的努力，不论是通过学习还是经商，离开了自己的出生及生长的偏僻地方，那么，肉身或者灵魂就完全与以前做了一个彻底的了断，就一刀两断了。然而，无数人的经历证明这是错误的。任何人都无法彻底从出身之地迈出。出身之地既是摇篮，也是围栏，不论你是否意识到，都会包围你的一生。

即使我童年或者少年记忆很多都是苍白的颜色，就如同秋天晨曦还未褪去时地头的牵牛花一样的颜色，就如同寒冬中不小心踏破冰后水中冷翡翠的颜色，但是，我有时无聊就掰着手指计算一下，真正能给我魂灵抚慰的还是童年及少年时期。

那春天漫山的青草丛生，我在其上跳跃是慰藉。那在夏天的夜色中，依偎在祖父的身边听说书老人讲古论今是慰藉。在秋天，把土块垒起的土炉烧红后，用其来烤熟的红薯是慰藉。那在冬日里等着祖母做饭时，看着炊烟与麻雀相互穿梭是慰藉。

这些旧人、旧事，即使是冬天，也会吐着小小火苗给我以遥远的温暖。即使这些火苗没有烟，却也经常让我流泪。人最可怕的不是流泪，而是不流泪。流泪是年轻的标志，不论是肌肉还是内心，都证明还是柔软的。这些年我的肌肉和内心都逐渐开始变得僵硬，泪水也成为珍惜之物。

当然，无论回忆多么美好，都是我专门截取的美好片段，如同在高粱秆上截取的勉强有点甜味的一截。实际上,我最早的记忆都是从谋生或活着开始的。因为我小时的生长环境过于贫瘠,生存的条件过于苛刻。这使我过早地尝到了活着的艰辛。当然,在这当中也磨砺了我的意志。即使我不想被磨砺,然而,很多选择都是没有选择的选择。这如同我曾经在南方一个巨大的青山上采石,有一段时间在山半腰用钻机打眼放炮,每日都生活在巨大的噪声中。但是,这也是没有选择。选择了这份工作,就要接受这份巨大的噪音。噪音本来就是人生的一部分,疼痛也是。从出生之时的疼痛,到成长过程之中受到伤害的疼痛,还有疾病带来的疼痛,到死亡的疼痛。即使出生不是你自己的选择,但是,你却不得不选择接受疼痛。

当然,我除了依靠在温暖的旧居、旧人、旧事中寻找慰藉,如果能够在长生方向上找到希望,这更能温暖甚至是照耀我的内心。然而,即使理想的灯火多么闪耀,在目前只是闪耀在我心头的幻影而已,并不能照明我脚下的坎坷道路,我还得一步步努力踉跄地前行。因为我是父亲,不仅需要考虑的是长生,更现实的是谋生。

二

我目前从事的这份报社工作是至今为止做的最长时间的一份工作。我不喜欢太长时间在一个地方呆着,即使我知道换到一个新的地方也可能没什么两样。我就是想换换环境,因为这至少能提供一种新的可能,会遇到一些新的有趣的人。我不喜欢没有什么本事还赖在一个单位不走,仅凭着时间在脸上皱纹的累加获得别人的敬畏,还凭借着老资格对年轻人指手画脚。其实,那只是骨头老了,并不是骨头更为坚硬了。如果我确实没有地方可去,我也会像一匹衰老的马那样卧在没有人注意的地方,晒一下冬日的太阳。我不想学那些倚老卖老的马,还会想象着自己精力旺盛的样子那样盛气凌人。其实,这些老马不知是装糊涂还是没有明确地认识到,精力旺盛不是感觉,而是一种现实。我更不会像一头使坏的老马一样,还把自己当绊脚石,把其他年轻的马绊上一脚,弄不好还折断了自己快要腐朽的骨头。

可以说,即使是单位的一把手高高在上,在单位里面并不像是在家里,并不会留下珠宝般珍贵或者是充满温情的生活情节。除了极为少数的最贴心的朋友之外,人太熟了总是无趣,单位太熟了更没有兴趣,并且我没有太多的耐心在一个没有兴趣的地方研磨自己的肉体。特别在打工之时更是如此,我总是以为新的挖煤或者采石场所会有新的变化。这是一种心理,或许也是一种谋生方式。树挪死人挪活,这是老祖宗几千年来总结出来的,我没有必要对这些古老智慧的结晶有任何怀疑。我的灵魂生长在脚上,灵魂让我走,我的脚就走。

谋生的方式有很多种。记得在一次饭局中,几位体制内的朋友本来就是人精,但是,却被本单位更为人精之人所震惊。他们说,在单位里某个同事本来看上去默默无闻,不声不响地好似不存在,也没有听说有什么大的后台或者背景,然而,却迅速地获得了提升。后来经过有人详细地打探,才获知此人知道凭借正常与领导相处的路径难以获得提升,遛须拍马现在很多人精都会,他也不一定能占到先机,于是就利用其他途径,与这个城市医院的几个知名医生搭上关系,再通过这几个医生搭上其他知名医生。

当然,与医院知名医生搭上关系在于这位同事的牌技高超,这种高超在于,这位另辟蹊径的同事总是善于输,并且输得不动声色,不留痕迹。怪不得下班后给他打电话,那边总是传来麻将的声音。一位单位里与他相熟的人后来恍然大悟地说到。

当然,他们的这位同事不是通过这种方式找到为自己或者亲友看病的途径,而是通过这些医生朋友为单位主要领导及其亲属提供医学便利。正是通过这种非常偏门的方式,这位同事迅速获得提拔,从而让单位里众多人精都自叹不如。

三

那一年不知是不是我的本命年,我对这方面也不是太懂,却实在感觉诸事不顺,犯冲。后来找到一位算命高手朋友算了一卦。根据这位高人掐指一算,那年属于辛巳蛇年,巳与亥为相冲,因此肖猪的人在辛巳蛇年,便是"对冲",犯了太岁。因此,这位朋友对我说:"就我们这个关系,我也不收你钱了,以后我有亲朋故旧需要用到你发稿子之时,多加关照兄弟一下。我告诉你,今年你犯冲,尽量少去做事,在家静待今年过去,来年即可运转,那时再图谋大事不晚。"

其实,最初我对这些先天八卦之类的东西总是半信半疑,但是,确实有的年头就是特别不顺利。至少我的经验中有两年就是如此。在我到这座省城工作的第五个年头,就是犯了太岁。那年我不仅失恋,在精神方面受到严重打击,差点得了忧郁症,而且工作方面也诸事不顺。那年我甚至都害怕接听电话,因为一接电话,往往都是不利之事。后来经过几年静心思过,低调做人,运气好不容易得以转化,然而,这一年又遇到了另外一个"对冲"之年。

在我去同城报社找他们社长,想商议跳到他们社里工作之时,也隐约有了一种不详的预感。往往是我发一个短信,对方领导到晚上才回。或者是我约对方吃饭,对方既不说有事拒绝,也不很快说同意。此时我的不良预感忽然又浮上心头,这果然是一个犯太岁之年。然而,只要对方不反对吃饭,我就在对方单位附近定好位子。我估计,由于中间介绍认识的朋友比较给力,就算同城报社这位领导可能会不给我面子,却一定会给介绍的中间朋友一个面子,毕竟这也是一个说大不大、说小不小的圈子,传出去虽然不影响他的仕途,然而,吃顿饭却更是皆大欢喜之事。对于我而言,以我多年在底层逐渐摸索的谋生经验,只要一起吃饭,问题就会有转机,至少我就可能部分地控制住局面。

我选择了在同城报社附近最好的一家餐厅静待这位领导的到来。即使以前接触不多,也大略知道这位社长今年刚从帝都调来,属于业内具有一定才华之人,并且他也经常以才华自负。其实,后来想想,这也是更高级版本的另外一个我而已。否则,不可能从帝都被发配到省城担任一家报社的领导。即使这家报社在省城也算一家大报,然而,毕竟远离了政治中心,并且远离了家人,他到底如何权衡到这里工作,想必当初也面临着和我类似的选择。

吃饭的这家餐厅以菜式精美著称。在我等待了多半个小时以后,这位领导才露面。据说这是帝都的风格,重要的人物总是最后一个到达,并且只有迟到才能显示出地位的重要。我的一个大学同学到了帝都工作几年以后,职位并未见涨到哪里去,却也染上了这种习惯。每次他到省城,当同学请吃饭之时,他总是最后一个到达,并且到达之时频频向众人表达歉意,然而,眼角却隐藏不住内心的自得之色。这位同学这么做是有理由的。无论他在帝都混的如何一般,毕竟是在帝都,至少在心理上是高人一等的。旁边的这些同学当年可能是睡在他上铺的兄弟,也可能是和他一起打球扯淡的兄弟，现在全都比以前多了不少尊敬，耐心地等待着他这个貌似的大人物出场，这本身就是高同学一等。这可能是我那位帝都同学的内心感受。如果一次迟到我们省城同学也可以理解，迟到的次数多了，大家只能暗中叹息，这也可能是在帝都工作时间长了染上的一种职业病吧。

　　其实，长期在与社会中人打交道的过程中，让我明白了吃饭不仅是吃饭，也是一场小小的心理交锋过程，这包括回短信的时间，包括吃饭选择的地点、作陪的人、到席的时间等等。同时，吃饭也是一次盘道的过程。在吃饭时，最初这位同城报社的领导是占据绝对优势的，即使他努力表现出谦和的姿态。当然，在牌面上而言，在这场我向他们报社求职的过程中，他无疑是甲方，我是乙方。然而，当我不动声色地点出了我和帝都报社系统大领导的关系时，他开始慢慢变得真的有些谦和了。

　　当然，我这种暗示也是点到为止。如果说的过多，则证明我的段位不足。同时，也会引起他的怀疑。既然我和帝都报社上层系统关系不错，为何没找人直接给他打招呼？同时，我也点到了在省城这个地方，我在这里读书和工作已经十几个年头，已经是人熟地熟，属于地头蛇之类的级别。当然，我是那种温顺的不具有伤害性的地头蛇。因此，当这位同城报社的社长提到系统内的某某之时，我总是意味深长地说一下我和这个人的关系。毕竟这位同城报社社长刚到省城，即使是做领导，在省城当地的人熟地熟方面，显然不如我。我至少可以作为他的一个潜在的可以获得一定便利的朋友。何况，当我们交谈之时，又知道我们又是来自同一地方的老乡，因此，两人之间的气氛逐渐就融洽起来。毕竟我如果去了他所在的单位，就是他潜在的自己人。何况还有朋友介绍和老乡这层关系包含在其中。因此，在最后，他做了一个很艺术性的表态："如果你到我们报社的话，也是需要和我们社的其他同事那样按部就班地上班。由于我们这家报社并不是上头最看重的，与你们报社和日月报社那些省城的大报社不能比，省里会重点关照。我们报社没有其他引进人才的优惠政策，这也是我本人的难处，没有政策就引进不了人才啊。"

此时，这场小型饭局的结果已经很明显。通过彼此摸底，我们都基本知道了对方的底线。我也知道了这位领导的态度，那就是我可以跳槽到他们报社，但是，并没有其他额外的政策性福利，最多做和以前报社同样的工作。他算是矜持地对我张开了双手，我则是具有一定的选择权。

其实，如果我想从原先工作的报社离职，同时还想从事报社记者这份职业的话，其实转圜余地并不大。在省城，能够满足我求职条件的除了同城报社以外，还有的就是日月报社。我不能只是选择这家同城报社求职，像是他们也不是百分百决定要我一样。我得再找一些备选的求职单位。这是人的本能，对于我更是如此。从小的贫苦经历在我的内心上了一道紧紧的弦，如果别人会留下一种选择的话，我会多留一两个选择。如果别人在院墙中开一个大门的话，我会留下三个出口。这也许就是狡兔三窟的含义。

但是，我不是狡兔，而是苦兔，是因为出身环境恶劣而内心不安的兔子。在我所处的那个贫穷的大家庭而言，其他人可以倒下或者出问题，但是，我却没有出问题的资本。这也是我在做报社记者之时，利用业余时间考了一个律师资格证的原因。这可以保证以后万一有什么事情，还可以多一个备选项。

由于同城报社并没有其他优惠政策，只是让我过去上班而已。

这并不是我想要的结果。这是因为，总体而言，即使同城报社在全国范围内相对牌子大一些，但是，在省内影响力比我现在的报社还要略逊一筹。如果我再跳到一个还不如原先单位的地方去，还需要重新熟悉新的环境、新的同事，我就成了外来户，还不如在原先的单位忍耐一下。至少我在原先的报社是元老，年轻人还会在表面上恭维我一下。假如我到了同城报社以后，可能就面临见人低一级的窘境，我不能像那位国外监狱里打洞的越狱者一样，好不容易打洞成功，没有想到打到监狱的警卫室里。刚出虎口，又入狼穴。

四

相比较而言，日月报社情况就更加复杂一些。和我关系很好的那个我所在报社的退休老领导，本身就是从这个报社调到我们报社的。这本来与我跳槽没有关系，但是，后来却发现这成为了一种致命性的影响因素。这也说明，在省城报社系统的特定人际关系中，果然是各种关系错综复杂。本来表面上和我没有什么关系的因素，却意外地附着在我的身上。当我找以前退休的报社老领导协调时，在我说明了自己要跳槽到日月报社的意思后，他却连连挠头，只是说："你不是和日月报社的副社长熟悉吗？你去找他就可以了。电话你也有，我就不发给你了。"这位退休的老领导总体上是一个比较坦率的人，他的能力实际上超过了他所担任的最高职务，然而，在体制以内，这种坦率却成为了他的仕途最终进步的大敌。但是，以我的经验，这种举手之劳的事情，以前他都会给打个电话，不知这次为何如此反常，或许有其他我不知道的隐情。

在去日月报社求职以前，我先是试着与以前的一位校友联系了一下。这位校友是日月报社的一个中层,但是,属于比较冷门边缘的部门,没有什么实权。这位校友长着娃娃脸,实际年龄却比我大几岁。我知道他是一位好好先生,却与我没有深交,最初我也不敢奢望他能帮我。其实,我们最深的一次接触是在我的一次新书发布会上,他带着儿子去听我在发布会的短暂演讲。演讲完毕就是一个现场签名出售我的新书的环节。那次出版社没有想到我新书还挺受欢迎。毕竟我只是一个兼职作家,他们认为我就是出书玩票而已,只是为签名售书准备了二十本。没有想到大家就着当时的气氛,很快就将二十本书一抢而空。因为没有抢到,结果这位娃娃脸校友的儿子脸色就不大好。这位校友的儿子当时有十四五岁的模样,却长得高高胖胖,身高体重胜于其父。我就安慰了这位表面上像是大人的孩子,在第二天专门送了我的一本签名版新书给孩子,从此我和这位校友就相对有了一定的默契。这也是娃娃脸校友在我那次求职中愿意帮忙的原因之一,至少他提供了不少对我求职有利的信息。

在去日月报社求职过程中,我的另外一个援助就是日月报社的副社长。实事求是地说,这位副社长是一位厚道人,多年前就和我比较熟悉。当然,这是在他没有发迹之前的事情。那次我去找他时心里却没有底。以我的经验,人发迹之前和发迹之后,往往是不仅身材变了很多,就是嘴脸也会变很多。于是,我带着忐忑不安之心说明了我求职的事情,出乎意料的是,他倒是很热情,在上班第二天之后就将我的简历当面交给了日月报社的社长,据说还对我大加美言。同时,他还建议我再找其他能够说得上话的人为我美言几句。“大家一努力,说不定这事就成了。”他在电话那边很温暖地告诉我。

事实证明，谋事在人，成事在天。这位日月报社的副社长果然也没有辜负我们多年前的一些交情，他对我说："你调到我们报社这件事情，只要到了报社班子讨论的层面，我一定会挺你。我们这么多年的老感情，这你放心。但是，我们报社和你们报社不同，还有一定的民主程序。我们现在确实缺人，但是适合你的只有法制宣传部。我们单位进人程序是首先这个部门负责人同意要人，整个程序才能启动。你们报社的那位退休的老领导，大家都知道和法制宣传部的头头关系不错，你让他给我们报社法制宣传部的头头打个电话，首先要把程序启动起来。这个事情就好办了。"此时，我好像陷入了一个怪圈。因为以前我们报社的老领导帮助过我几次，都没有推辞，这次却不再打这个电话。我想其中原因可能是感觉不在位子上了，人走茶凉，不愿意再打这个电话，以免被拒绝不好下台。也可能是他和法制宣传部的这位部门头头关系不再融洽，即使这位部门头头是他以前提拔的。我在一次吃蹭饭之时，曾经与他们两个人一桌，亲眼见他们两个人在酒桌上谈笑风生，大谈两人之间以前的峥嵘岁月。

总之，我陷入了一个人情的怪圈。如果细想，还会陷入更大的怪圈。我可以找日月报社的副社长给法制宣传部门的头头打电话，那么，这位头头深知我和我们单位退休老领导的关系，他就会自然地多想，为什么我不找老领导打电话，是不是老领导不支持，还是老领导和我的关系很僵。因此，即使是他们这个部门招聘也不要我，以免得罪以前的那位老领导。

同时，这次到日月报社求职还有一个难度。通过那位副社长了解到，如果他们报社需要进比较关键的人的话，需要九位报社委员的投票，不知日月报社以前谁留下了的这个传统或者谁制定的这个制度。这其实也是民主程序的弊端。如果要进人,需要这九个人中的超过三分之二人数通过,但是,"最为关键的是,以前的那位老领导在这九个人中就得罪了三个人。因为你和老领导的关系好大家都知道,他们很难同意你到我们报社。"说到此处,电话里我能清晰地听见那位副社长的笑声,不知是有趣,还是尴尬。

看来那年真是一个犯冲的年头,我应当等待下年运气更好时再去求职,把最后的希望留给吉利的时间。说不定同样的事情还会有更好的结果呢。我以前就有过类似的经验。

然而,我不想再等那个吉利的年头到来。我思前想后,决定还是辞职。我有些厌倦了这些单位中的复杂人际关系。同时,关键的是我那时还有一个备选的律师职业。这个职业既自由,在经济收入方面听说还不错。这对我寻找长生之道无疑是利好消息。因为在体制内需要按照固定时间上下班,哪有多余的时间做这个看起来不着边际的事情。

在我辞职以前,关于对我考核不合理的问题,我们报社总部倒是有了反馈。但是,却不是社里主要领导找我谈这个问题,甚至也不是副社长级别的人出面谈这个事情,而是找了一个工会主席来和我谈,我就知道这件事其实就是在走官面程序。这是领导怕出事情,做一个程序上的补救,以便以后万一发生了什么事情可以推卸责任。因此,本来我是不准备去和工会主席谈的,后来出于礼貌,同时也可以在这件事情上做一个了断,让自己彻底死心,我就按照通知到了工会主席的办公室。工会主席是一个将要退休的老妇人。不用说,我也知道她来找我只是例行公事而已。我已经把这件事情看的很透了。因此,在她的办公室里,我也不想多浪费时间,主要说了这么几句话:主席,我知道你比较忙,我也很忙,我就不浪费你的时间,我来你这里先将我的态度摆明。第一,我需要一个关于这次考核的书面答复,有考核是否合格的理由最好,没有理由我也能接受。第二,我这人从来不主动惹事,但是也从不怕事。我以前挖煤打工时这样,现在还是这样。第三,这个问题如果赏识我的老社长还在位子上的时候,就不是任何问题。以我和老社长的私交,可能整个社里都了解,人事部门也不会主动找茬。但是,我现在是朝中无人,只能任人揉搓。第四,以我这个才能,在其他单位可能都会混的风生水起,领导也会重视,没有想到在这里还会因为这些鸡毛蒜皮的小事烦恼不已。第五,我不会走极端。实话告诉你,在帝都我也有人,只是我们都是君子之交,我也不愿意麻烦他们。不过不少帝都的领导,以及我们行业的老前辈都看好我,认为我以后一定是个人物。我不会那么傻去做傻事,这我犯不上。

果然不出我的所料,这个工会主席还真是过来走个官方程序。我知道她也做不了什么事情,工会主席也是个闲职,她也就是要保证自己在将要退休前别出什么事情。谈到最后,她说考核结果也没有书面的东西,只是口头维持对我考核不合格的决定。不过,这对我已经不重要,因为我此时已经下定了辞职的决心。

第四章

黑色之海中求生

一

　　这座煤城地下数亿年前是一片绿黑色的海。因为这里的森林实在是过于茂密，树木互相之间拥挤、摩擦、依靠、依附、攀援，树木是如此浓密，以至于绿色都变成了黑色。在这里，即使是最强烈的阳光也只是允许几缕进入，这里不是阳光统治的国度，而是树木形成的巨大堡垒，阳光只能在森林的上空逡巡。

　　即使是如此浓密的森林，也有河流在其中流动，这是明的流动。在肉眼看不到之处，也有生命在流动，这是暗的流动。在这里，有虎豹狼等凶猛的食肉动物在黑暗中觊觎着食草动物的肉体。食草动物是上天专门安排的弱者，如同我们亿万年后的人类一样，有的人天生就是吃肉，有的人天生就是被吃，不管是直接还是间接的被吃。有的人天生就是强者，有的人天生就是弱者。有的人天生就聪慧过人，有的人天生就愚钝无比。有的人天生就忧虑死亡，有的人到死也不忧虑死亡。有的人愚钝却有着愚钝的福气,因为他们的愚钝而不知道什么叫做死亡的恐惧。有的人聪明却有着聪明的弊端,因为他们很小就知道了生命的短暂易逝。

在这片森林中,食肉者并不永远都是食肉者,食草者也并不永远都是被食者。如同我们人类社会一样,强者会欺压弱者,也会被弱者反噬,因为强者毕竟是少数。在森林之中,食肉者也会死去,变成食草者食用的草木的肥料。这也是一种间接的反噬。

忽然有一天天崩地裂了,这座森林之前没有得到任何的预警,就像是命运袭击一个人之前,从来也不会预警。否则,命运的威力就无法实现。如果都知道命运将至而去躲闪,命运还会体现出自己的价值吗? 因此,命运就是不可知并且不可躲避之机关。

在这座森林陷入地下前,众生都在过着自己的日子。无论是难过的,还是好过的日子没有区别地都向前流淌。但是,忽然一天所有的生命都被彻底改变了。无论是食肉者还是食草者都一起沉入了地下。无论是高达百米的巨树,还是它们脚下昏黑森林里的从不见天日的小树,都在死亡面前获得平等对待,全部都殊途同归,都变成了一座黑色固体海洋的原料。它们都要一起在地下经历亿万年的煎熬,都要饱受岩浆的炙热,都要承受巨大压力的锻压,最终变成与以前形状面目全非的模样。这不是它们想要的模样。但是,这也没有办法,这就是命运。亿万年后在这里挖煤的工人,他们也不愿意被这么深的煤井活埋,这不是命运又是什么?

这是一片无边无际的黑色的海洋,看不到尽头,也看不到希望。在里面,即使煤矿矿工有头顶的镀灯可以提供一些光明,但是,一个人的光线太微弱,必须大家的光线集中在一起,才能看清前方三四米左右的距离。在这深度达到几百米的地下,每个挖煤之人都是这个巨大恐怖之海的孤舟,没有人知道自己将驶往何方。没有灯塔可以指明遥远的方向。每个人只能做自己的灯塔。如果自己求生的意志熄灭了,或者不够小心,就随时会有触礁的可能。

在这座煤井下的巨大黑暗之中,并不是只有黑暗之黑海,也并不是只有固体之黑海,还有巨大的液体的黑海。因为这座煤城已经被挖掘几百年,在地下,那么多年积累的地下水汇集在一起,早已经形成了巨大的海洋。在煤井下也会看到一些煤炭被采空后形成的巨大水仓,因为镀灯光的亮度实在不够,只是感觉到面前有一位巨大的黑色水的巨人,水面上漂浮着浮木等物体,在水的漆黑上空有萤火虫来回孤独地飞行。这些地下巨型的水是静止的,只能听到更多的不知来自哪里的水流缓缓地注入。但是,如果你驻足细听,还是会听见好似有诡异的笑声,不知是井下木柱折断的声音,还是来自地狱的桀桀笑声。

即使在煤井下看到的只是小的水流,即使在煤矿巷道壁上看到的只是小的水流泄露出来,但是,很可能这就是后面巨量洪水暴发冲出的前兆。万一哪一天这些洪水的压力太大,或者采煤导致有的巷道墙壁过于薄弱,这些巨量的黑色之水就会如同千军万马一样喷涌而出。我在东井煤矿挖煤之时,曾经参与了五公里外的一座煤矿井下泄水事故救援。那次无边无际的黑水将地下的采煤巷道全部淹没,除了几个矿工见机不妙及时抓住两边的电缆逃上来,那个夜班的几十个煤矿工人全部成为平息井下黑海愤怒的祭祀品。

二

在我大学毕业后的很长时间内,我是不太相信命运的。即使我勉强相信命运,但是,我却努力在做一个逆天改命的人。后来想想,即使是逆天改命,也是命运中的一部分。很多命运其实最初就根植在出生时的种子里,后来的一切延续只不过是顺理成章,沿着固定的轨迹降落,顺着时间的河水向下漂流而已。

即使如此,一些特殊的变故却成为命运改变的一种契机,这是一种外来的巨大变故,是一种忽然从天上划过的闪电让一个普通人意外发光,是一个人在命运轨道上落下时被一阵狂风吹斜了方向,是一个人在河流里急速漂流而下遇到巨石阻挡。即使这些都是偶然事件,然而,正是一些偶然事件改变了一个人命运平铺直叙的发展。像是一个说书人正在按照预定的版本讲述,忽然被其他一个冒失鬼打断一样。也好似是一个正在背书的学生,忽然忘记了书本的内容,不得不按照自己的发挥进行演绎,这往往就会出现出人意料的结果。当然,即使是外部有契机出现,这些重大契机可能是奇迹的酵母,然而,你自己应具有灵性,这是招来命运之鸟降落的青绿色树木。

底层之人实现阶层跨越的难度类似于一百米短跑竞赛,别人都跑了九十九米,你才开始起步。因此,实现跨越阶层的人才是真正的人中龙凤。这需要上天垂青的天赋、极为坚韧的毅力,以及不可缺少的运气成分。这些因素少一点都会功败垂成,不容一点失误。

我几乎具备了大多数向命运悬崖下坠落的因素。从出生之时,我就在贫穷的沙漠中跋涉,被父母之间从不间断的争吵怒潮所淹没,在父母亲情匮乏的土地上生长。除了祖父母,几乎很少有人关心过我。其实,我后来也曾自怨自艾,也曾内心抱怨过母亲,她在心情好时也会对我表现出一点母子之情,但是,绝大多数她都是处于坏心情的折磨之中。现在想想，我有何理由指责母亲呢？她是被不幸的命运安排嫁给了不幸的婚姻，整天在争吵、误解、打骂中度过，自保都很难。她不能完全保护我，我也是能理解。

我的父母不是温情的人，即使我中途辍学也没有任何关心。他们只是催促我干活，好像我出生长大只是为了能够减轻他们的劳动重负，然后才是其他身份。如果他们对我干活不满，就会把大门和房门都锁上，并且是加了双保险，防止我翻墙或者开门吃到东西。那时，我其实只有两条路可以选择，一是混黑社会，以我的能力，即使做不了老大，也可能是团伙中的军师之类的人物。二是出去挖煤或者做一些极度危险劳累的工作。

可能是命运中的灵光一闪，也可能是我天性中的善良灵性不灭，我选择了一条看似更危险，然而实际上比混黑社会更为安全的挖煤工作。这其实就是在命运的下落轨道上提供了一种强力的截留，强行使我的命运及性格都发生了大的改变。

在我从事挖煤工作之前，由于家庭动荡的影响，以及父母亲情的缺失，再加上父亲属于一个家里强势，外面弱势的人，没有人能够保护我。即使是最可以依靠的父亲也不能，反而是促使我成为胆小、怯懦、羞怯、柔弱的人。这很好理解，当我做律师以后，遇到过不少的这种未成年人的案例，他们在幼时都具有这种特点。在我初中辍学以前，我都不敢大声说话。在小学或者初中时，我基本上都是同学眼中的底层。在我初中放学回家的路上，可能是天性中的习惯，我不敢走路的中间，只是走路的边缘，即使当时一辆车也没有。走在村里的街道上时，我也只是习惯性地走街道的边缘。我恨不得让自己压缩的更小，让别人看不到才好，那样我的内心就会更安全一些。

　　然而,挖煤的经历彻底地改变了我,如同一只经历核爆炸后变异的动物,我变得自己都有点不认识自己。后来想想,这其实是生存本能暗暗在保护我。在煤矿井下这种黑暗、危险之地,人只要一下去,就感觉马上变了一个人,会变得野蛮、粗暴、无耻、尔虞我诈。其实,后来我发现很多看似文明的单位也是如此,人在其中只是更会伪装而已。那时,我们大多数人都是这么赤裸裸的暴露不良本性。如果谁不如此,就如同在狼群中生活不是狼一样,很可能在一起挖煤时就会受尽欺负。这不仅是干活更多的问题,甚至是保命的问题。因为如果你怯懦的话,那么,那些危险的地方可能其他人或者工头会指派你去。而在煤矿井下,这些地方其实都暗藏着杀机。在无边无际暗黑的地方,有一双双无形的恐怖眼睛在盯着你呢。

　　在这种暗黑之地,如果呆的时间长了,即使是内心最为纯净之人,也会被染上黑色。即使是性格最温和之人,在此处也会沾染上暴烈的火气。即使是像我这种自幼内心及身体都软弱的人,也会变得强势。这不是正常生活下形成的性格,而是生死考验及生存需要扭曲而成的畸形。

　　在我的工友中,有一位本来是性格挺和善之人,在家时也就是一个老实巴交的农民。当他离开家到百里之外的这个煤矿挖煤后,性情却发生了重大的变化。他的村里有一位理发匠,长得倒还齐整,只是眼睛上有个疤痕,被村里人暗地称为疤瘌眼,可能由于这个缺陷,最终没有讨到老婆。此人在村里开有一个小的理发店,他有理发手艺,又有些诙谐,总是喜欢开些不荤不素的玩笑。由于我这位工友经常不在家,疤瘌眼就慢慢和他老婆勾搭上了。这位工友知道后不动声色,只是对老婆说那段时间不回家,却在夜里喊着一起在煤矿上班的兄弟,回家在床上把疤瘌眼和老婆堵了个正着。他倒是没有把老婆如何,只是将疤瘌眼痛打一顿,并且用一根尖端磨得非常锋利的粗铁丝穿过了疤瘌眼的琵琶骨,拽着在大街上游街,直到这位好色理发匠磕头求饶,答应不报警,这才了事。对此,我不仅吃惊于他的手段的残忍,更吃惊于挖煤能让一个温和之人的心性变得如此残忍。

三

我感觉在东井煤矿挖煤的工友一生都在奔跑。老张就是如此。老张是一个三个孩子的父亲,干活从不惜力。因为他可能隐约知道,如果不奔跑,那么命运的大车可能就会从后面碾压过来,首先会碾压他。而没有他的庇护,这辆大车还会凭借着巨大的惯性向前碾压他的孩子。

很多人一出生就是木炭,另外一些人一出生就是烤火的人。老张就是前者。他身材矮小,每次却都是我们挖煤工作班里最勤快的一个。他与其他的工友不同,其他人都比他聪明。因为在一个挖煤工作班里,多干点少干点工资没有多少差别。因此,大家都在班长付高在旁边监督的时候拼命表演着干,当他不在旁边的时候,就偷懒少干点。毕竟在这黑暗的无边海洋里讨生活,有今天可能就没有明天,得过且过更好。

但是,老张不一样,这是一个从内到外的实诚人。无论班长付高是否在场,他都像是给自己家里干活,如同付高嵌入到他的脑海里监督。这让班长付高很满意。但是,却让我们其他人很不满意。并不是他得罪了我们,只是因为他的勤快能干,反衬出我们的懒惰不能干。他的实在,反衬出我们的狡猾。班长为了照顾这个忠诚的老实人，也为了树立一个典型，每次干活时故意安排他干稍微轻松一点的，譬如帮着木工扶棚之类的。这是一种在煤井下安装防护棚架的工作。由于木工是一个技术活，其他人干不了。因此，木工可以干完活后就上井洗澡休息。但是，这种稍微轻松一点的活并不是总会有。老张每次在挖煤或者掘进时还是总会冲在前面，总是忠诚地为工头卖命。

即使我们大家都对他有些不满，因为老张的实诚等于把大家都出卖了。其实多年后我在那个报社工作时何尝不是如此呢？我做单位最多最关键的工作，采访最重要的人物，写最关键的稿子。同时，我还经常发表一些文学作品。我本来也没有做错什么。但是，在一个循规蹈矩、按部就班、一潭死水、亦步亦趋的单位中，这其实是犯了大忌。因为我的能力就会反衬出其他一些人的没有能力。我长的稍微白点没有错，却反衬出他们长的黑。他们中的一些人就像是被抓了现形的小偷，一下子被发现了，于是就有意无意地迁怒于我。

那时我们都不知道，老张更不知道，他以为跑的更快就能让自己及家人可以逃脱命运的追缉，然而，命运最终还是抓住了他。每次在井下放炮采煤的烟雾没有散尽时，他就抢着去干活，结果时间长了，就患上了矽肺病。当时我们都不懂这种因为呼入煤尘过多而患上的疾病。我也是做了律师后，为一个在其他煤矿工作的老工人代理案子时，才真正明白了这种疾病的威力，也真正看清了这种疾病狰狞的面目。不同的是，我为那位老工人要回了工伤赔偿，老张却没有要回任何赔偿。因为那时他也不懂如何保护自己，认为患上了这种疾病错在自己，是自己给矿上添了麻烦。后来我去看老张时，他躺在床上，像是一条搁浅很久的鱼，也像是守卫大门多年疾病缠身等待死亡的老狗。坐在老张暗淡的屋子里，即使屋外强烈的阳光也不能穿透，阳光明媚都是其他人的阳光明媚了。对于老张而言，他最多能看到的是阳光在门口织的灰尘的幕布，这不过更像是幻影而已。我清楚地听到老张肺部发出嘶嘶的声音，却听不清他嘴里到底要表达什么。无论他如何努力奔跑，却永远没有命运追赶的那么迅捷。命运往往和死亡交织在一起，和死亡的速度也往往同步。

　　老张有三个孩子，最小的一个是女儿，她在两岁以后就永远地告别了奔跑一生的父亲。老张的老婆是一个喜欢玩的女人，一直玩到年龄大了才结婚。由于她名声不好，条件好的不会要她，她无奈才找老张这个老实人接盘。但是，当老张没法再为她奔跑以后，她很快就丢下三个孩子改嫁了。两个十几岁大的男孩子一个出去打工，另一个跟着木匠做了学徒。只有幼小的女儿可怜，被送给八十几岁的祖母靠捡拾破烂养着。一直养到四五岁时，老祖母实在养不动了，就找到儿媳，求着儿媳把孩子领回去。但是，儿媳又嫁人生了个儿子，不同意接受这个累赘。后来，还是祖母跪着求儿媳，才勉强收下。但是，还是经常会因为一点小事就狠狠地打骂这个女儿。打的狠了，老祖母知道后就去跪着求儿媳不要打。因为毕竟老祖母养了几年，都有感情了。这个老祖母还有一个光棍儿子，也想领养这个小女孩，但是，老祖母坚决不同意，结果被这个儿子恶狠狠打了几顿。就是这样，老祖母还是没有让步。因为她知道这个光棍儿子太穷了，连起码的缝缝补补都不会，脾气又不好。就算亲妈也是对这个小女孩不好，但是，毕竟是亲妈，相对还是好一些。

　　无论是老张，还是老张的小女儿或者是母亲，都没有做错什么,但是,却都落到这么一个无法自救的深渊之中。这是非常无奈的事情,只能归咎于命运。如果那个小女孩投胎到一个好人家,就算不是含着金钥匙出生,也可能整天会在父母前绕膝撒娇,完全就是另外一种光景。后来我见过老张的这个小女儿,这个小女孩总像是受惊的小鸟,眼睛里透漏着无助,性格也非常柔弱。这就是家庭变故造成的伤害。我不是心理学家,也不是幼儿教育家,只能是以己推人,通过我自己的心理来反照这个小女孩的内心。我难道不是另一个长大的她吗?

四

付洪成是付高的侄子。其实,在我们这个三四十个人组成的挖煤班中,主要都是由班长付高的亲朋故旧组成,此外再加上一些附近村庄里的一些乡亲。当然,轻松一点或者安全点的工作都是由付高亲近的人包了。即使是在煤井挖煤,轻重也是存在一定的差异的。对于轻松一点的工作,主要包括在井下从事放炮工作,以及在地面上的井口推车。

付洪成就是在煤井下负责放炮的人。他长得高大健壮,红脸膛,一副标准的北方大汉的样子。印象中这种面相的人好像性格都比较暴躁,但是,付洪成却是一个性格比较温和的人。其实这也可以理解。性格也许和一个人的成长经历有着一定的关系。同样都是在煤矿从事挖煤工作,也都出身于农民家庭,付洪成的家庭情况要比我的强不少。他是家中的独子,家中经济情况还算可以,父母对他也是比较宠爱。我去过他家,能清楚地感受到他父母之间的那种温情,这也一定会潜移默化地影响到儿子。他的父亲也很高大,身材及性格足以为他提供保护。这样付洪成就不会缺少安全感。此外，对于付洪成而言，以他这种身材和力气，往往不需要真正动用武力或者强力，就能不怒而威，别人也不敢轻易招惹他，这都是导致他性格温和的外部因素。可以说，一个人的性格很大程度上也是环境的产物。

付洪成之所以来这个煤井下放炮，只是来跟着他的叔叔付高历练一下。这种放炮的活也不累，也适合付洪成的性格。他也是多次央求父母及叔叔付高才获得同意在这里干上一两年，然后就回家结婚。媳妇都给他找好了，结婚以后就不准备再从事这份煤矿工作。

但是，对于我而言，则又是另外一码事。我从小家境贫苦，经常挨饿，因此，就长得单薄瘦削，身材也不高。这种身材和力气就易于招致一些人内心的欺凌欲。因此，我就不得不事事想的周全。只有如此，才能最大限度地保护自己。在那个煤矿的井下工作，我也是谨慎小心，这是我从小养成融入血液及骨髓的性格。当然，这也是我在那种矿难频发的情况下能够保全自己的原因。相反，付洪成则马虎一些。这也是和他自己所处的特定外在环境有关。或许这是给他的不幸矿难埋下的种子。因此，任何事都不能说一定是利或者弊。利中有弊，弊中也有利。任何事情的因果链条都比你想象的更长，只是等到你惊觉之时为时已晚。

付洪成是一个喜欢热闹的小伙子。虽然我们两个村不是紧挨着，但是，中间并无其他村庄，只是隔着一片长长的山地，再隔着一片长长的丘陵，就到了付洪成家的鱼塘了。他们家在村北承包了一个水库，里面养着鲤鱼、鲫鱼之类的常见鱼。

付洪成是一个喜欢放炮的人，这能让他年轻的血的速度更加迅速地流动，也可以让他得到生命以外更多的体验。每个人都不是苦行僧，都会有一些额外的欲望或者爱好。付洪成的爱好就是通过放炮来获得一些刺激，让年轻的生命更加闪烁一些。他不仅喜欢在煤矿井下上班时放炮，而且回到家中的鱼塘也喜欢炸鱼。即使他们家也有巨大的渔网，可以通过拉网的方式去捕鱼，但是，炸鱼就是他的爱好。由于是独子，父母也不好怎么硬管他，毕竟他快要结婚了，也是成年人了。

　　我和付洪成关系不错，部分是因为他相对温和的性格。这在煤矿井下十分难得。同时，他还是一个有一定是非观的人。当我和他的堂哥在井下拼命打架时，他并没有一起上来帮着堂哥打我。他的堂哥是一个面目阴沉的人，在井下总是嘴里不干不净地骂人。即使他不是班长，却喜欢指手画脚地安排事情。因为我那时年龄最小，他总是把属于他的那份活多分一点给我干。我们终于爆发了激烈的冲突，都认为有必要给对方一点颜色看看。别看那时我年龄更小，却是先下手为强，就用沉重的镀灯盒狠狠地砸在他戴着头盔的头上。这虽然没有造成致命伤害，但是，这猛然一击，足以让他在我从这家煤矿离职前不再敢惹我。

　　在歇班时，由于我和付洪成老家的两个村子相距很近，我就经常去他家的鱼塘去玩。那是他们村北面一片山峦中的小水库。由于处于四周山的怀抱之中，这里非常宁静。即使山外有大风吹来，这里还是被风遗忘的地方。水库边上有几棵十几年生的杨树，夏天时有蝉声打破这水库周边的寂静。在夜里，在一片银白色的月光之下，水面上的光波星星点点地颤抖，也会有鱼偶尔跳起又落下，从而使这片鱼塘有了活的气息。然而，付洪成不喜欢这种寂静。他还年轻，内心流着更加沸腾的血。我经常看见他用雷管和炸药绑在一起，熟练地用手中的烟点燃导火索，然后迅速地扔入水中。随着一声闷响,上百条鱼就泛着白沫慢慢地漂了上来。"这些鱼都是震死的,雷管和炸药可能并没有直接伤到这些鱼。"付洪成在旁边兴奋地给我解释。看他那种熟练的炸鱼样子,显然做过不少次这种近似恶作剧似的活动。

后来付洪成在煤矿放炮时出事,可能是因为他炸鱼过多受到了报应。至少他们村的不少乡邻这么说过,都传到了我们村里。我却认为可能是他平常在井下放炮时不够小心。他年轻,有着健壮高大的身材,这给了他无比的自信。他在那次井下放炮作业时,因为跑得不及时,被地下的电缆线不小心给绊倒了。这其实是他操作了无数次的工作流程,平常电缆线都是被固定在煤井下两边巷道壁上的,但是,就是那一次,电缆线不知怎么脱落了下来,把他紧紧地缠住了。即使他那么能跑,那次他也没能跑赢命运。命运化作一条电缆,把他逃跑的道路牢牢地堵住了,封锁住了,这就是他的命的尽头了。

结果,即使是付洪成那样健壮高大的身躯,也没有抵挡住火药的爆炸。我不知道,在他被绊倒的一刹那,他是否会想着以前在老家鱼塘炸鱼的巨大闷响,水底下的鱼儿好像是醉酒时在舞蹈一样,纷纷地晃悠着漂了上来。或者他想到了很快年前就要回家结婚,远处新娘子的婚车缓缓却洋溢着激动地驶来了,门口迎亲的喜炮被点燃,一连数声,声音穿街越户,将这个山村里的树木上的雪纷纷地震落下来。

五

回忆是一种思念,即使是回忆所厌恶的人时也可能是如此。本性是自然地流动在回忆之河上的,这里面难以掺杂虚假。

　　我不知道班长付高对侄子付洪成的事情如何对他家里交代的。付高是一个底层人士中的佼佼者。他身材虽然不是很高,却很是健壮。一般下井的人脸上都比正常人肤色更白。即使付高当上了班长以后,在井下的时间少了一些,但是,他的脸也是惨白,并且脸上有几道比较深的皱纹,如同一片雪地上爬过的不怕寒冷的蚯蚓,再配上一双三角眼,给人的第一直觉就是此人为人不善。

　　付高以前属于在东井煤矿工作的老工人,后来和矿长混熟了,礼也送的到位,就让他回老家招兵买马,自己组成了一个班。说是班长,其实就是这个煤矿的一个小包工头。在这个小王国内,他体现了自己纵横捭阖的高超能力,也在我们每个工人身上又多剥了一层皮。我发现即使是在最卑微的工作中,也有人能将其做的比其他人好。付高就是这种人物。我以前经常这么想,如果这个人在更高阶层上,说不定也是一个大人物。即使煤矿工作看起来几乎没有差别,付高却能分出三六九等。对于安全点的工种,譬如在井上推车,就让与自己的关系密切者或者矿上干部的亲戚干。对于井下轻松点的工作,就提供给譬如付洪成这种身高体壮的亲属,这可以为他保驾护航。这是他的基本盘。对于忠诚他的,他隔三岔五地找个轻松一点的活给干。由于那时社会治安管理的相对不严,对于有更重要作用的人,付高还经常请他们去看看脱衣舞。

　　付高非常善于协调和安排人手,因此,即使他不是东井煤矿本地人,然而,却能吃得开。这个煤矿的领导层对他也普遍比较信任。这主要是他采煤工作抓的紧,又有多年在井下的工作经验,煤炭的产量能够上得去,因此,这等于给煤矿支持他的领导以反向的支持。

　　随着东井煤矿蕴藏量逐渐枯竭,并且在这里挖煤的人们又逐渐到一些大城市去谋生，付高在这家煤矿的光辉逐渐黯淡下来了，每个人都有要谢幕的时候。但是，他通过吸取我们这个挖煤工作班的血，积攒了一笔钱后回家过上了好日子。他最初在老家买了一辆大货车跑长途。在我老家那片山地的农村里，当时连拖拉机都是稀罕物，他却买了这么一辆庞大威风的大家伙，绝对是众人艳羡的目标。

　　然而，由于他本人不会开车，就聘请了小舅子开车。小舅子在他不在时，经常采取他当年对待工人的方式，暗地私扣他的钱花，后来他不得不整天跟着小舅子押车。在他们出车时，不幸有一次出了重大车祸，不仅撞死了一大早起来卖菜的一辆农用三轮车上的车主，而且开车的小舅子也当场丧命。由于车辆保险的赔偿不够，小舅子的妻子及被撞死者的妻子一起起诉他。后来他还因为这个案子找过我。当时，他就像是霜打过的茄子，脸色变得更加惨白，神色憔悴而苍老。他对着我大发感慨说："这就是命啊，当年谁也没有想到你后来能做大律师，谁也没有想到我现在是家破人亡。"是啊，在我们那一起工作的三四十个人中，付高算是瘸子里面身材最高的将军，其能力及手段确实也是超过众人一筹。同时，他买了一辆速度那么快的大货车，应该有更好的结局，但是，即使如此，却也没能跑赢命运。

第五章

通过庙观之门

一

我以为寺庙、道观这些地方都可能是保存奇迹的地方，或者是可能生长奇迹的地方。在这些场所里的奇迹，并不是绝望中的那种奇迹，而是一种安静修行就可能等到的奇迹。因此，这与那种面临绝境时祈求的奇迹不同，那会让人心烦气躁，急急慌慌，这与其说是寻找奇迹，还不如说是病急乱投医。当然，在医院中也能产生奇迹，这是一种人力和科技孕育而成的奇迹。人本身也可能产生奇迹，不过奇迹的可能性要小的多。每个人都是一座神殿，但是，却不知如何祈祷，因此，奇迹就真的成为了极难实现之事。

在寺庙或者道观这些地方寻找的奇迹，是那种可以心境坦然地等待的奇迹，并且还不要去很多地方，也不要去很远的地方，也不需要求助其他人。因此，如果要寻找长生之道的话，我认为寺庙和道观无疑是最好的地方之一。因为长生也是一种奇迹，是绝对必然中的偶然,是垂直落体中的上升。因此,这也是我这些年喜欢流连于寺庙和道观的原因。

寺庙或者道观是可能地方狭窄而视野却不受限制之处。当然,这些地方有大有小,但是,最大的地方也不能大到超过一些巨型的建筑。然而,在里面却不会受到局限,在方寸之地中,也可以从中看到整个世界或者人生的奥秘。否则,即使是乘坐飞机从天上向下端详,视线可以掠过下面的山川与河流,但是,那仅仅是浮光掠影而已,如同人在尘世上的影子,很快就会被匆忙脚步溅起的灰尘掩盖。

当然,寻找奇迹得是内心相信奇迹之人。其实,我们内心都有一种洪荒中的神秘力量存在,但是,由于长时间的庸庸碌碌的进化,这些洪荒中的神秘力量就没有遗传下来,从而众人只是为了离眼睛最近的东西服务,而不愿意看的稍远一些。

二

我那次去的那座寺庙,里面的那位知客僧几年前我曾遇到过。当时我独自一人随心而至,到了他们的那座寺庙。不料天上雨落纷纷,也算是人不留人天留人,我就躲在寺庙后殿的走廊里避雨。那时这位知客僧年龄最多刚到中年。如果用一天的时间段来比喻的话,他那时给人感觉就是太阳正午稍微偏西的样子。那时他的脸色圆而红润。交谈之时,知道其来自本省的其他地方,才刚出家不久。

然而,等我再和两位环保部门的朋友见到他之时,险些认不出他当年的模样。我甚至以为这是一位陌生的年老得道高僧。当时正是夏天,这座山寺距离最近村庄也有二里路开外。寺庙依傍的山中草木丛生，并且有人在寺庙外开挖了一座很大的人工池塘，装饰了水泥的假山，看来准备开发。然而，正是由于这些树木和死水的存在，这里的蚊子个头都大的惊人，并且还不怕人。即使下午阳光还比较明亮，这些蚊子也会缓慢地在众人的周围盘旋，时时准备轰炸。在一座寂静的寺内房间内，就算这些蚊子不咬人，却也感觉瘆得慌，于是我在那里忙不迭地驱赶着它们。然而，那位变得清癯而衰老的僧人却神色不变。我清楚地看到蚊子落在他瘦瘦的手臂上，但是，他也不会去驱赶，而是从容自若地与大家打着招呼。

其中一位朋友双手合十向他问候说："师傅，上次我来参加你们寺庙的法会，已经有一段时间了，我发现你又清瘦了很多。"显然，这位朋友和知客僧颇为熟悉。知客僧拿出一些佛教书籍给我们看。由于职业习惯，我看到这些书籍并没有国家专门的出版版号，印刷也相对比较粗糙，一看就不是公开发行，而是用于信众阅读，以及在寺庙内部法会中使用的。知客僧微笑着说："可能我最近编这些经书比较辛苦吧。寺庙内的人少，就是我一个人在编。"

这位朋友说："师傅，上次听你讲经，虽然我不是专门出家修行的人，却也是受益匪浅。因此，我朋友专门从远方大城市回来向你请教，请你不吝开导我们一下。"

我这时连忙接上话说："师傅，我先简单介绍一下自己。我自小就在离这座寺庙不太远的村子里长大的。当年这座寺庙破坏的非常严重。记得附近村庄的一个表叔最初带着我来这里玩的时候，整座寺庙只是剩下前面的一座房屋，但是，屋顶已经没有了，只是剩下四周的石头框架。那时，这座寺庙东边还有几间小型的破旧偏房。没有想到现在佛光照耀，这座寺庙竟然又恢复起来。我是这么想的，既然这座寺庙可以经历从繁盛到毁弃，再从废墟到复活的阶段,那么,对于人而言,是否也会死去复活,或者能否获得长生呢?"

这时几只身形很大的蚊子就在知客僧的手臂上方盘旋,有的还落在他的宽大僧袍上面。我内心有一种压不住的欲望想替他赶走,但是,看见他淡定自若,也不好意思出手。只有在此时,我发现,即使在细微之处,还是处处可见修行。他在脸上浮现出一丝淡淡微笑说:"阿弥陀佛,弘一法师曾言:人生犹似西山日,富贵终如草上霜。人生不过如隙中驹、石中火、浪中舟而已。百年瞬息即过。众人都是寄托在人间的客人,没有谁可以久留。表面上可能一个人光鲜夺目,其实也只是行走的白骨而已,因此获得不死或者长生是人的一种梦想。"

我问:"师傅,你认为我求长生之道是否有价值呢?"

知客僧回答:"长生是一种追求,从这方面看有它的价值。但是,并不一定长生就是特别关键,关键的是需要哪种长生。同时,一切随缘,万事不可过于执着,长生也是如此。有缘处处是长生,无缘无处觅长生。该放下时就要放下。或许你发现,你一生努力追求的,到最后也可能是你不想要的。"

我问:"师傅,你认为人最终能够实现长生吗?"

知客僧回答:"长生是缘分,是福报,是奇迹。我们佛教讲究因果。即使是奇迹,也不是坐着就可以等到的,也是靠个人的修行。"

三

这座寺庙本来与外界有一条土路相连,但是,在我的记忆之中,这条砂土路就整日铺陈在那里,大多数的时间都是寂寞的。特别是在农忙之际,旁边的村庄也是大门开着,人影也无,它们之间互相依偎，如同生活在梦境中一样。当偶尔一辆机动车经过之时，甚至连路边的鸡也不会被惊扰，还是自顾自地寻找着路边的吃的东西。后来由于这座寺庙的原因，当地政府准备开发，加上与隔壁县的公路连接上了，巨大的水泥搅拌车也开始整日在这里来来往往，这条路就逐渐变得尘土飞扬起来了。在这条公路上，无论是施工者还是管理施工者，即使衣服存在一些差别，但是，都避免不了灰头土脸，只是程度有些差异而已。

在我们前往这座寺庙的那天下午，在一个路口，就迎面看到一个牌子：此路施工，禁止通行。幸亏陪我一起去的两位朋友是以查处环境污染为职责，因此，对附近的环境及大小道路谙熟于心，最终是找到一条蜿蜒曲折的盘山公路去了那座寺庙。当然，幸运的是，尽管那条隐藏于山间、地头的公路穿山越岭，忽高忽低，然而，却是用水泥铺成的新路。由于整条道路很少有外来人知道，因此，尽管在有的地方宽度车辆只能单行，但是，也并不妨碍前行。如果有本地的村民开着农用车下地干活时在对面遇到，他们会尽量把自己的车靠近悬崖一边，让我们的车过去。

当我们三人从那座寺庙准备告别知客僧返回之时，猛然见太阳正逐渐西沉，山高树密，整座寺庙已经有了黄昏的感觉。黄昏最初是从最东边的那座山头开始前行的，她的细脚一点一点在挪移。开始只是一小步一小步地行走，从一片树叶到另外一片树叶，从一个屋顶到另外一个屋顶。后来开始大踏步地撤退，从一座山头到另外一座山头，然后再一大步迈过一个巨大的水库，最后就逐渐到了这座寺庙所在的那座崮顶，这是太阳在这片山区留守的最后一块根据地。

我下午来时还阳光匝地，感觉在寺庙过的时间不长，却似乎是经过了多日的光景,心中忽然有了一些莫名的声音在逐渐升起。在我们返回时,途经山路边的一座悬崖顶部,这种声音在我们停下车来观看最后一片残阳之时尤为明显。这声音好像是万事万物回巢的声音,又像是万事万物繁衍的声音。在我们不知不觉之间,万事万物生生死死。

在我们三个人中,其中一位只是喜欢吃喝玩乐之人,此时他只是在那里笑逐颜开地拍照,我估计他并没有听到什么神秘的声音。他自己说话的声音太高,这种噪音已经将他身体内的神秘声音淹没。这些细微的声音只有能够听到的人才被允许听到。然而,这种声音在我和另一位信佛朋友的心中想必最为明显。声音若有若无,细若蚊鸣,却在五脏六腑中盘旋不断。当悬崖西面山顶的夕照从鲜红,变成枣红,再变成暗红,这种声音逐渐高起来。一开始只是如同庄稼生长的声音,如同引水浇灌菜地的声音,慢慢如同母牛呼唤贪玩跑远牛犊的声音,再后来如同附近村庄里的母亲呼唤年幼子女回家吃饭的声音。

这种呼唤声音并没有喊出我的名字,却又像在喊着我的名字,好似试图在人群中把我辨别出来。我难道是失踪了吗?谁在喊我呢?谁又在等待我呢?或许是我自己在喊自己呢。此时,我忽然想起刚才知客僧在寺庙与我们闲谈之时提到的一首古诗:"风动心摇树,云生性起尘。若名今日事,昧却本来人。"听知客僧说这首古诗出自《五灯会元·卷二》。在这座山崖之上,在这片无边的落日余晖之中,可能本来悬崖上下都无人在呼唤,只是我的心在呼唤,是我的心起了波澜,从而让风吹树木也起了呼唤我的波澜。或者这是我的魂灵自己不宁静,被蒙上了尘埃,因此,有人在催促我清醒并清洗。难道是我过度关心无关之事,才让我内心迷失本性,从而惹得内心之魔在呼唤？

这也有可能，可能是心中之我在悬崖下的水边呼唤我，然后被逐渐从绿色变成黑色的巨大杨树树冠所吸收，然后扩散出去，以至于变成了含混的不知是谁呼喊及呼喊谁的声音。在那座悬崖下的水库的底下，沉没着我本地最老祖先的坟墓。也许是我最老的祖先在呼唤我呢。他们可能渴盼见我很久了。但是，我现在拿什么去见他们呢。

四

我以前是一名记者，即使与以前记者被称为无冕之王的时候不能相比，但是，相比较而言，还是能够获得一点职业红利的。我无论到哪里采访，被采访者特别是被正面报道的单位或者个人都会送一些小礼品，甚至还会塞个红包。如果不昂贵，小礼物也就罢了，红包我却是几乎没有收过。但是，在我出去采访时，如果采访地附近有著名景点，我都要求去看一下。时间长了，报社里和我一起出差的小青年都知道了我这个爱好。如果和他们一起出去，被采访的人经济能力也还不错，陪我一起出差的年轻同事就会在酒宴上半真半假地开玩笑说："如果你们想让潘老师写的精彩，就应当请他到景点玩一下。他就好这一口，你们知道该怎么做了吧？"于是主宾皆大笑，在大笑中双方的目的一般都能实现。

我们报社的头头和青城山附近一家大型企业的老板当兵时是一个班的战友。后来他们一个在军队中混出了门道，转业后安排到我们报社做了副社长，并且后来接任成为社长。一个退伍后生意做得顺风顺水，成为了当地的大老板。于是他们一个有一些权力（即使是媒体权力也是一种不可忽视的权力），一个有钱，这让这对战友的亲密关系更加亲密。

因此，我到青城山附近的那个城市为社长的战友做人物专栏采访也就顺理成章。同样，我也专门提出要到青城山及附近的景点去看看。在这里，除了青城山以外，都江堰也是我念念不忘的地方。

都江堰也确实是值得一看。我看到了被玉垒山分开的滔滔不绝的岷江，我看到了浩荡的江水冲击着宝瓶口泛起千年不息的巨大水花。即使周围车水马龙，人声鼎沸，却完全被这鬼斧神工的巨大工程的轰鸣声音压制住了。如果我能够站在历史深处的云端，就能看见千年前的大批各色人群及工匠，在一位身着布满污垢的官服的憔悴官员指挥下，在通过火烧法的方式烧着玉垒山的坚硬岩石，直到将其烧成一段巨大的山的豁嘴，从而使恶龙般的江水不再危害附近的百姓。

然而，我到都江堰主要并不是为了观看李冰父子所修建的这座举世闻名的伟大工程，而是为了看二王庙中的二郎神。这是因为，在我的寻求长生之道的过程中，二郎神的神话无疑占有一席之地。在《搜神记》、《列仙传》中所载："二郎神杨戬系上界天神，具三眼，身佩三尖两刃刀，哮天神犬追随其身。神通广大，变化莫测。巡视下界，驱邪扶正，掌管天曹巡察之职。"在《封神榜》中，二郎神杨戬是少数没有上封神榜而肉身成神之人，是历代寻找长生之道的人的向往典范。

当然，特别是对于现代社会的理智的成年人而言，已经不再相信神话，不再相信传说。但是，如果什么都不相信，只是匆匆到人间一遭，又匆匆地回去。赤裸裸地来到世间，又一无所有地回去。那么，活着的意义在何处呢？还不如直接赤裸裸地出生，直接赤裸裸地回去算了。像是在我老家乱葬岗上埋葬的那些出生就夭折的孩童一样，还省的在人间经历种种烦恼。

二王庙向南可以观青城，西接连绵不绝的岷山，风光无限。从表面上看，二王庙与其他国内庙宇并无太大的差异，这里主要是指的这座寺庙的山门、大殿等楼台建筑而言。当然，这座寺庙依山而建，山中有寺，寺中有山。山为寺带来骨骼，寺为山带来灵魂，这些还是具有很清幽的特色的。

当然，在我所见到的寺庙之中，并不是二王庙最为清幽，也不是其最为宏伟，也不是二王庙的殿阁更为叠落有序，更为重要的是，自小我就崇拜二郎神，从而让我对这座寺庙有了特殊的感觉。在这座二郎神的人间神庙中，大殿正中供奉着三眼二郎神，侧旁一扇铁门上方写着"威应刹那"四个大字。虽然二郎神手持三尖两刃刀，面目威风凛凛，并不是易于接近的模样，但是，这却是在人间很少可以追寻的人实现长生不老的线索。在恍惚之中，我忽然内心中有了一种渴望从中获得慰藉的感觉。

我在大殿内到处寻找，想找一个道士请教一下长生之道。直到最后在那座昏暗大殿的门内一侧，看见一位老年的道士坐在那里打盹。我就上前打了个招呼，并说明了我的来意。这是一位面貌平常的道人，如果不是穿着道袍，而是在田间地头、路上或者市场上遇到，我可能就会认为他只是一个慈祥的邻家大爷。刚开始他似乎没有听清楚我的意思，或者是还没有完全从短梦中醒来，面部表情带有困惑的样子。我不得不放缓说话速度及提高说话的声音，又重复了一遍，我说："道长，你们这座道观供奉的是二郎神。在我国几千年的传说中，二郎神就是人间肉身成圣的神，也就是长生不老的意思。那么，你认为我们人能不能真的长生不死呢？"这位道人终于弄明白了我的意思。如果我不是面部神色还算理智，我估计他都要怀疑我的精神出了问题。看来长生确实是一件困惑世人之事，即使是道教中可能有人对此也不敢相信。

这是一个相对比较理智的道人，相比较起来，我可能比他更适合从事道士这个行业。不过这位道人还是从殿门后面的幽暗椅子上回答我："佛教讲究轮回，道教确实讲究白日飞升，肉身成神。我八岁时被家人送到道观，没有学过多少文化，只知其一，不知其二。我实际上才五十多岁，你看我现在都已经像是七十多岁的样子，哪里像是懂得长生之道的人呢。如果你真要问这个问题可以去青城山，那里是道教的祖庭之一，或许你在那里能遇到高人，能够解答你心中的困惑。"

五

我来到青城山寻求长生之道纯粹是意外之举，属于工作之中的捎带。我不会没事仅仅是为了游山玩水而出去。一是没有这个时间，二是没有这个必要。因为我也认可老家寺庙那位知客僧的观点，是否能得到长生真知，也不能单纯依靠努力，还需要缘分。如果说是仅凭努力可以实现长生的话，且不说秦始皇花费举国之力，派人到蓬莱海中神仙居住之地寻找长生之法，我无法与之相比。就是历朝历代的道士，晨起夜止，更鼓不息，苦苦修行，我也难以做到。即使他们如此勤奋，最后能有几人做到白日飞升？

青城山乃国内四大道教名山之一，也是全真龙门派圣地，历代建造的宫观遍布、道教高人更是不在少数。在我登青城山之时，在北方已经是秋末冬初光景，早晚已经是颇有凉意。但是，在青城山上此时依然是草木葱茏，藤萝遍布，众鸟啁啾，溪水淙淙，一派南方初秋的感觉。

在上山之时，被采访老板手下的那位方面大耳的经理一直陪同着我。他很是懂得人情世故，对我说："你是我们公司的尊贵客人，你可以到山上游玩，我却不能去。因为别人会说我假公济私，我就在山下等着你。"这位经理是一个退伍军人，在军队中想必也经历过多年历练。公司的老板是他的老乡，他也是老板面前的红人。但是，他照样表现得兢兢业业，不敢有丝毫马虎。他陪我在都江堰游玩时，也多次提到对老板的忠心耿耿。但是，到底是否真的忠心耿耿或者到何种程度，由于我们并不熟悉，我不敢揣测。

但是，他的这种谨慎小心，以及努力对公司老板表示忠诚，可能是他在公司中成为不倒翁的原因。这也可能是他在公司内一人之下、众人之上的原因。我就没有这份忍耐和谨慎，否则，不至于以后从那家报社辞职。即使我们只是相处几天，还是能够处处看出这位经理的谨慎。他陪我在外边游玩，在安排住宿之时，他也故意住标准比我低一个档次的房间，以符合他们公司的内部规定。其实，他们公司是本地一家很大的民营企业，在全国同行中也很有名气，他也有权住标准更高的宾馆房间。然而，他却坚持不肯，果然每个人的成功都有其特定的成功之道。

一般游客登青城山是从前山主路上去，这条主路铺的台阶虽然也是陡峭难行，但是，至少比较顺畅。除此以外，还有一条小路可以上山，这条崎岖的山路连石头台阶也没有铺上，有的地方连碎石路也被夏天爆发的山洪冲垮，却没有及时修补。然而，这并不是让我走主路上山的理由。我就是希望走一条不同寻常的道路，就是要从那条小路上山。因为只有在没有人经过的地方才会有意外，有意外才会有奇迹。这是我本性中的东西，这从我寻找别人看似天方夜谭的长生之道中就可以看得出来。

　　沿着那条九曲十八折的上青城山的小路前行，在半山腰的险峻之处，忽然从悬崖上伸出一块很大的岩石，里面好似一座较浅的天然山洞，大概有几百平方的样子，不知是谁借着悬崖下的这座山洞建造了一座小型的道观。道观前有一片不大的平台，也就成为道观的院子。院子中间并没有其他植物，然而，即使在如此贫瘠的山上，在道观院子的边上竟然还长着一株几乎半枯的树皮黝黑的古树。

　　这是一座隐藏在青城山的众多道观中不起眼的一座小型道观。如果走主路上山的话，是不会见到它的。这座道观的一半大殿隐藏在高耸的崖壁之下，这是依据山势，借着几百平方的崖壁下的山洞建成。进入到道观内，我发现靠着岩石的那一面竟然并无任何装修，还是以岩石那面做了一面墙壁。因为潮湿，上面还隐隐有发霉留下的黑色痕迹。

　　在道观门口的楹联上写着两幅字，上联是：道生一一生二二生三三生万物；下联是：人法地地法天天法道道法自然。几乎我去过的很多道观都有这副对联，可能这也是道教最为著名的精义所在，是道教中的最高的法门，道教的所有经书可能都是由这副对联所包含的意旨衍生而来的。

　　在我经过之时，一位道士正在外面伸手舞脚，身子若猿猴舒展身形，双手似仙鹤摆动双翅。这是一位极为黑瘦的老道士。头上打的道士发髻白多黑少，好似冬天枯草中幸存的几株青草芽苗。可能这位道士在黝黑古树旁边生活的太久了，整个脸都和古树的树皮没有什么两样。这个年老道士的两只眼睛几乎深陷进眼窝，与古树上两个树洞相似，然而，里面的精光也时不时会闪现一下，如同枯树树洞中鸟在跳动。我发现，人与其居住的环境还真是互相影响的。不仅是人能影响人，而且是树木或者岩石也能影响人。在山区里生活的时间长了，就可能会养成山石刻板而坚韧的性格。在平原上人生活的久了，性格或者脾性则可能更为圆顺而温和。如果人在古树或者岩石旁边生活的久了，也往往向着古树或者岩石的性格发展。

此时正是初秋。即使南方空气温润，但是，地上还是落下不少被时间淘汰的树叶、竹叶以及草叶。然而，我却没有这位年老的道士被淘汰的感觉。这是一位古朴至极的道士，穿着的道袍已经洗得发白，面部修长，胡须飘洒。如果没有胡须的话，这位大概八十多岁的道长与农村六十岁左右的老人乍看并无两样。然而，当这位拙朴的道士在悬崖边的院子里挥舞手脚时，似乎让平地起了旋风，这将周围的各种叶子聚拢到他的身边，彷佛这些已死之生命也要寻求他的庇护。这让我有了兴趣，莫非这就是能够告知我长生之法的高人？

别人会认为这位道人可能不是得道高人，但是，我的直觉却不会骗我，至少他能够告诉一些我想知道的长生信息。同时，这个地方也非常适宜。这是因为，在山顶那些更宏伟的道观之中，在三清祖师殿及其旁边的大殿里，道士们也和游客们一样忙忙碌碌，哪有时间和我说这些闲话？即使有不忙碌的道长，我也不一定能够见到。见到我看着他在那里舒展筋骨，老道士倒是很客气，停下来让着我在院子里的一个石凳上坐下来。我最初就着这位道长的年龄及出家的时间寒暄了一阵，慢慢就切入到我最关心的话题，我问到："道长，在道教之中，以追求长生为主要修行要义之一，那么，如何才能实现长生呢？"

　　老道士扬了一下长长的白眉毛，好似没有想到一位游客突然问起这个问题。他的这种白色的长眉在民间被认为是长寿的吉兆。不过，到底是否如此，我没有见过有人在这方面进行过科学研究。老道士年事已高，声音却仍然洪亮。此时，有一队打扮得像是专业探险的驴友经过，不过他们有自己的目的所在，并没有人停下来细听。老道长指着门口的楹联说："我们道教祖师老子就留下一句至圣名言，就是这句'道生一一生二二生三三生万物'，其中最基本的原理就是，如果寻求长生之道，你应当懂道。道生万物，只有懂得道，才能懂得万事万物运行的规律，才能与万物长存。万物不死，则生命不息。然而，'一'也是一个重要的字，只有抱元守一，淳朴自然，才能实现长寿。只有迈入长寿之地，才能最终通往长生之门。因此，简单质朴，清净无为，无疑是从长寿到长生的关键法门。这只是我自己多年的领悟，我也只是摸到了长生的门槛，距离达到对祖师爷老子这句至圣之言的理解，还有很长一段距离。希望在我没有羽化之前，能够悟得长生的秘密。"

第六章

祖坟及宗祠求解

一

我的太祖父曾经是当地的一个地主,但是,听说却是一个破落而倒霉的末代地主。在那以前,他真正的职业是领着十几个人赶骡马贩卖粮食的商贩。在国民党政府快要倒台之时,当地真正的地主纷纷卖地逃跑。然而,我的太祖父却认为这是一个商机,也可能是多年就想成为地主的心理作祟,他就逆势而动,用一辈子辛苦积攒的银元都购买了当地的土地,从而短暂地享受了成为地主后在自己面积广大的土地上漫步的满足感。然而,这种满足的感觉还没有持续一年,就被新的形势所打破,后来还因此被划入地主成分。幸亏我的太祖父只是一个假冒的地主,并没有欺压当地的百姓,加上他的第五个儿子,也是我的五爷爷是当地有名的强横之人,虽然是个瘸子,但是,在当地却无人敢招惹,这才躲过了一次次运动风波的冲击。然而,我的太祖父这段短暂的地主历史却成为当地的笑料，甚至一直流传到我这里。

　　我的祖父自小跟着太祖父做生意。在祖父没有过世以前，他只是一个比平常农民稍微精明一些的农村贩卖粮食的商贩，并未有什么特异功能，也没有什么灵异之处。我估计那时他也绝对不懂长生之道。然而，在他死去以后，情况可能就不同了。因为此时他可以与另外一个世界直接沟通，说不定能够透漏一点长生信息。我的祖母也是如此。每当我为她上坟之时，我一直想象着祖母在阴界或者天界保佑着我。即使她在世之时，只是一个稍显懦弱的老妇人，甚至都不能保护自己。但是，我相信她在故去之后，在她那个特殊的世界，可能也获得了不同于今世的灵异，或许也可能为我指点迷津。

　　当然，为什么我要到故去的先人那里寻找长生的启示，这可以从他们居住的坟墓的形状就可以知道。那些坟墓一半埋在地下，一半矗立在人间，因此，可能就具有了沟通阴阳的能力。

　　现在我追求长生中遇到了难题，祖父及祖母都是我至亲之人，我必须来寻求他（她）们的帮助，即使他（她）们都已经过世了好多年。

　　那时已经是秋末冬初。此时那些坟墓周围的一切都与夏天生命茂盛时不同，一切都静止下来。在夏天，即使在那些坟墓的周围，一切都是动着的，我能感觉一种生命力在其中涌动。风是动的，水是动的，树木是动的，那遍布在山地里的庄稼也是动的。这些庄稼活力无限，有的甚至已经爬出了农人土地之外，蔓延到附近的碎石山路之上。因为它们的体内此时有一种强大的生命力在驱赶着。那时群山也是动的，因为那么多生机蓬勃的事物蕴藏在它们的怀里，即使是最大的静止也压制不住内部的运动。在夏天，那片山地里的所有领土都好似冒着热气，即使是坟墓旁的阴森浓荫也不能使之冷却下来。然而，到了秋末冬初的这个时候，一切都变得肃静起来，无论是山、土地还是满山的黄草，却好像奔跑时间过长浑身脱力一样。即使是没有下过雨，被抽去生机的树木也如同被暴雨抽打过一样，孤寂地站立在辽阔的收割过的山地之上。

在太祖父为首的祖坟群落里，杂草丛生，一块墓碑几乎将太祖父的坟墓真容挡住。只有在这里，我才会感受我的祖父、祖母真的故去了。多少年我的内心中的认知是感觉他们还活着，只是出了一趟远门。看来一个人的死去是在他们至亲之人心中的死去。如果在至亲之人心中死去了，那才是真的死了。

一棵桃树在祖父埋葬之时还没有被种植，后来不知是哪只飞鸟衔来一粒桃核，在那座坟墓门前生根发芽，并逐渐长大。现在坟墓里的人逐渐变得更为腐朽，而这棵桃树却仍然还有着生机，只是两根树杈不知被谁给锯掉一根，剩下的一根向上的枝干，如同一只向上指路的手臂。我知道这个手臂般的枝干所指示的意思：向上就是生路，向下就是死路。这座杂乱的坟墓群没有人为的道路，这里真正的道路都是向上或者向下。

即使这棵仅有一根单独的枝干向上的树木，也可以为疲惫的鸟提供一次简单的休息。在我停留在祖坟那段短暂的时间里，我就看见一只黑色的鸟安静地停留在上面。这只黑鸟的脖颈及胸脯是白色的，如同黑夜与白天在身上共生。我在那里默默地祭拜，那只鸟在那里无声地休息。我不能打扰它，此时我并不是更为高级的动物，反而感觉这只鸟的智慧及在动物链中的级别都要高于我。我需要它为我传递信息。我不知这只鸟是否会传达我的意思，它在那棵树的独枝上短暂停留后，就斜着上飞，直到最后消失在铅灰色的天空之中。

　　在这片无规则埋葬的坟墓群中,如同一座没有规划的小村庄,横七竖八地躺在那里。在白日这里如同一座空村,四处流淌着清冷的气息。在那个阴暗的下午,在我向那些被埋在地下的先人们诉说求长生心事之时,我似乎感觉对面也有人聚成灰暗的一群。他们也在注视着我,也对我的做法议论纷纷。

　　我的家族的亲人们没有团结的传统,我几乎没有见过祖父母和父母在一个桌子上吃过饭,更没有见过祖父母和太祖父母在一起吃过饭。即使是年夜饭也是如此。那么,在阴界或者灵界他们是否比以前有了改变呢。或许是大家都幡然醒悟,忽然感觉都在阴界相聚不易,也经常坐在一起吃饭了呢。

　　我感觉我的亲人们进入了阴界,也可能有了阴界的灵性,但是,却可能不会理解我的想法,或者是不能理解我儿子灵宝的想法。他们都是没有见过太多世面的人,即使是成为神,也是没有见过多少世面的神,更不用说成为阴灵。

　　我认为这些阴界的亲人们会忧心忡忡,用我听不见但是能够感觉到的语言讨论,说我们家族好不容易出了这么一个后代,怎么现在如此执迷不悟了呢? 历朝历代帝王将相,僧道儒的杰出者,能人无数,谁能够做到不死呢? 即使想打个折扣,活的时间长点也难啊。秦始皇不如你吗? 派人到蓬莱寻找仙人及仙药,仙人及仙药倒是没有找到,却导致寻仙药者在蓬莱以东制造了一个国家。这种观点可能是我祖父的,因为他最喜欢看这种古书或者演义。

　　祖母则还是那么一副有些淡淡忧伤的样子,她的身体不允许她有过多的开心。然而,她还是会护着我,对祖父打着圆场说,这孩子以前的性格你也不是不知道,就让他试试吧。反正大家早晚都会团聚,不让他试一下,依他的性格是不会善罢甘休的。其实,我们一家分散那么多年了,最后在一起相聚不是很好吗?干嘛还要求长生呢?

二

我们家族是本县的大姓,我家在本县最老祖先的坟墓是埋在一个小的山坡之上。这里本来是一个背山面水的向阳之地,但是,先祖们没有远见,没有预料到流经河流的下游建了大坝,这座坟墓所在的山坡就成为一个巨大水库的一部分,从前祖先们的坟墓现在已经沉入深深的水下。因为以前我的祖先们死去都是埋在那里,即使在地下,也慢慢形成了一个不小的村落。

这里的祖先坟墓左右本来有两条河流,在夏天时会势不可挡,会将上游的房梁、家具、乱草堆,甚至是尸体从上游带来。当然,这些尸体除非是被河水中的老柳树拦住,被谁发现后接回,否则,可能注定回不了故土。然而,无论是这些无源头的尸体,还是我先祖的那些有源头的尸体,最终都是异途同归,都成为这座水库的一部分。谁也不能比谁更先醒来。在新组成的地下或者水下村落里,我的祖先们无疑是村里的大户,这些后来冲来的尸体可能就变成了门户小的小户。

即使人世那么艰难,我们潘家也成为这个县的大姓。很难想象祖先们有着多么强大的繁衍动力,从战乱、饥饿、瘟疫、疾病、酷暑、寒冬等重重险阻中冲了过来,从而繁衍成这个县的一个大姓。

当然,在没有计生政策时的历史河流中,我们家族都是依靠以多为胜,一家生十几个孩子屡见不鲜。活下来的不少,中途夭折的也不在少数。在我老家的南山西坡,曾经有一个乱葬岗,是专门为那些中途夭折的孩子准备的地下家园。因为夭折的孩子按照我们那里的风俗是无法进入祖坟的,也无权依偎在先人坟墓旁边沉睡。当然,在那个乱葬岗,那么多的小人儿聚居在一起,想必也不会太过寂寞。也可能因为没有长辈在旁边盯着,他们在夏夜最深之时,可以任意地捉迷藏,可以在月下任意的奔跑,可以无所忌惮地晃动树上的一树月光,无论回家多晚大人们也不会责备,也可能过的更为舒畅一些。在人间已经是活的不易,在阴间还能不让快乐地奔跑吗?

作为一种对家族先辈们内心敬仰的表现,在追求长生之路上,我无论如何得征求这些从未谋面的家族先辈们的同意,即使能获得他们的一点启示也好。他们活在人间没有什么灵气,在阴间说不定肉身无所羁绊,可能就会获得活人所不具备的灵性了呢?何况他们在地下生活了至少几百年了,见过的事情多如过江之鲫,听过的事情犹如夜晚的满天繁星,一定比我这种只是活了三四十年的人对未来不可控制之事具有更高的洞察力。

如果要到这里的祖先坟墓所在之地,我需要穿越一个村庄,这个村庄几乎三面将我祖先在水下的沉睡之地半包围起来。这个村庄中到处是路,到处又都没有路。有的道路被一个粪堆给挡住了,有的地方忽然伸出一堆竖起的收割后的玉米秸秆。当我穿过一片菜地以及几个地里忙碌的有着惊异眼光的农人之后,一个巨大的园子就直逼我的面前。可以说,即使我在这附近的村庄生活了那么多年,还不知道近在咫尺的地方有这么大的一个种植着茂密树木的院子。

这个园子有一个生锈的大铁门,在风中随关随闭,如同一个闪烁不定的巨大眼睛,已经在这里等待了我不知多少年。大院子里面倒是有道路相通，然而，看不到一个人。正午的南瓜花寂寞地开在路边，只是不知种南瓜的人去了哪里。在远方能听到更为响亮的声音，不知道是水声，还是风穿过树梢发出的风声。在院子里面的僻静之处，我还可以看见有几处相距不远的坟墓停泊在那里，如同不知多少年前搁浅的破船，上面都长满了荒芜的草木。在树木包围之中，只是能看见这几座坟墓依稀的外部轮廓，看不清它们的具体面目。看这一片破败，不知经历了多少年的时间风浪，才能把这几座土石的坟墓毁坏成这个样子。

穿过这片巨大阴森的树木家族的院子，到了水边之后，风反而几乎停止了，只是能看见正午的阳光一缕缕地从上空流下来。整片水面鸦雀无声，水波几乎没有一点摇动，深邃而迷茫。寂静在阳光之下、水波之上飘荡。如此巨大的寂静，寂静到让人有些莫名的恐惧。

从这座巨大院子来到水库的边缘，虽然我看不见水中祖先的家园沉没的具体位置，却知道我的祖先就居住在那里。如果他们在水下闲暇无事之时，也许如同一个荒凉村庄的年老村民们一样，用惊异的眼光看着一个穿着整齐的异乡人来到他们村前，或者他们会用一根树枝撑开眼皮，在街道两边默默地注视着我。当然，如果我是他们后裔的话，无论过去多少年，我们的气息还是一致的，我们之间的感觉也是能相通的。他们也许不会费多大力气就会认出我来，我们之间流通的血缘之线可以穿过这片巨水，让我们彼此相识。

我知道水下的祖先们并没有全部睡着。虽然我不知道阴界具体的作息时间，然而，这是正午时刻，万物都在清醒而生机勃勃地活着，在地下的祖先们想必也不会这么早就睡去。他们都睡了几百年了,想必也睡够了。他们也许会默默地打量着我。水下家族中的长老们一定是穿着黑色的袍子,留着白色的胡子,高而瘦削地站在众人中央。他们一定会对我追求长生的想法大感不解。因为他们都在这里死去了几百年了,无数人已经证实死亡才是真理。

即使我们这个家族没有出现过能够撼动历史的人物,无论是政治历史、文化历史、经济历史都是如此。但是,智力超群者也不在少数,财产丰裕者也不在少数,却从来没有一个人可以避免时间剪刀的剪除。即使官位最大者也乖乖按照时间的安排最终走向了这片墓地,即使是最为强壮者也卸下了肌肉的盔甲,松弛着一身皮肤缓缓地穿过那片土地到这里住下。即使是最为富裕者也没有用金钱换来长生。家族中的所有人,甚至是过继给外姓的人,最终都要经过望乡台后回首,然后穿过长长的无底的冥河,最后到鬼城酆都登记户口以后,户籍最后被确定于这座水下的村庄。那么,为何我这个几百年后的后生小子有如此不正常的想法,难道外边的世界真的变了吗? 是人变得更为狂妄了? 还是世界变得更为狂妄?

即使我听不清楚水下的语言,我估计这片水域下的祖先们还会帮助我,会告诉我他们这里安葬的人更为平庸一些。在我们家族中死去的人中也有杰出的代表,这些杰出代表都住在距此不远的家族祠庙。他们都被塑成了金身,这也是一种长生的方式。水下的祖先们会让我前去拜访这些家族中的杰出者,这些人的智慧远高于水下的这群先人们,他们建议我可以去家族祠庙中寻求长生之道。

三

祠堂是一个家族的死者的活的家园。祠堂里面供奉的都是一个家族的代表人物。在儒教传统之中，家族祠堂只是供着男性的祖先，而没有女性的祖先，这一点好似不公平，好像我们县域的那么多潘氏家族的后代不是女性族人所生的一样。然而，在我那个家族祠庙的两间配房中，在一堆散发着不知是哪年气味的书籍资料中，我竟然闻到了女性族人的气息。这是一本温婉而清丽的古诗集，出自我们家族中一位才女先辈的手笔。当我翻阅这些竖排的古体字书籍之时，我的鼻子竟然能够冲破重重的历史尘土的阻滞，闻到了在一个小小的轩窗之下，那位美丽而婀娜的女族人凭窗而坐，用着比辫子还要顺滑的羊毫在那里一字一笔地写作。即使几百年过去，我也能感受到这位女族人身上的好闻的脂粉香气。那是一种花园里自然散发出的芳香，没有掺杂人为的痕迹，不像是现在的香水那么俗气。我也彷佛看到了这位女族人穿过月光下的花园，与多年前的月光相遇。她在梅花之间穿行，梅花是她的闺蜜。由于长时间都在一起，她和闺蜜最终都难以分出彼此。那时不像现在一样可以随便和闺蜜一起出入。但是，后院的梅花却在岁月的花园里长时间陪伴着她，并且进入到她的古诗中陪伴着她，在以后的历史长河中也和她不离不弃，还有比这种不言不语却胜过千言万语更好的闺蜜吗？

这个女族人真是一个幸运的女子。在古代那个时候，能够出古诗集，绝对不次于现在最为流行的作家。那时很多女子都是被圈养的鸟，她们被圈养了几千年，都忘记了飞翔的能力，甚至都忘记了自己被圈养了。她们大多不是向往自由，渴望抒发自己的自由意志,而是恐惧自由。因为外边的世界实在过于广阔,人声实在过于嘈杂。她们只是生活在自己的生死之中,除了生育是一类与外界没有多少关系的存在。

我的这位女族人能够出古诗集,从而将自己的才华传给后世,让我这个后代知道有这么一位风华绝代的女先辈,并且为之骄傲,这绝对不是一件容易的事情。这不仅要突破高墙深院的圈禁,也要突破思想的禁忌。这不仅需要有钱,还需要有思想。有钱相对难度不是特别大,有思想却绝对是要超过有钱的难度。有钱的人数不胜数,但是,有思想的人却是寥若晨星。要知道,在一个女性普遍没有思想,同时也不需要有思想的古代,这本身就是一个奇迹。

我到达祖先祠堂寻求长生秘密之时,需要到附近一个土地平整的村庄。因为祠堂就在那个村庄。看来最老的祖先还是有选择能力的。就是从土地看来,这里也显然比我出生的那片山地要强得多。不过这里的唯一不利之处就是,山地所在的村庄都是用青石来垒墙盖屋。山地里不缺少山,更不缺少石头。这里则只能用黄泥打垒来修建房屋和院墙。

那时正是秋收基本完结之时,一些农户门前堆放着晒干的玉米,以及竖着站立的成捆玉米秆,这让街道变得稍微拥挤一些。在宗祠附近也比农忙之时多了一些下棋、打牌或者闲聊的人,这和我少年之时的情景大都一致,只是我老家的村庄离这里有几十里路而已。在这里,你如果见过一个男的或者女的,就等于见过了无数个。如果你见过一个村庄,就等于见过了无数个村庄。当然,祖先们最初居住的这个村庄属于平地更多之处,这可能也是祖先们最早选择在这里定居的原因。随着子女渐多,这里的土地没法供应那么多张嘴，后来他们的后裔就如同蒲公英的种子一样分散飘到了各地。然而，迁居到我老家那个村庄的祖先，就需要面对更多的山地，也会看见更大更长的河流，这也意味着他们及直系后裔要面临更多的坎坷挑战，也会面临更多的河流般的漂泊。因此，出生是一个技术活，当然死亡也是。譬如，在我祖先死亡时，死了就是死了，不需接受烈火的煎熬，直接被全尸埋入地下就行，现在死去则需要增加一道地狱炼狱般的火葬场的考验。

我祖上的这座宗祠并不是籍籍无名，距今已经有七百余年的历史了。这座祠堂几次濒临毁坏。最危险的一次发生在新中国成立后破四旧的那场运动中。这座祠堂是附近村庄中最有历史的，也是最有古代文化气息的一座。即使只是一个几百平方面积的院落，但是，青墙紫瓦，飞檐画壁，一派古色古香。在祠堂正中的门匾上方有明朝皇帝御赐金匾，字体富贵华美，一派皇家气象，上书四个字：忠贞谨守。这是何等荣耀。之所以能够获得明朝皇帝的亲笔，是因为我们家族中的一个职位最高者曾经做过明朝礼部尚书，并且深得皇帝恩宠，因而获此赐字，并永传后代。不仅如此，在正堂两侧都有偏堂，里面有历代潘氏的有名人士所留下的字画，我就是在偏堂的古纸堆中偶然发现了那位很有才华的女族长的古诗集。

然而，这些古意恰恰给破四旧者提供了有利的理由。既然这座祠堂历史这么悠久，还有封建皇帝赐字，如果这不是四旧，附近的村庄还有四旧吗？当时有关派别人士已经准备好了拆迁工具，准备将这座祠庙连根拔起，不能让它在此处影响新时代的人们。在千钧一发之际，幸亏这个村庄的主要人口都是这座祠庙居住者的后裔，在村中老人苦口婆心劝解之下，并且同意将这座祠堂以后封闭起来，才保住了它的生命。

　　我抱着惴惴不安之心来到这座宗祠寻求长生之法，拜祭家族中最为知名的人士以获得指点或者启示。当我到达那个祖祠所在的村庄之时，一眼就能看到祖祠与众不同之处。在那个村庄，只有它才是清灰色的砖瓦建成的，这至少说明我祖上有些来头。在正午之时，那座村庄人并不多，从巷子这头就可以看见那头，一眼望到头都是宁静。祖祠的大门是紧闭的，这是一座新旧复合的大门，门板是古代的门板，而门框则是后来添加的，从而呈现出一种古今对比鲜明的特色。我在祠堂周围随便问了一下，看守祠堂的人就在旁边玩牌。他听说我是这座祠堂中被祭祀者的后裔，并且表面上看来还是一个颇有文化的人，也可能经常有外地寻根的人前来参观，就满面含笑地将大门打开。

　　我不知这座祖祠是最老祖先的家，还是以后修建的专门用来祭祀的家庙。我只能看出这座院子将一片土地与四周分割开来，将上方的天空分割出四方的一块，将阳光分割出四方的一截。在院子里到处都可以看见古意。比较新鲜的迹象就是一座记载宗族中人捐款证明的石碑，上面明确地刻着最近一次重修祖祠捐款人的名单。这是以钱排列，捐钱多的在石碑最上面，字也最大，钱少的也有名位，但是，排序要靠后。看来作为子孙，如果没有钱，也不容易和列祖列宗处理好关系。

　　随着守护这座家族祠堂的老人打开正房的大门，就可以看见一直萦绕在我心头的家族河流中的源头。他们不仅是我们家族的源头，而且是我们家族中的最为优秀者。即使他们全身也是布满了一些暗尘，屋内的尘土也在正午的阳光下在门槛里外飞舞，但是，却并没有遮挡住祖先们的满身彩绘金身的光辉。

　　这些几百年前的长者，即使和我不是一个时代的人，但是，我仍然能感觉到他们的威压。他们就端坐在我的肉身的前面，端坐在比我的灵魂更高的地方，无声地与我交流。我猜他们在自己的时代中也一定是如此端坐。对于晚辈，那个时代长辈具有更高的权威性。在这些金身塑像的背后，是一片身影下的黑暗。我在这些先祖塑像前跪倒，喃喃而语，说出自己求长生的心愿，也求这些杰出的先祖们能给我指点迷津。此时，我感觉这些先祖们也在屋内的黑暗之处互相交流，窃窃私语，讨论着其他后裔们从来没有提到过的难题。我听见他们中有人说："我们这些血缘的创造者，还有家族中的最为智慧者，都不能破解这个难题，面前这个多少代以后的子孙为何有这种奇特的想法？"如果我生活在他们的年代，他们可能就会严厉地斥责我。但是，我有一种预感，虽然那位才女先祖的牌位或者金身并没有塑立在这座正房中，因为女子在古代的传统中是没有资格被塑成宗族塑像的，但是，她一定愿意为我说几句好话。我猜这位杰出的女先祖一定是她父亲或者宗族中极为受宠之人，否则，就不可能让她学习古诗词写作，也不可能将她的作品放入配房中让后代瞻仰。这位才女先祖一定会为我求情，她的声音一定是婉转而清脆的，像是在她青春最为耀眼时的声音一样。她会劝解在座的诸位金身先祖，说寻找是文化人的通病，古今都是如此。文化人不是一定要得到答案，却一定会寻找答案。最后才女先祖以及金身先祖们会在一起为我打个圆场，让我这个不知晚了多少代的后辈不至于太过尴尬。原则上他们同意我去寻找长生之道，因为这也是延续我们家族血脉的一种方式，即使这不是一种常见的方式。最后才女先祖会给两方都留下一个有面子的结局。她会说，能够长生的方式有很多种啊，在座的先祖不也是永久地以金身的方式长生了吗？只要我努力，说不定也会以这种方式长生呢。

第七章

算命人潘行

一

在我老家的那个村子，即使人们面目长得有些差异，年龄也有老有小。但是，如果从本质上而言，却并没有什么差别。你从村头就可以看到村尾，从一个人的一生就可以看见几乎是绝大多数人的人生。人们都互为镜子，往往是你的出生照着他的出生，你的死亡照着他的死亡。整个村子就是一座巨大的没有外来水源注入的池塘，人们都在自己的角落里忙忙碌碌，却只有蝼蚁般大小，很少有人会在整个村庄中激起稍微大点的波澜。

那时等到太阳完全熄灭火焰之时，大多数家庭就搭起简陋的木桌子吃饭。或者在桌子上吃饭也嫌麻烦，就直接端着碗蹲在大门口几口吃完。晚上屋里有油灯也不愿意点着，就这么静静地坐着，不发一声，谁也不愿意将谁惊醒。

在这些人群之中，即使潘行并不特别招眼，他的力量也不能撼动村前的那几棵大树。然而,如果说村中众人都是蝼蚁的话,他就是有些特殊变异颜色的蝼蚁,也是一种能够发出稍微不同叫声的蝼蚁,从而让那个村子稍微有些变化。在夜里我们老家的整座村庄都是黑乎乎的一片。只有一个人却让自己家的灯火亮着,即使亮光就是那么一点点,也不能中和一个村庄内外的那么巨大的黑暗。如果这个人不怕暴露自己亮光的话,那么,他就是潘行。

我感觉至少在很长一段时间内,整村的人都是整日没有目标燃烧的柴火,潘行则使这些柴火的燃烧稍微有一些不同寻常的变化。到底是火焰变得更加黑一些,还是更加红一些,这都不重要。即使燃烧时的变化很小,但是,小也是一种变化。

老家村里的算命先生潘行以前做过乡村教师,在十里八乡也算是有文化的人。后来在转为正式教师的考编考试中,几次都没有通过。他在被小学辞退后,就将以前从四川峨眉山学到的算卦知识发扬光大,去做了算命先生。潘行的算卦术不仅包括先天八卦,还加入了哲学中的辩证关系,关键看是针对谁算命。如果对没有文化的人,则讲些周易手相之类的东西。如果对于有点文化的人,譬如我这类的人,则会补充一些因果、哲学之类的东西。即使如此,当我向他求教长生之道时,这位周围村子中最相信天数的人也感觉很是好奇。

我说:"我听说你主要用的是周易六十四卦算命,在我们村中也是一个能人,你能否算一下人最终能否实现长生不老呢?"

他说:"长生是不可能实现的。生就是因,死就是果。世界万物,循环不已,就是有因就有果,否则,整个世界将会陷入停滞之中。"

我又问道:"那么,传说中的神仙又是怎么回事呢?"

他叹口气说:"我现在也是靠着这个吃饭谋生的。但是,众人只是听说过老子骑着青牛过了函谷关,一去不复返。但是,谁又是当时的见证者呢?谁又见过老子成仙的真迹呢?即使有八仙过海的传说,但是,到底八仙去了哪里?谁见过呢?为何自此人影杳杳,只是存在于传说中呢?"

算命人又接着说:"我整天给别人算命,其实也是一种谋口饭吃的职业而已。你看我们附近算命的人,有几个是富贵的呢?我可以算别人之命,却难以靠给自己算命来发财。即使我知道神仙之法,却没有神仙之福。以我们肉胎凡骨,就不能多想。多想不是我们的事情,由圣人去多想。我知道你是有追求的人,但是,你看茫茫人海之中,人生苦旅,真正陷入其中的都是有追求之人。自陷却不知,反而寻求脱困的路径,大概就是你们这种人的特点。但是,我也知道你很难走出,就如同我即使能够算准自己的命,却难以破解一样。人可以帮助别人,有时最难帮助的却是自己。因为我们都是镜中人,都是水中影,都是虚空之物。因此,追求到最后,可能追求的只能是本源的虚空。你现在追求长生之道,也可能是一种内心反噬的表现。当然,你最终也可能寻求到破解之法,但是,其中的难度非常人所能想象。"

二

算命人潘行算是我的叔辈的长辈,他家和我家也就相距一两百米的样子,年龄差距也并不很大。因此,我们两个人自小就被双方的父母说整天"拧在一起。"可以说,我对他的真正熟悉程度可能要超过他的父母,他对我也是如此。他是家中的独子,也是本村当时为数不多的读完初中的人。他自小就喜欢一些玄虚的东西或者舞枪弄棒,却不爱在地里干活。这在我们那里以农业为生的传统农村人的眼里,就是标准的不务正业。因此,父母对他这种行为是深恶痛绝。因为这等于直接熄灭了他们盼望儿子长大,将他们从繁重的劳动中解脱出来的梦想。于是潘行的父母就动用了软硬兼施的各种手段,强迫儿子改邪归正。但是,凡是有这种性格的人都有天性中的成分在里面,很难被改变。同时,潘行当时初中刚刚毕业,血气方刚,自信心爆棚,认知能力却欠缺,正是不听人劝的年龄,无论如何都不肯听父母的唠叨。

由于我自小也不喜欢家中父母的羁绊,可能与潘行具有类似的秉性。但是,我们这种不愿意受拘束的秉性还是存在一点差异。我只是向往没有羁绊的自由,他是向往无拘束的任意而为。在村中循规蹈矩的少年或者青年之中,我们两人毕竟属于异类,因此,在心性之中具有共通之处,也更容易玩在一起。果然是只有同类才能认识同类。

印象中那时的夏天草木更为茂盛,人烟也更为稀少,满山的草木及连地的庄稼将那个山村紧紧地包围起来。那时夏天夜晚的月光也更加明亮,晚饭之后在我们结伴出去之时,月亮会从高天之上洒下一地碎银。那时正是少年,月光真是比年龄渐衰时更亮,多少年后在我的岁数逐渐增大之时,都会感受到当年亮堂堂的月光的力量。我感觉自己就如同老家的那几间茅草房子,这次被吹走一棵草,那次被吹掉一块泥巴,再一次露在最外边的椽子被吹的白一半,黑一半,如同现在我两鬓的黑白相间的头发,直到被吹的越来越小,越来越旧。只有少年的月光多少年再见也不见少,也照样鲜亮如初。少年的月光能够照亮人的一生。

我当时经常跟着潘行一起去找村中的那个老年的说书人,听说书人三朝五代、天南地北地讲古论今。特别是讲到《封神演义》中的诸神斗法之事，我都会神魂颠倒，神飞九霄之外。后来我想，我很小的时候内心中就有长生的种子，逐渐萌芽却是在那时和潘行一起听说书人讲《封神演义》时。当然，同样的山地，却可能长出不同的庄稼。后来我也问过潘行，他认为听说书人讲《封神演义》让他对算命产生了兴趣，并且成为以后选择职业的萌芽。因为《封神演义》中的姜子牙就是算命的神仙。

当然，因为说书人是本村的老人，晚上给大家讲《封神演义》可以防止他的逐渐衰老的脑子锈蚀，他自己也喜欢人多热闹，也可以为乡邻多个乐趣。因此，无论谁去听，从来也不要钱。除了我和潘行以外，还有一些或老或少的村民也在旁边听。但是，听《封神演义》的人不少，我知道真正相信的并不多。这不怪他们。无论是在农村还是在城市中，生活在神话中的人并不多。即使是说书人自己也可能不信。

所有的父母看似对孩子的爱都一样，实际上却是大不相同。在那时农村，大多数父母对子女之爱都是粗糙的，但是，我还是看到有的父母一到晚上就心神不宁，唯恐孩子在外面被黑夜所迷惑，在黑夜的泥淖里找不到回家的道路。我的父母和潘行的父母则属于同一类，他们都认为自己的孩子是黑夜的孩子，如果被黑夜所吞噬，那也算是自己回家了。如果被大水所淹没，也是顺着大水去找自己原生的父母了。至少我很长时间里都是这么想的。

潘行的父母和我的父母对让儿子干活的热切愿望，永远超过其他愿望。在他们的心目之中，我们只是被生下来代替他们粗重劳动的更为年轻的他们。我们两个人的父母都不知道什么是教育，因为他们从来也没有被教育过。这种基因在农村家庭中一代代地被遗传下来，除非是出现了奇迹，才能打断这种进化的进程。譬如在古时家中出了一个秀才或者举人之类的人，改变了家庭进化树上的趋势，从而变成了另外一种树木。在现代社会，则是家里偶然出现了一个特别聪明的孩子，凭借自己的努力考上大学，从而将自己的基因之河引流向城市。

在那片偏僻山地的农村，长期贫困的石磨压在父母的身上，每日的转动就是对他们肉体和精神的反复研磨，日光就是抽打他们的鞭子，这让不少父母对亲情很是淡漠，对感情也很麻木，儿女有时甚至不如鸡鸭等家禽，更不如牛羊等牲畜，因为这些都是具体的财产，可以看得见摸得着，可以直接变现。在晚上如果这些家禽家畜不能归宿之时，这些农村家长还会到处寻找。但是这些农村的父母对子女则不一定。他们的孩子在童年、少年时，很多都是野生的动物，都是采取放养的方式。即使晚上不回家也不会为此过多担心。特别是成年子女如果不能及时提供劳动力，这就是负资产。此时子女在很大程度上就是父母的仇人，父母会用难听的话去诅咒，用各种手段去对付，恨不得马上驱逐了事。

不知是由于农民基因遗传的原因，还是潘行父母没有心情的原因，或者是没有时间的原因，总之，他们更愿意采取一些简单粗暴、但是在他们看来却有效的方法去管教潘行。这就是直接借鉴他们父母或者父母的父母的经验，采取大棒加饿饭政策，意图规训潘行，让他重新回到成为偏僻山区传统农民的轨道上去。我是亲眼看到了潘行与其父母对抗逐步升级的过程。一开始，潘行的父母锁上房门不给他饭吃，潘行就卸下房门偷偷进去吃饭。他的父母发现之后，预防儿子的措施就再升级。他们从隔壁木匠家借来锤子、钉子及粗铁条，将门与门框以及门框旁边房屋的石头紧紧固定在一起。这样，除非潘行把房子拆了，否则无论如何是难以进门的。那次我看到了潘行绝望的愤怒，与我曾经经历过的愤怒一样。这主要是潘行母亲的主意，我不知道是什么力量让这位母亲如此决绝。于是潘行与母亲大闹一场，并且叫着母亲的名字说："曹二妮，你一天不死，我一天绝对不会回家。"几天后他借了村里其他人几十元钱离开家门，从此多年都不听音讯。

大约七八年的样子，潘行都是音信皆无。村里有人传言他在外边遇到好的生意机会，发了大财，不愿意回家了。也有村里人传言他可能是在外边遇到偷割器官的贼人，被人用迷药迷倒之后，被偷取了器官，无钱医治，死在异乡。一直到潘行母亲去世以后的第一年，潘行却神奇般地从外地突然赶回来了，像是他当年独自一人出走那么突然。这次他回老家，不仅是一个人回来，还带来一位四川的女子。她身材丰满，说着一口的四川话，引得整个村里没有见过世面的男女老少纷纷去他家探问，都去看看这位村中第一个来自外地的女子到底什么模样。

我不知道潘行回家到底是因为母亲去世才回来，还是在外面找到老婆后回家也算有个交代，算是光宗耀祖、扬眉吐气。因为当年他家的经济状况算是村里比较差的。潘行的父亲经常早起卖粥、卖油条，浑身比油条还要油腻，住的房屋也是油烟弥漫，黑不透风。加上潘行又有不好好干农活的习惯，这些因素在当时的农村都是讨个老婆的大敌。同时，这也让潘行多了个"潘油条的儿子"的称谓。当然，这在我们老家并不是褒义，一听就给人以油腻且黑糊糊的感觉。在农村就是如此。当然，不仅在农村是如此。人的污名化就是一个钉子，可以将一个人一生都牢牢钉在一个地方。不仅本人可以被污名化，而且也可以从父母那里继承污名化。

当时村里多嘴多舌的人就会偷偷议论,说卖油条的老潘家的这个儿子算是完了,这样的二流子哪家姑娘敢嫁给他。恰恰相反,潘行不仅带回一个媳妇,而且还长得白白净净的,胜过附近村里大多数晒得黑乎乎的姑娘。因此,至此之后,村中找不到媳妇的男子都说四川、贵州一带的姑娘好骗,眼光也不行,连潘行这种人都能在那里找到媳妇。后来村上的找不到媳妇的男子就纷纷到四川、贵州一带打工,还真是带回几个媳妇。因此,潘行在这方面也算是村里的前辈吧。

三

不知潘行在四川遇到什么事情,或者是遇到了什么高人,那次回家彻底改变了以前那种好吃懒做的脾性。据他自己说在四川峨眉山流浪之时,遇到一位道士高人,并拜道士为师,学会了梅花易数、六爻、四柱、紫薇斗数、手相面相等周易算卦技术。不过到底具体经过如何,我也不便详细问。这个人虽然平时浑身都是嘴,在关键之处还是能够守住秘密。不过村中人说他的算命术并不是从四川峨眉山道士那里学的,而是村中一座老宅被拆后,在墙壁中找到了几本算命的古书,村里当时有文化且对这些书感兴趣的人不多,这些算命的古书就被潘行得了。从此他精心细读,就有了算命的道行。

即使潘行学会了打卦算命之术,但是,在最初那些年,这些都是属于封建迷信,是被禁止的,只能是作为业余爱好。他只是在农闲之时,在村头巷尾给附近村里相信的人占卜算命,以此获得一顿酒饭,或者赚两包香烟,并不敢收钱。在那些年头,收钱也没人有这个闲钱。后来,也是碰上一个偶然的机会,潘行成为了我们村的民办教师。因为那个特殊年代刚刚结束，由于我们村四面被山包围，只有一条山路穿山过涧与十几里路远的乡政府相连，村外的教师不愿意过来。同时，村中有文化人的又不多。由于潘行相对年轻，并且上过初中，又见过世面，能说会道。村长就向乡里说了一声，让潘行在村小学做了民办教师。

那段时间无疑是潘行一生的黄金时期，狗尾巴草也终于有了春天。如果按照一天的时辰的话，那时他属于太阳正午的时刻。陡然间，他从卖油条的儿子成为了村里的一个知识分子，无疑在语言和穿着上要比村中那些凡夫俗子高上一头。在穿着方面，村中的其他人夏天早晚都是一身汗衫，冬天早晚都是上身大棉袄，下身穿大裤裆的棉裤，也没有腰带，而腰上捆着绳子或者布条。而对于潘行而言，则要讲究得多。他在夏天都是穿中山装，上面的两个兜上各自别着一支钢笔，即使一支已经坏掉也照样别着。在冬天，他则将中山装套在棉袄外面，从而将自己与村里其他村民区别开来。自此，他不准别人叫他潘油条的儿子，而是要叫他潘老师。当然，当地的老百姓哪有什么素质，都是在当面叫他潘老师，背地里还是叫他潘油条的儿子。潘行非常珍惜这份民办教师的职业。我有次到他的办公室里找他，里面没有其他人。村小学本来老师就不多，他一人占了一间办公室。当我进去和他聊天时，不知是炫耀还是怎么，我看着他无限深情地将一个月的工资五元钱平整地压好，小心地放在一个笔记本里夹住，然后意味深长地看了我一眼。

四

然而，形势比人强。即使潘行会算命，却最终没有算准自己的命数。潘行老师最终还是成为了算命人潘行。由于几次民办教师考编没有考上，他最终被辞退。在万般无奈之际，潘行还是依依不舍地离开了那座让他获得无数尊敬感觉的村小学。自此，那里的孩子读书声不再为他而读，那里的上课铃声不再为他而响，那里的麦假和秋假不再为他而放，那里墙根的南瓜花不再为他而开。这一切对他而言，可能将是难以忘记却不得不忘记的旧梦。

　　每个人都生活在自己的孤独里，不过有人给它穿上了喧嚣的外衣。即使潘行年龄较大之时，也是一个话语非常多的人。但是，话多并不代表他不孤独，也不代表在安静时他没有感觉到栖息在内心深处的孤独。每个人都有一套抵抗孤独的方法，有的人用狂欢抵抗孤独，有的人用麻木抵抗孤独，有的人则是用语言抵抗孤独。然而，至少在我老家那个村中，潘行并不是和其他村民一样麻木，这也是他与其他人的不同之处。

　　潘行曾对我说过，在他被辞退后，那天他从村小学搬回自己的东西时，在那里工作了几年，只是搬回了一个装得半满的纸箱。他感觉当时是抱着自己的骨灰盒，轻飘飘地没有分量。他说在那天村小学门口的大杨树上，抱窝的喜鹊不怀好意地呱呱叫着。他在这个小学教书也有几年了，从来没有听到过喜鹊可以这么大声地叫过，并且可以像针一样扎进他的肉里。正午的阳光将他的身子在地下晒成一个缩小的黑影，他向前走，黑影也怯懦而猥琐地跟着他前行。他没法再回去，黑影也没法再回去。幸亏是夏天，他没有感觉到彻骨的寒冷，还能让他抵抗其他小学老师尴尬而毫无温情的眼睛。因为村里民办小学教师考编制人数都是有限制的，他被辞退后，说不定其他老师就少了一个竞争对手，这对其他老师也是一件好事。在他经过学校布满砂石的操场时，还是会遇到来去匆忙奔跑的学生，不知情的学生还会叫他一声老师，他却知道以后这个带有荣誉性的称号不再属于他了。然而,他对这个称谓却发自内心地喜欢。这也是他在算命时喜欢别人叫他潘老师的原因。

不过潘行倒是挺能适应新的生活。其实,人是适应性最强的动物。再说,不适应又能怎么样呢? 人只有两条主要的道路:生或者死。很多人不就是凭着惯性活着吗? 如果生死可以自由切换,有人可能会选择死无数次。如同冬眠一样,再寻找合适的时机苏醒。

在我童年、少年的记忆中,特别在晚上灯光中呆一会出门时,都容易被屋内的灯光围困住,出门后一段时间什么都看不见。由于出了灯光就是夜色,就不敢迈出脚步。我在省城工作的时间里,也看见有人迈不出从前灯光的照耀,从而导致精神失调,抑郁甚至自杀的都有。在这点,我感觉很多人不如潘行,即使他从事民办教师的经历不是很闪耀的灯光,然而,对他本人却的确是人生的高光时刻。但是,他还是能从以往的灯光中走出来。无论是愿意还是不愿意,他还是能够跟跟跄跄地在黑夜中摸索着前行。

即使我以后到了省城从事记者以及以后做律师,也从来没有忘记我和潘行在少年时结下的这份交情。我和潘行年岁差了几岁,但是,我们的经历并无本质的区别。我们曾经一起在月光下听说书人讲古书,即使获得的认知不同。我曾经和潘行在老家东边那条河里赤身裸体地洗澡。在河流湍急之时,一下子能被冲出去几十米远。然而,有两个人在一起,即使被冲走也不惊慌。当然,我当时认为如果被冲走,最终的目的可能是一座有着神仙居住的海岛。他认为如果被冲走,最终可能会被一艘大轮船救走,从此就离开那座四面被山包围、只有一条道路可以出走的山村。我们曾经同时被村前的那棵老榆树举到高处,看远处的河流及更高远处的碎棉絮似的云朵。我说这些云朵里一定隐藏着神仙的仙车，由鸾凤驾驶，神仙就端坐在中间。他说不知飞机是什么样子，以后有钱一定坐一次飞机。他有他的憧憬，我有我的憧憬，然而，我们的憧憬却曾经如此紧密地依偎过。

在潘行不做民办教师后，最初是做中介介绍当地的村民外出打工。后来他感觉只从事这份职业，还不足以养活那个越来越庞大的四川老婆，以及两个憨虎般的儿子，就正式做了算命先生。那时，正是在我的建议之下，他为自己从事算命行业专门置办了行头。

我说："大叔，你算命就要像算命的，不管别人信不信，你自己得信。你应当尽量把自己装扮成仙风道骨的样子。你看我们律师行业，无论多么没有钱，首先要包装的西装革履，皮鞋锃亮。律师如果能借到钱，也会尽量买辆好车。否则，律师自己的行头像个穷酸，谁敢去找他打官司。反正我们律师行业都是如此，别看外表如何光鲜，到底有多少钱只有自己心里清楚。做生意不也是如此吗？不管有钱没钱，先买上一辆豪车，至少这样生意伙伴不会一开始就害怕和你做生意。"

潘行说："侄子，你说的是有道理，你看我怎么才能打扮得仙风道骨？"

我说："你先置办一套道士袍子，电影和电视剧里你也都看过，就是武当山出家道士的那种。另外，最好留个胡子，好像这也是道士的标配。"

他说："侄子，你一说我倒是真想起来了，我在四川峨眉山的道长就是这种穿着。"

我看他的话的热度上升起来，这是他逐渐兴奋的标志，就笑着说:"大叔,你整天说在四川峨眉山拜过道士高人学过算卦术,这到底是真的还是假的? 村里人怎么说你是从拆老屋得到的算卦书中自学的呢?"

他有些急了,大声嚷嚷着说:"你看你这小子,我们爷俩什么关系,从小一起光着屁股长大的。我能骗别人,还能骗你?"

他的四川老婆已经在我们那里生活了有些年头了,口音也和我们当地的口音有些串了,此时操着两地的杂交口音替老公帮腔说:"你大叔会骗你,我还会骗你? 我就是在四川峨眉山下长大的,他的那个师傅我也见过。当时如果你大叔不说学会了周易算卦术,我说不定还不跟着他到你们这里来呢。"

潘行在旁边也跟着说:"我峨眉山的师傅可以说是天文地理、占卦算命无一不知,无一不晓。他还有一身好轻功。人家还是国家给发工资的。侄子如果你不信,我有机会一定带你去峨眉山找我当年的师傅,到了以后你就会知道世上还有真正的高人。我当年亲眼看见他徒手纵上十米高的高墙如履平地。他在四五米远处发力,可以用掌法让一棵小树摇动。你看如果这掌打到人的身上,得有多大的力气。"

第八章

峨眉山的道长

一

潘行的兼职是职业介绍，就是将我们本地的劳动力介绍到外地甚至是外国工作。即使他将自己的职业介绍能力说的天花乱坠，就像是他夸耀自己的算卦术一样，但是，我却总是半信半疑。这是因为，潘行自己有两个儿子，都是二十多岁，身高体胖，却给人以一种憨厚或者是愚钝的感觉。当然，特别是准备到外地找工作的老大，绝对不是智商存在什么问题。潘行的大儿子也上过国内的一个大学。虽然这个大学并不出名，但是，他学的专业是市场营销，只要要求不是太高，也属于目前比较好找工作的专业。这个专业就是凭自己的能力吃饭。潘行说自己给不少人介绍了工作，却没能为自己的儿子找到工作，因此，这等于直接砸了他的招牌。他有一段时间一直和我联系，目的就是让我给他大儿子介绍一份合适的工作。

我回老家见潘行时，他一直苦恼地挠头，一脸尴尬地说："侄子，你那两个兄弟都看到了吧。当年老大的专业是我给选的，我以为凭我的遗传基因，孩子做个市场营销绝对没有问题。不料人算不如天算，他就不是吃这碗饭的料。再说，他这么大的人了，在学校里也不谈恋爱，我们找人给他介绍对象他也不要，你说这事得咋办呢？我和你婶子都愁死了。"

潘行的老婆这几年愈加发福，一笑脸上没有一点皱纹，全部都被脂肪淹没了。她也在旁边陪着笑说："大侄子，你在省城工作，走南闯北，在我们这里也是一个名人。你认识那么多人，就帮你大兄弟介绍个工作呗，这个年头谁也不能忘记你的好处。"

我一般是不愿意帮人介绍工作或者是介绍男女朋友之类的事情。在我很小之时，祖父就经常说一句话："要想好，别做媒人别做保。"由于我父母不和，我的母亲早些年和父亲吵架气急了，就会带着我找当年介绍她和父亲认识的媒人撒气。那个媒婆也是一脸无奈地说："那时我哪里知道啊，这又不能像是现在能自由恋爱，可以互相了解。你看你儿子多有灵性，不看大的看小的，你就将就着过吧。不过你能怎么办，日子都是过出来的，不是吵闹出来的。"

因此，在我做报社记者之时，潘行和她老婆找我为他们的儿子介绍工作，我只是象征性地口头应允了一下，实际上并没有付诸行动。后来我做了律师以后，观念就发生了一些改变。这是因为，律师这个行业是以人脉为经营核心的职业。即使是律师的法律水平再高，如果没有人脉，至少没有人会给你介绍案源。律师总不能闲着没事去起诉自己。而律师要想扩大人脉，无疑就是在自己的能力范围内尽量帮助别人。即使你帮助的这个人可能临时用不着，但是，其他人如果找你的话，你帮助过的这个人有这方面的资源，然后,也可以借助于你帮助过的人再去帮助他人。这样就形成了一个良性的活水循环关系网,否则,你自己就是死水一团。可以说,在现在这个功利而现实的社会,一个人存在的价值就在于对他人直接有用。如果没有用处,则永远不能做好律师。现在社会一切看你是否有用,而你能帮助其他人,就证明你还有用。因此,只要是在我能力范围之内,我做律师后都会尽量帮助他人。

我在做记者时,即使我在单位内可能受到倾轧,但是,在社会上,一般而言,记者就是甲方,至少不要太去求人。而在做律师时,我就成了乙方,这时我就需要盘活各种关系。这也是一种生存需要,是一种生存策略。可以说,潘行来找我算是找对了时候。正好此时,我有一家大的顾问单位,那个老板多年前我去采访过,还算有点私交,我也因而成为他的公司的法律顾问。这家公司的人事总监看我和老板私人关系不错,当我将潘行的大儿子介绍他们公司做人事专员时,也就顺水推舟答应了。这样,我就和潘行一家进一步拉近了关系。因此,当后来我提出准备到峨眉山找潘行提到的那位道士师傅时,他也没有怎么犹豫,直接同意买票和我一起去了。

即使潘行说的不是特别准确,不过他这次确实没有骗我。当我们从省城坐火车,再转长途汽车,到了一个偏僻的乡镇,再转三轮车,沿着主路拐进去,再向上走了一段不远的崎岖山路,终于看到了一座古旧的道观。后来一问这个地方其实距离峨眉山还有上百里的距离,但是,从严格意义而言,也算是峨眉山系,因此,潘行可能稍微夸大了一点,然而,这已经让我对他刮目相看。因为在我以前的内心之中,他所说的话基本上是三分真、七分假,也就是三分可信,七分不可信。

　　这座道观距离最近的县城也有二十公里。因此，相对较为偏僻。从我进大门之时，就感觉到了一种冷清的气息。加上当日又是阴霾天气，更使这座道观显得成为人间大道的拐角僻静之处。但是，这只是我刚进道观大门时的感觉，越是向里面走，人却逐渐多了起来。到了三清大殿前的院子，只见庭院正中有一巨大香炉，不知是哪年锻造，也不知经历了多少时间的烟熏火燎，仍是渺渺地散发出虔诚的香气。这些道观香烛的烟火之气，一部分升入雨雾升腾的上空，一部分就停留在道观之中，成为道观的一部分。

　　在这座道观的庭院正中，可以看见整个院子里都有围观的人群，在人群的正中，有八名道士分为两列，都身穿黄色法衣，长及小腿，袖长随身，前面绣有日月星辰、八卦、仙鹤，后面绣有两条黑白的"阴阳鱼"八卦图案。当中一位道士身着紫色法衣，大约五十上下，精瘦有须、气派庄严，一副通神灵的派头。这时潘行指着他对我说："这当中的就是本观的主持紫光道长，也是我的师傅。别看他年龄不是最大，但是，他师承前任主持，道法精深，修行虔诚，前任主持就把位子传给了他。"

　　此时两边道士手中的乐器齐响，笙、管、笛、云锣、琵琶等声音交杂在一起，但是，却听着并不繁杂，感觉有一个总的音乐大手在控制着秩序，从而成为一种繁杂却传达出来圣洁意味的合成音乐之声。等两边的道士列队前行停止，紫光道长步罡踏斗，口中念"急急如律令！"挥动法器开始做法。他的后面跟着一对青年男女，看上去不像是夫妻，倒像是姐弟或者兄妹，都在紫光道长的指挥之下做起伏跪拜之礼。

　　潘行显然对此颇为熟悉，他转过脸来对我说："这是道教超度亡灵的道场，也称'放焰口'，这是亡父母的子女请道士念咒施法赈济父母亡魂，让他们提前早升天界，共涉仙乡，永离苦海，得到超脱。"

二

这座道观的主持紫光道长，有着中年人的精力，却有着七八十岁阅历的眼神。他的眼神看似涉世不深，却又好似看透了一切的世事。即使他随便地看我一下，我的直觉也会认为这不是一个平凡之人。在他的一双眼睛之下，看不到一丝人间的渣子，但是，却又深不见底。我不知这种眼睛是先天生就的，还是后来修炼而成的。这不是人间的眼睛，这双眼睛如同高悬在老家大门前辟邪的神镜，可以到达人间，人间却无法到达他的眼睛。

然而，我在这座道观住了一段时间后，即使我说明了到这里的目的是请教长生之术，紫光道长却没有告诉我什么长生之法。眼为心之窗，可能这位道长也看出了我的心思，在一个阳光灿烂地悬挂于天空的中午，他忽然来了兴致，让我和潘行随他一起到后山道观一趟。

峨眉山不愧自古就为天下名山之一，即使这座道观所在之山只是峨眉山余脉，仍然可见山势绵延，树木葱郁，给人以无限灵性的感觉。随着我们穿越一个山中的石桥后，山势逐渐攀升，然后沿着一条看似很久没有人走过的山路一直向上。我和潘行相对而言也是年轻力壮之人，但是，仍然气喘吁吁。紫光道长却健步如飞，也不管我们，一直走到了一座更为陈旧的高大道观门前。

此时天刚正午，正是万物最有力气、最生机勃发之时。无论是脚下不远处草丛的蚂蚱跳跃，远处田地里干活的驴叫，还是更远处农舍的鸡鸣，都让人感觉出一切都还不晚，都还有着无穷的力气及无限的生机流动。

据紫光道长介绍，虽然这座道观看起来规模不小，是以前历代祖师爷及他的师傅修行之地。但是，由于交通不便，距离大路更远，就逐渐荒凉起来。在道观远处有一片葡萄园，葡萄园旁边有一间看护的茅草房间，被四周荆棘的栅栏围住，也不知里面现在住人没有。再远处就是隐约的村庄和城镇。如果细听，还是能听见风声中传来遥远的车声，却是不能再听见人声。

紫光道长来这里以前已经提前换好了短小的道士衣服。这时他站在道观高大约六七米左右的外墙前，对我们说："最近我很少来这里活动筋骨，潘行以前也见过，你可能没有见过，我就为你表演一下我们道教的轻功梯云纵。你所寻求的那些长生之道，最高大的东西都是在这些最基本的东西中间，我以后会慢慢告诉你。"

他说着，先是在墙下伸脚抢拳，拉筋活骨，做了一番热身。然后，在我们没有太注意时，在那座道观的高墙下做了一个漂亮的倒空翻，真看不出他这个年龄还有这么好的身手。正在我们惊讶未消之时，只见他呼气，提气，箭步腾空，三跳两跃，几乎在那么高的高墙上没有换脚，就跃上了墙顶。这些动作以前我都是在小说、电影或者电视中看到的，那都有渲染的成分，或者是有特技的支持。在我亲眼看到之后，忽然产生了恍如隔世的幻觉。然而，当我看到紫光道长头顶更高之处的道观大殿飞檐及屋顶，也知道这并不是幻觉。特别是紫光道长大气不喘地跳下时，这个活生生的武术高人就站在我们的面前。潘行虽然以前见过紫光道长表演过这种功夫，但是，那时紫光道长只是找了一个比较矮的石墙表演了一次，并不像是潘行对我说的那样可以跃上十米。因此，这次紫光道长的表演更让他目瞪口呆，直到道长跃下，我们才大喊一声："好，太好了。"

我后来也经常想这次紫光道长表演的目的。诚然,即使紫光道长的梯云纵轻功出神入化,但是,我认为以他的道行,已经到了用不着炫耀的程度。那么,他这么做的意义是什么呢?我是一个无论做什么事情都需要想到意义的人。活有活的意义,死有死的意义。那么,紫光道长表演梯云纵到底是为了暗示什么呢?是不是暗示梯云纵这种功夫都需要几十年才能练成,那么,寻求长生之道比这艰险不知多少倍,他是不是让我心里早做准备,让我知难而退呢?因为他始终没有告诉我,我也不知道到底其中缘由是什么。这也许就是高人称为高人的原因,他可能只是做了一件看似简单的事情,却可能有无数个解释的出口。

三

在白天,这座道观的前观由于离大路并不远,交通相对比较方便,也有附近甚至是远方游客来游玩或者上香。到了夜里关上道观的沉重大门之后,这里的人都性情安静,四周就成了寂静统治的国土。在夜晚,月光经常成为道观中央庭院的主角,千百年来都是如此,在这座道观没有存在时就是如此。它不管人世的悲欢离合,也不管王朝的兴衰变更。不会因为哪个朝代更为强盛,就洒下的月光多些,哪个朝代迅速如昙花一现,就洒下的月光少些。月光是最公平的使者,即使这座道观以前还是一片山野之时,就这么无声地流下,那时是润泽了夜晚的万物,而此时则更是润泽了人心。这月亮如水,洒在道观院子中磨得光滑的砖头及石头上,洒在四周古旧的墙上,洒在斑驳的大殿瓦上,洒在道观里还尚未熄灭的烛火之上。

　　我和潘行都坐在木制的板凳上,紫光道长则盘腿闭目打坐在蒲团上,摇曳的烛火使他的面孔更是发出一种神秘却让人无限温暖的光辉。此时,即使是平时喜欢多言的潘行也沉静下来,这是一个让人沉静的道观的夜晚。紫光道长慢慢睁开双眼对我说:"你知道,潘行只是我的记名弟子。你是他带来的,我见你却并不是只是这个原因。我愿意留你在观里多住这么多天,也并不是这个原因。这是因为我看你也是有灵性之人。你男生女相,天庭有型,地阁有体。你和其他浑水摸鱼者不同,和随波逐流者不同,也和很多消极避世者不同,你还是有着与命运抗争的心之动力。看你面相,你本来不是人间凡物,但是,我也能看出你内心过于刚直,心中火气如炉,因而,如果没有遇到贵人,越是在和平时期,你这种人越是难以得到重用。因此,与其说你是寻求长生之道,实际可能是寻求内心未成就的梦想。然而,天意如此,在凡俗中的事情我是无能为力。你要寻求的长生之道,也是我们道教修行的目的。但是,我也不知能否帮助到你,你明天先跟着我练习一下辟谷吧。这是我们道教寻求长生之道的一种方法,先祖先师都将这个作为道家求长生的初级法门。我会先简单告诉你一下如何进行辟谷。"

　　紫光道长喝了一口茶水,我不知他确实是口渴,还是把这口茶水作为一个说话停顿的符号。他接着说:"无成势,无常形,故能究万物之情。不为物先,不为物后,故能为万物主。在我们道教之中,只有心中无物,才能到达万物。我虽然也做一些祭祀的道场,却只是为了支撑这座道观的需要。即使我有算卦之术,却很少向外人展示。如果我想赚钱,可以赚很多钱。但是,钱乃无主之物,上面并无任何人的姓名。钱在你活着的时候是你的。在你不在人世之时,就不是你的。名位也是。只有求道,才是人生大道。在道教之中，求长生之道的方法众多，但是，辟谷属于最基础的一种入门方法，它可以减少一个人的生理活动，从而实现正常寻道所达不到的效果。"

紫光道长手捋胡须缓缓地接着向下说："辟谷又称绝谷、休粮，这是来自仙家养生中的'不食五谷'的说法，主要是不吃平常的五谷杂粮。在辟谷时，道行高深者可以什么都不吃。一般人在辟谷之时，可以吃一些专门的辟谷药物或者其他辅助物品。辟谷是道家常用的养生之法，更是道家高人所传授的重要长生法之一。这主要是指通过一段时期的节食或者禁食的方式，来调节五脏六腑，激发人体的纯阳真气，减去体内毒物，从而使元气增生，以实现生命修复及再生的目的。对于辟谷的功效，唐朝康仲熊的《嵩山太元先生气经》曾有记载：'内外安静，即神妍，神妍即气和，气和即元气自至，元气自至即五脏滋润，五脏滋润即百脉流通，百脉流通即津液上应，津液上应即不须五味。五味止绝，饥渴不生，三田成体，坚骨实肉，返老还年，渐从此矣'。"

可能紫光道长感觉过长时间和我谈这些专业性的东西，怕我产生焦虑感，因此，他的声音更加温和了一些："什么事情都讲究一个缘分，当然也讲究方法。因为你以前从无辟谷经验，因此，我也怕你的定力不够，容易造成危险，你先做七日一个阶段的辟谷，以后如果能够达到七七四十九日辟谷而无大碍，这说明你至少有达到长寿甚至是长生的天资。当然，这是以后的事情了。"

紫光道长给我安排的辟谷之地是一个单独的小跨院，只有一个小门可以和外边相连。如果锁上门之后，除了一株粗大的银杏树，以及屋外门边的一株盛开的桂花树散发着似乎不是来自凡尘的幽幽香气，整个院落就只剩下我一个人了。在辟谷的第一天，我看见银杏树上有叶子在一天中缓慢地落着,一片接着一片。阳光落满了树叶,这棵银杏树也不愿意抖落,仿佛无限留恋上面停留的时光。在辟谷第二天,我不仅听见风吹过银杏树叶的哗啦哗啦声音,而且也听到了阳光穿过树叶时刷刷声。在辟谷的第三天,我不再想着银杏树的叶子,而是看到道观院子外的水果熟了一山又一山。在辟谷的第四天,我看到了院子外的树叶都成为可以食用的食物。在辟谷的第五天,我已经感觉到像是在幽冥昏暗中行走,四周寂无一人,我内心中唯一依靠的只是一只摇摇欲坠的冰冷烛火。在辟谷的第六天,我感觉到天地万物、周围的一切都变得混然一片,连天连地,看不见区别,看不出分割。我好像进入了另一个空间。在辟谷的第七天,我感觉不到我了,已经溶解成为混沌万物的一部分。

　　在辟谷的这七天内,紫光道长只是安排一个小道士给我送来了一种名叫仙人露的东西。它黑乎乎的有些甜味,但是,少到几乎可怜的程度,其他时间最多能补充一点水。当我最终坚持七天之后,就感觉我几乎已经不是我了。以前我曾无数次为自己的暴躁脾气而烦恼,但是,等到我辟谷七天停止后,发现自己如同没有油的油灯,已经没有了暴躁的力量。似乎辟谷导致我严重脱力,我在那座道观里混混沌沌,开始先是吃一些粥之类的东西,然后再慢慢吃一些硬点的食物,过了几天才算基本恢复。

　　紫光道长在辟谷第七天后过来看我,他看到我的样子,沉吟着说:"辟谷属于道家修炼内丹的入门基础,其中的内容比较复杂,包括引行气辟谷法、守一辟谷法、存思辟谷法、胎息辟谷法,等等。你现在所进行的只是普通人适用的最简单的辟谷方法。本来在真正的修仙辟谷筑基阶段,除了砺水药物,应当禁断四十九日。你现在只是坚持了七分之一，就已经是这个样子。当然，你也是初次体验。你要寻求长生之术，在道家而言，辟谷只是一个基础阶段，然而，这也能让你体会一下寻求长生的难度。"

四

紫光道长似乎和我颇有缘分，他一连让我在道观内多住了好多天。在这里相对比较宽松，我甚至可以和一些年轻道士彼此开个玩笑。特别是在我做律师后的日子里，整天就像是有办不完的案子，忙不完的事情，好像没有我国内的法治道路就会倒退一大截一样。但是，真的让我在这里闲下来，由于回律所所在的省城路途遥远，很多事情该推掉的也就推掉了，此时猛然发现自己并没有那么重要。少了我，别说是地球照样运转，就是我工作的那个律所也照样运行如故，说不定比我在律所的时候运行得更好。

紫光道长没事时也来找我谈心，他似乎把我当成了平等的朋友，而不像对他的徒弟们那样严肃。也确实如此，我并不是他的徒弟，我们之间的交往也只是主人与客人之间的关系。而对于潘行而言，尽管是他的一个挂名的徒弟，紫光道长似乎并不是特别喜欢他，大多数只是我们两个人一起喝茶聊天。

紫光道长说："你本来是凡俗中人。人在世上，忙忙碌碌，各种欲望俱全，这是寻求长生之道的大敌。本来寻求长生之道难中又难，即使是才智卓绝，毅力坚韧之人，再加上造化安排，成功的机率几乎都可以说不计，何况你这种一心多用的呢。"

我说："道长说的对。在很多时候，不是我自己想要如此，可能运数安排我现在应当如此吧。最近这么多天打扰您，我见识了您的梯云纵功夫，您确实是高人。我也学了一些辟谷的基本法门。

可能道教的长生之道不止如此吧。"

紫光道长吹着茶杯里浮沉的茶叶,听到此处不由地笑了。他说:"你见到的不过是皮毛而已,哪有那么简单。"

我问:"那请您简单说一下,道家的长生之道是如何修行的呢?"

他说:"我们道教现在求长生的重点是练气,这是道家修炼内丹的几千年来的传统办法。这里面本身就有许多学问。因为你不能长期在我的观里,我也不能详细地给你讲解。简单地说,内丹修炼主要依靠的法门有服气炼气、吐纳导引、吐故纳新,但是,如何进行行气、守一,各家做法却不一定相同。譬如我曾经修习过的'老子按摩法',这就需要拉伸延展身体,关节需要扭转运动,以及要进行周身关键部位的按摩拍打。即'两手捺,左右换身二七遍。两手捻,左右扭肩二十七遍。两手抱头,左右扭腰二七遍'等等。不是一句话可以说完。"

我问:"那么,什么叫做道家的内丹呢?"

他说:"这个也比较复杂深奥,特别像你这种以前没有接触过的人,更是不容易理解。我们道教本身就是以追求掌握'人身——小天地'循环奥妙为目的,从而寻求长生不老之道。我们道家内丹学说的祖师爷是八仙过海中的钟离权、吕洞宾。内丹修炼是道家寻求长生的最重要的法门。在我们道教内丹术中,把人的丹田比作'炉鼎',身上各处的经脉称为修炼内丹的通途。道教内丹术可以使万物合而为三,即精、气、神,三复化为二,即铅汞或坎离,二复归于一,即金丹。这么说可能你还听不明白,简单地说,内丹就是通过修炼,运用自己身体内的元气之力,将精气在体内的炉鼎中进行修炼,从而将精、气、神炼为'丹药'。"

我说："虽然我不是很了解，您这么一说，我也模糊地有了一些直觉的看法。有内丹，就可能有外丹。那么，什么是外丹呢？"

紫光道长又是一笑说："果然你是读书人，有个做学问的样子。外丹实际上是将金石放在人工制作的炉鼎中锻炼成丹药，此时的炉鼎是真正的炉鼎，这与内丹修炼学派中的'炉鼎'是两个意思。一开始修仙者都是服用外丹，后来由于修仙求长生者服食外丹之后，屡屡有人致死，因此，通过外丹服食成仙的做法就逐渐衰落，到了钟离权、吕洞宾等仙师最先修炼内丹之后更是如此，这就是内丹派如何兴起的原因。"

我说："道长，我说这句话您不要在意，您认为通过练气，获得内丹而长生有科学依据吗？至今你见到过或者有可靠的证据证明真的有长生不老的人吗？"

紫光道长果然是有一定修为之人，此时，我本来以为他会生气，或者是至少脸上会露出不悦之色。但是，他照样坐在那里稳如泰山，还是慢条斯理地对我说："练内丹本身就比通过外丹来获得长生更有科学依据。即使是在现代社会，有的大科学家也是我们气功修行的拥趸。至于是谁，有哪些人，我不说你可能也知道。当然，通过气功修行是逆生死正常规律的行为，因此，在修行气息之时，讲究顺行则死，逆行则生。这种难度或者隐于其中的智慧，岂是一般凡夫俗子所能理解的。至于有人因修道而成仙，却是在不少文献中都有记载。譬如在《抱朴子内篇·至理》中记载：河南密县，有卜成者，学道经久，乃与家人辞去，其始步稍高，遂入云中不复见。此所谓举形轻飞，白日升天，仙之上者也。不过这记载的是通过外丹术而成仙的，风险很高，现在已经很少有修道者在用了。"

我说："道长，因为我现在诸事缠身，杂务较多，你认为可以在家中修长生之道吗？这种方式能够成功吗？或者是成功的机率是不是降低了很多？"

紫光道长说："在我们道教内丹派中，也分为南派和北派。南派以张伯端为代表，他主张可以在家中修行，认为可以通过先命后性的方法修行内丹。北派则是以全真派的祖师王重阳为代表。他认为不可以在家修行内丹之法，而是主张通过苦练心性。心性不稳，则内丹不成。这也就是先性后命的苦修练功法。在北派之中，都是主张不能接近女色。后来南派逐渐凋零，现在修行内丹的都是我们全真派的北派方法。在《吕祖志》中有一首《自无忧》诗曰：学道初从此处修，断除贪爱别娇柔。长守静，处深幽，服气餐霄饱即休。这也说明了修道之人如果真心要寻求长生之道，应当戒除各种尘俗杂念，也就不应在家修行。"

我说："道长，我也知道修行应当内心安静，摒除杂念。但是，你也知道，我们做的律师这个行业属于社会中最为复杂的职业之一。每天都可能会面对不同的事情，千奇百怪的都有。当然，这些都是复杂难办的事情。如果那些当事人的问题简单，他们自己办就可以了，何必花钱找我们。因此，我目前做律师不可能心无旁骛地修长生之道。但是，如果我放下一切，像您这么心底纯净地一心寻求长生之道，您感觉能成功吗？"

紫光道长没有马上回答，而是将头转向了这座清幽的道观院落。院子里有几棵巨大的银杏树。银杏树被道教视为"仙树"，大多数宫观都有种植。道教主张"道生万物，德育万物，生生不息"，认为应道法自然、尊重自然，因此，我发现道教宫观之中都有一种飘然的仙气。在这个夏天时节，本来是万物葳蕤之际，银杏树上青枝绿叶，一片生命繁华景象。但是，还是有几片树叶提前变黄，就那么慢悠悠地落下。停顿了半晌，紫光道长才转回头来对我说："你现在还是功利之心较重。不过在如今世上，功利盛行，不止你一个人如此，无数人都是如此。你看，即使是在这个夏天，银杏叶也是要落的。落叶是总的趋势，要不我们道观的小道士打扫什么呢？如果人都不死，那么，阎王又打扫什么呢？我们求长生只是求一种万一的可能而已。你自从出生开始，其实就是沿着一条未知之路一步一步地走到现在。你可以从回忆中获得一些旧事的温暖，却不能再回去。你向左看没有意义，向右看也没有意义。你只管一直向前看，向前走，至于走到哪里，却不是你我能够最终决定的事情。"

看到我一脸茫然，紫光道长又微微一笑说："这也难怪，即使你本身有灵性和天赋，毕竟与我们专门修道者相距较远。凡事都要循序渐进。我看出你确实有这方面的天分，但是，你毕竟还是凡俗中人。在你辟谷之时，有时我在院子外边的高处山坡上观看，还是可以看见你比较躁动，可见你的内心也是在不断动摇。在长生之路上，你不要以为辟谷术简单，即使是辟谷之术，其中学问也是博大精深。《道基经》云：服药食麦为善。昔有甘始道士，御气食差而度世也。又云：食谷名之谷仙，行之不休，则可延久长也。不食谷者，可以升云度世，不死之矣。表面上看辟谷与修炼内丹没有关系，其实，关系却十分重大。因为内丹在修炼之初需要筑基。根基不牢，地动天摇。而辟谷则是讲究如何少食或者不食，防止吃的食物多影响修炼内丹者收摄身心，阻滞身体气机，从而不能入静。你甚至不能掌握辟谷之术，就不要冒进。一切需循序渐进。"

紫光道长又说："你的身上有难得的灵气，但是，却又有不容易控制的执着。这既是修道的好事，又是修道的大敌。如果你不执着,容易半途而废。如果你太过于执着,就可能会让自己深陷其中。可能你现在还有工作,总是感觉你心浮气躁,心神不宁。因此,你现在也不能一直专心做修炼之事。等到你万事已了,也可以专门找我修炼长生之术。在寻求长生之道中,练气可以说是最重要的道门。其中的精妙之处,不是这么短的时间内仅凭我口说就能让你明白的。不明白很正常,都明白反而不正常。此外,练气之法最为难学,在达到紧要关头时,如果没有人在旁边为你扶持,你可能就会走火入魔,反噬自己。当然,除了练气或者炼内丹之外,道教还有其他修习长生之术,这包括动功、服饵、房中术等等。我现在只能告诉你一些基本的入门知识,如果有缘,以后还会给你详细地说。"

第九章

长生的另一面是死亡

一

希望之光明是与绝望之黑暗相对的。如果不知道绝望的黑暗，如果不能被其浸透，就不知道希望之光明对人的吸引力。长生也是与死亡相对而言的，如果不知死亡之压抑，不知死亡不可回头，而是会永久沉入无边的黑暗之中，就不知长生对人的诱惑及魔力。对于一个帝王，在将要死去之时，如果让他多活几天，他可能会用江山来做交换。对于一个富可敌国的富豪，在他临终之时，只要让他能够多些时间看到外边的太阳，他愿意把比太阳更炽热的财富拱手相让。

我不知道其他人是否像我这么敏感，即使是在闹市之中居住，我也感觉自己居住在一个被大雪封住的村庄，这个村庄所有通往外界的道路都被雪掩埋了，只有一条道路却是再大的雪也无法遮住。这条道路无论在什么时候都会清晰无比，这就是那条通往死亡的道路。

衰老是雪最晚融化的地方，是草最晚萌生的地方，是阳光最后照耀的地方。死亡则是雪将不再融化，草不再萌生，阳光将永远地失明。

我恐惧死亡。即使我在外面漂泊之时，也曾数次在无奈中面对死亡。我也在受到他人欺负时，血灌顶梁，无惧生死。但是，那都是被迫面对死亡。如果有选择的话，我不愿意看到死亡，即使是陌生人的死亡也不愿意面对。如果是熟悉之人，即使是没有亲属关系，我也认为他（她）们都是我生命的一部分。我们之间组成了一面镜子，无论谁永远从我的身边离开，我的生命也就不再完整。

在我老家那片山地的农村，在秋天收割之时，几乎所有人都会兴高采烈。即使是内心最为麻木的农人，也会在不小心时暴露自己欣喜的心情。但是，只有我感觉这不仅是收割庄稼，也是在收割我自己。等到田野收割成为空旷的一片，我的全身也就成为一片空茫，无所遮拦。在冥冥之中，我看见收割者的镰刀巨大无比，闪耀着寒光。愚钝者最为幸福，因为他们在刀光中看不到自己。

我们看蚂蚁，就像是手持镰刀者看我们一样。我们嘲笑蚂蚁，就像是手持镰刀者嘲笑我们一样。我们四处挥动着手脚，像是蚂蚁挥动手脚一样可笑。我们的思想，像是蚂蚁寻找食物的思维一样可笑。我们的死亡，绝对不会超过一只蚂蚁死亡的重量。在手持镰刀的锋利上，以及在手持镰刀者的秤上都是如此。

我知道，人就如同我老家那条土路两边长了几个夏天的白杨树，最初无论多么弱小，然而，还是能够通过肉眼可以看见生长的力量。晨露为它们洒下，风为它们轻吹。但是，随着光阴的衰老，只是能看到它们在拖着一辆无形的沉重大车在前行。特别是在大风雨中，能够感到它们扭动身体的巨大喘息之声，最后在一日所有的声音都会戛然而止。如果幸运的话，它们会在附近露出一株小的绿色树苗。这是树的生命延续，即使很少有人会注意到这些。

　　无论是草木，还是鱼鸟，在生死面前都毫无差别。我们在其中可以看见自己的生命，也可以看见自己的死亡。唯一可能的区别是，草木鱼鸟在亲人死亡之时不会流泪，人却会悲伤流泪。但是，也可能它们以自己的方式悲伤。我们相隔太远，往往不能理解对方的悲伤。只有生死才可能让我们和它们相通。

二

　　有一次我到江西赣州开庭之时，由于提前到了一天，如同在报社采访时的习惯，我就抽空爬上了附近的一座当地有名的山，也算是搭了一个顺便游玩的便车。那时向上的山路上几乎就只有我一个人，只有我的影子陪伴着我。我穿过两边郁郁葱葱的竹林，呼吸着夏日万物茂盛的气息，向着山顶随心而走，最后由那条山石铺就的道路将我引到山顶后侧的一个寺庙中。当时，我看到数位男女居士正在听一位年老慈祥的当家僧人讲佛法。看我一直在那里站着，老僧人示意我在旁边找一个蒲团坐下。就是在那次，也是唯一的一次，我碰巧看到了一只鸦鹃的死亡。

　　这只鸦鹃可能是从这座山上飞来，也可能是从其他地方飞来。如同我们人类也不知自己到底从何处而来一样。当时在那位老僧人所坐蒲团前的寺庙走廊上，如果不是他的示意，我们都没有注意到。在夏日太阳正盛之时，在一片竹影之中，那只鸦鹃却慢慢走向了生命的终程。

　　这是一只整体呈现出棕褐色的鸦鹃，没有其他更多杂色的羽毛。在最初之时它的羽毛还是整洁而完整的，风只能掀动它的羽毛，而不能把羽毛打乱。然而，渐渐地这只鸦鹃就好像生命被抽走，即使还在那里站立着，却开始蹒跚起来。它在努力地挣扎，在努力地从死亡手中逃跑。在它的眼睛之中，我看见了它求生的渴望。但是，时间和死神却无视这种求生的意志，而是对万物都一视同仁。即使这只鸦鹃好像用尽了全部的力气，慢慢也难以支撑起自己并不算沉重的肉身。它逐渐地匍匐在地上，用自己的羽毛遮挡住头部，似乎用双翅来温暖自己不断变凉的身体。接着这只鸦鹃身上的翎毛开始散乱起来，风将这些羽毛吹散后，它再也无力收回。我仿佛看到了它的灵魂和元气慢慢被剥离。接着我看见了这只小小的鸦鹃努力地最后一次睁开了眼睛，如同无限留恋地看了这个世界一下，就彻底地沉睡在那座寺庙走廊的正午阳光之下。

我此时忽然听见听僧人讲道的女性的啜泣之声，起先是一个人，最后是几个女性，最后连有的男子也流出了无声的眼泪，直到老僧人声音洪亮地念了一声"阿弥陀佛"，才将众人从这一场死亡的震撼中惊醒过来。此时一个面容颇为文雅的男子叹息说："鸦鹃鸦鹃，破壳见天。食也艰辛，梦断千山。天敌窥测，命若寒蝉。朔风四起，寒雪数番。病邪侵袭，泪不曾干。旦夕祸福，天意难攀。一朝风去，魂飞欲仙。"

一位面容严肃的中年男子说："如果可以选择，死亡时最好是在夏天。因为此时草木葳蕤，无论是死亡者，还是哀痛死亡者，都可以借助夏天的勃勃生机对抗死亡的力量。这只鸦鹃死亡是选择了一个好的时候，也选择了一个好的地点，它死在众人的眼中，死在慈悲者的眼中。幸亏这只鸦鹃的死亡时间是在夏天，幸亏是死于阳光正盛之时，然而，也不适宜让老人和孩子看到。如果让年老者及年幼者看到，也会顿悟出人之速生速死的感慨。"

一位老年退休教师模样的人则说："万物生于何处，必将归于何处。从水中来，必将归于水。从土中来，必将归于土。从宇宙中来，必将归于宇宙。人生聚散，不过是事物形态的变化。人生不过是一种从无到有，再从有到无的过程。万事万物，生死是最大的规律。上苍将这只鸦鹃的灵收回，土地将它身上的土收回。生死循环，都是定数。生生死死，死死生生。"

一名面目祥和的男子说："生命都是一场修行。我们所做的一切修行，都是为了对抗死亡之时的枯寂，是为了防止死亡之时巨大寂寞将自己淹没，而我们却没有还手之力。我们一生修行都是从此岸向彼岸摆渡。修行道路有多条，修行终点各异，但是，如果能够保证自己安详地生，再安详地死，这也算是达到了修行的目的。"

年老僧人面色仍然平静，沉吟片刻对众人说："生、老、病、死、爱离别、怨长久、求不得、放不下是人生八苦。都说尘世富贵无比，欢场不断，其实也都是在苦海中苦苦挣扎。生也苦，死也苦，不生不死则不苦。入世迷而著相法，出世悟而知性空。不知道者，以正法可度。没有大智慧心，就不能登如来之室。一滴露珠的干涸就是一片海洋的干涸，一只雀鸟的死亡就是所有雀鸟的死亡。如果你们众人能从这只鸟中看到自己的一生，并有所感悟，你们也可以说是初登佛门。"

三

自有记忆以来，我就感觉自己处于漂泊不定之中。我到处寻找，或者说我到处逃跑，却不知寻找什么，也不知躲避到哪里。在我少年之时,我会想象父母并不是我真的父母,我温和慈爱的生父生母一次不小心把我丢失了。我从小就长着一双漂泊的脚。我的老家本来在东部的一个省份。但是,由于五八年闹饥荒,祖父将我们全家带到了更远更寒冷的地方去逃荒,到了那里却发现更为荒凉,怪不得那里被称为北大荒。

自此,我们全家就开始了在北方家乡和更为北方谋生之地之间迁徙。其中的原因,有时是因为祖母不耐极度寒冷,而要求回祖居之地。有时是父母因为老家分了土地而试着回去生活。在老家的很多成年人都没有见过火车时,我就陪同家人在火车上来回迁徙多次了。因此,我想是不是我的亲生父母在坐火车时不小心把我丢了呢? 还有灵异之人给我算命,说我出身于这么贫寒家庭,没有任何家庭教育背景,却具有一定的古文化功底,说我也可能是前世被父母丢失的,我现在所有的知识都是前世所记住的,只是没有被遗忘而带到这个世上而已。

我的老家都是多山之地,村里人都厌恶登山,然而,我天生与他们不同,我喜欢登山。因为我感觉山是一种安全的象征,山里一定有神灵居住。只是现在人烟密集,仙人不堪其扰,躲入了更远的深山陡涧而已。当我穿过茫茫树林,登上山顶之时,即使是一无所获,我的内心还会安慰自己。这些神灵一定是在的,那更远更深的山中一定还有世人所不知道的秘密。

虽然我在很长时间内一直都在寻求长生之道,但是,有时我感觉自己又不是在寻找长生之道。可能我内心想寻求一种安全的感觉,这种感觉可能与长生具有异曲同工之处。虽然我已经逐渐衰老,但是,有时我还是想依偎着想象的母亲身边,像是多年前一直想象的那样,回到赤条条的婴儿时代。我还是那样紧紧地依偎着母亲,是那种心贴心的依偎,是不知恐惧,不知孤独,不知寒冷的那种依偎,像是没有记忆时贴着母亲的乳房吃奶一样。我想我吃奶时那么小,母亲应当不会暴躁。我只是记得她本应是我最依赖的人。她是我的口粮,也是我的灵魂食粮。或者我只是想在母亲身边,无拘无束地大哭一场。因此,在很多时候,我感觉自己可能只是在寻找爱,寻找根,寻找那些不应该丢失的东西而已。

我忽然想到,如果我在幼年及少年之时都充满温暖,还会不会像现在这样寻求长生秘密呢? 如果我幸福地在幼时生活,那么,我就可以幸福地无怨无悔地在年老死去。我之所以对长生之道这么执着,这可能也是我身体内的一种愿望,我不想辛苦地生,再辛苦地死,寻求长生之道难道是一种内心的弥补?

我的童年和少年历经波折,这也让我多少年后还会有奇思怪想。如同慢镜头倒放一样,我经常会想着又沿着以前的足迹倒行回到多数苍白,也偶尔闪现出光彩的童年。当然,这些光彩有的是青春的光彩,还有的是我想象的光彩。我又回到四处流浪奔波的少年,五味杂陈的中年。我祖母又重新复活,我又有了报答她的机会。这是我一生中最爱的亲人,也是最爱我的亲人。即使她有时比较小气,但是,却对我显示出让我感动的慷慨。她比祖父至少早过世二十年。她那时只是有气管炎病,如果这种病在冬天有温暖的地方可以居住,她也就不会那么早离开这个寒冷的世界。

我想,如果时间能够倒转,即使我再次如同以前那样辛苦奔波一次,我还是会选择回去。我认为人都想回到童年去,回到少年去。就是我那样童年、少年还能闪光,还能照亮我多年后中年及以后老年的天空,那谁不愿意回去呢?

四

多年前我想象母亲就是与大多数人的母亲一样慈祥。但是，我却总是与想象中的母亲擦肩而过。父亲是一座地下潜伏的激流，而母亲就是激流冲击下的火山。他们互相触发，互相触怒，谁也没法摆脱对方。这就是命，谁又能摆脱命呢？他们看不见命在哪里，无法向命发泄怒火，于是将怒火发泄在彼此身上，也会将怒火波及到年幼的子女身上。有时候我会想，这也许是我文学敏感性的来源。一般家庭幸福的孩子是没法获得这种通过不幸造就的文学天赋的。这也可能是我从小在文学方面天然胜别的孩子一筹的原因，这是上天对我的补偿。但是，这种天赋的补偿到底有什么价值呢？如果用一生来治疗这种额外的天赋，这是否代价过高？如果让我选择在更为幸福的家庭中长大，却让我变得更加愚钝一些，我是否会选择后者？这只能是假设，我不知如何回答。但是，我却知道这就是命，命就是无法选择，也无法假设。

即使是对看起来悲惨的人而言，也会有自己的幸福，只是其不知道而已。在我看来，即使母亲与父亲是前世仇人，一生纷争不断，然而，母亲却有着我不具备的东西，譬如说不会思考，粗线条，这使她更少受到精神的反噬，也更少受到感情的伤害。她只是自顾自地脚步不稳地前行，从来不考虑什么意义、价值等无用的东西。我喜欢寻找所经历的或者未来要可能经历事情的价值，这到底是出于本能，还是出于遗传，还是因为后来外界的影响，我曾经不断思索过，却不得其解。其实，生活在不需要寻求意义或者价值的状态之中，让自己及周围的一切一片混沌，可能反而会更为幸福。但是，每个人都无法真正决定自己，决定自己的因素埋藏在事物的内部。

　　或许母亲是真正具有圣哲思想的人,她深藏不露,只是在暗中观察着自己的缺乏亲情及敏感的儿子。她不是不愿意管,而是认为没有必要去管。她最了解自己的儿子,也最了解命的威力。

　　母亲不畏惧生死。这更使我吃惊。她从来没有对我谈及长生的问题,但是,不恐惧死亡已经是长生的重要组成部分。我不知道她从哪里悟出了长生的真知。母亲在五十岁左右就开始帮着村里的死亡者整理仪容,以及准备后事。母亲似乎很满意这种兼职的工作,我对此也很满意。至少她能告诉我村中哪些人已经死去,或者将要死去。否则,多少年后,等我回到村里,整个村子里的人都是陌生人,我绝对会大吃一惊,以为走错了地方。

　　在此方面,母亲是我的活字典。村中死去的大多数人要经过她的手中送走。母亲掌管着村中死者的花名册,接生婆掌管着生者的花名册。母亲的花名册负责删除,接生婆的花名册负责增加。母亲将熟悉者送走,接生婆负责将陌生者迎来。

　　如果哪一天我回家忽然不见了某个老人,我首先不是去其家里核实,也不是去其田地里去核实,而是去找我的母亲核实,是否她将那个老人送走了。如果没有我的母亲,再没有其他线索,我就会误认为这个人被时间隐藏起来了,或者被我的记忆隐藏起来了。

　　母亲以前不是一个耐心的人。然而,在村里死者逝去之时,她也变得耐心起来。她可以对活人不尊敬,因为活人还有大把的获得尊敬的机会。但是,对死人却要充分的尊敬。当然,母亲的这种对死者的尊敬是互利的。在村里人死去以后,往往在一大早母亲还没有起床之时,孝子就会到我家中找母亲磕头。无论我家地上是否干净,也不管我家那间老屋地面有多么凹凸不平,一个头就磕在地上,悲悲切切地哀求母亲帮忙。这是一种极大的荣誉。在我老家那里,如果不属于一个姓氏的乡邻,是不可能给其他人磕头的。一生中可能只有这一次母亲才能获得如此高的尊敬。

更为特别的是,不论是村中地位多高的人,或者是以前因母亲的贫寒对她瞧不起的人,此时也不得不放倒身躯,这可能会让母亲获得一种极大的心理平衡。这也是她的晚年忽然比年轻时更为精神的原因。这种精神主要指的是精气神方面的,而不是身体方面的。在身体方面,在时间的潮流冲刷之下,母亲也是逐渐地变得衰败。

无论死者生前身材多么高大,无论是生前多么盛气凌人,在死后,必须在母亲面前规规矩矩。因为这是他们在人间最后一次获得尊严的机会,绝对不能马虎。当然,无论母亲为死者装点的多么干净体面,在火葬场的炉子中都没有区别。但是,人活着就是为了一个尊严,死了不也是为了一个尊严吗?如果不能获得长生,死时再脏兮兮地一点尊严也没有,那么,一生就等于白白走了一遭。不但没有带走什么,还污染了身子。母亲会细心地将村中死者的脸洗干净,将他们的不愿意死去的愁容抹掉,这样见着列祖列宗才不会过度伤心。母亲也会为村中死去者穿上农村专门为死者准备的衣服,穿上死者专用的靴子,这让他们可以在黄泉路上不仅体面些,也会减少一些磕绊。人这一辈子大部分都是磕磕绊绊的,死都死了,应当体现出一些人性的关怀。当然,死者家人都知道他们的亲人要经过一段很长的黑路,比最黑的阴天里的黑夜还要黑无数倍,因此,专门给死者穿上了颜色比较鲜艳的寿衣,这可以让死者在那种黑夜心里有些依托。死者自己以后就没有灯了,鲜艳的寿衣颜色如同黑夜中的一盏灯,可以送上死者一程。同时,也可以避免同时死去的人在路上看不见对方，从而彼此碰撞。

母亲天生有对抗死亡的能力。她无视死亡，或者不知道死亡的恐惧。有时我想，在一定程度上，我不是在寻求长生，而是在畏惧死亡。或许我不是在追赶长生，而是在躲避死亡的追赶。

第十章

祖父经历的死亡

一

我老家的村子在四周山村中是相对较大的村庄,虽然四面有群山包围,但是,这里已经是山地和平原接壤的边缘地带。村子东边有一条大河流过,这不仅带来充裕的水源,河流的亿万年冲积也带来了一大片平地。因此,听老一辈人讲,我们这里那时就有较大的地主。当时地最多的人就是我祖父的祖父。他有两个儿子,一个是我的太祖父,另外一个就是太祖父的兄弟。他们兄弟二人都是村中豪强之人,这个村子很多年都是被这两位兄弟及其后代实际控制着的。

太祖父是一个赶牲口贩卖粮食的商贩。在我的记忆的河流之中,他只是如同停留在夜晚河流上空的月晕中,感觉曾经存在,却被从月冠上流淌出来的雾气所笼罩,从而似近还远,却不知实际上是在哪里。当时我年龄过小,尽管我对太祖父的印象很模糊,但是,我还是能够拼凑一点这位活到百岁的老人的模样。这是一个慈祥、和善并留着短短白胡子的老人。记忆中他的身材并不高,也不是很强壮,但是,这恰恰可能是他能够被时间保存那么多年的原因。也许他的身体目标不明显,时间把他暂时遗忘了。在我的印象中,特别高大健壮的人好像很少能够活到这么大的岁数,可能是他们在世上占用的资源比正常人要多,因此,就有一种莫名的力量为了让他们少消耗一些,就让他们更早离开了人间。那么,这是一个规律吗?还是一种无形的平衡?当然,也可能这些人目标过于明显,时间更容易找到并消磨他们,死神也更容易发现他们。

那时是兵荒马乱的年代。太祖父带领一帮人及骡马去贩卖粮食,这远比现在一个人组织十几辆大车跑运输的难度要大。这是因为,在那时贩卖粮食,不仅是要面对强横不法的村民,也要面对土匪。因此,以太祖父那种身材及性格,是否真的有能力领着那么多人贩卖粮食,这让我费解。然而,从太祖父的多个子女的信息来源中,我知道这是确凿无疑的。

我后来一直都比较疑惑,是不是太祖父年轻时要更高大强壮一些,是时间让他变得矮小瘦弱。因为我看过不少人在老了后身材会变小,这也是符合科学道理的。但是,祖父说太祖父年轻时也就是那个样子,年老只是年轻时的老年版,身材并没有变化多少。

虽然我没有亲眼见过太祖父是如何在那种风雨飘摇的年代里贩卖粮食的,但是,我听说他那些年确实发了一些财。我的姑奶奶很多年前到我们家时就怂恿我说:"当年你太祖父贩卖粮食时,你祖父是老大,一直跟着。那时你们家在附近村中都是有名的财主,发了财了。你父亲那时还小,我帮着带你父亲,经常看到你太祖父在灯下点银元,都是一袋子一袋子,一罐子一罐子的。你太祖父给

了你祖父不少。你祖父现在年岁大了,等他快去世的时候,你一定
要想着这件事情,别让你祖父老糊涂了,忘记了当年的银元埋到了
哪里。"

二

我的这个姑奶奶其实就是我祖父的亲妹妹,当年我太祖父生
了八个儿子和两个女儿。姑奶奶是个农村中的实诚人,可能她说
的并没有假。太祖父确实赚到钱了,也可能给了我祖父一部分银
元。但是,到底他能给我祖父多少,我问祖父他也不说,却对我讲
述了另一件事。当时太祖父已经去世多年,我在夏天跟着祖父在
村西瓜地里看瓜。那时刚刚下过一场雨,这给无比炎热的干旱山
地带来了难得的清凉。蟋蟀也似乎感受到了那场夏雨的善意,在
附近的高高低低的草丛之中此起彼伏地高歌。在夜色之中,挂在
瓜棚门前的风灯在轻风里摇晃着,我开始听祖父讲述当年的旧事。
祖父说:"你还记得我们村西边的石头围子吗? 那就是我们村当年
防土匪修建的"。

我说:"以前我倒是有这个印象,就是在村最西边有一道很高
的石墙。在最高处好像还有一个破碉堡"。这也是我印象中比较
陈旧之事。那时村西确实有一道高大的残破石墙,虽然过了很多
年后,已经破败的不成样子,但是,还是可以想象到这道石墙当年
的高大坚固的英姿。后来这道石墙逐渐坍塌,附近的村民也不断
地拆了这道石墙的石头回家垒墙盖屋。可以说,我们村西大部分
的房屋及院墙都是从那道巨大围墙上拆下的石头修建的。这道围
墙就这样改变了自己的形态,以另外的形态存在于我们的村中,从
这个意义上而言,这道围墙并没有死亡,它留下了自己石头的后

裔,至少比村中很多绝户的人家生命要长久的多。

　　祖父接着又缓慢地讲述,反正那时候他还不是太老,有大把的时间让他这么细说。他说自己最初跟着他的父亲贩卖粮食,为了避开几十里路外一座险峻山头上的土匪,即使是必须要经过那附近,也都是选在夜里过。在经过的时候,那个骡马帮的任何人都不能多说一句话,连喘气也要小心。驮着粮食的骡马也要管好,蹄子上都包着棉花,防止它们脚下发出的声音被崮顶的土匪发现。然而,终于有一次不小心被那里的土匪打了埋伏,还好趁着夜色太祖父及其他人,还有骡马都逃掉了。但是,我的祖父却被抓住,被推推搡搡地押到崮顶。祖父说那时不像是现在,为了旅游还铺上了整齐的青石。那个时候只有一条几乎没有任何修整的险峻的羊肠小道。小道的尽头更是险峻,需要经过几乎垂直的几十米高狭窄山道的攀登,才能到达崮顶。土匪的老巢设在崮顶,上面盖了十几间简陋的房子。为了吃水,土匪还强迫山下的村民在崮顶的青石上挖了一个很大的水池,并且用枪逼着村民向山上背水,一直把这个巨大的水池灌满,以供山上的土匪使用。

　　土匪知道我的太祖父在附近村子中还算是一个有钱人,我祖父又是他的长子,以为抓住了一条大鱼,就通过中间人让我太祖父出八匹骡子,还有八石粮食,就可以把我祖父放了。但是,我太祖父二话没说就回绝了,说这只是我的一个儿子,如果我答应了你们的条件,我大儿子不死,其他的儿子可能都要饿死。土匪本来要杀了我的祖父,但是,看着他还机灵并且有把力气,就让祖父每天伺候他们,给他们修建房子,以及每天从山下向上背水。

　　当祖父讲到这里的时候,我偷偷看着他,想知道他是否因为当年太祖父心疼骡子和粮食,宁愿儿子没命也不交赎金而生气。但是,可能祖父毕竟见的事情多了,那么多年的风风雨雨,已经将自己变成了故事。他还是慢悠悠地讲着,好像不是说的自己的旧事,倒好像是说的别人的事情。

祖父说有次土匪头子喝醉酒后很生气,枪都准备好了,子弹都上膛了,就准备杀一个不交赎金的人质。当时那个土匪头子来自本省另外一个县的一个地方,在当地历史上甚至是这个省的历史上都是一个有名的匪首。那个土匪头子手里晃着驳壳枪,这是他最心爱之物,据说是花了几十块大洋从煤城那边买的。他一边看着跪在脚下的人质,一边厉声质问:"你们几个人家里有钱一直不交,今晚我要杀个人给他们点颜色瞧瞧,看看到底他们的钱要紧,还是他们的儿子的命要紧。你们自己说说我杀谁?"当时一个地主的儿子从小娇生惯养沉不住气,大声嚷嚷着说:"不要杀我,我上有老下有小。我家里还有刚过门不到两年的老婆,孩子还不到一岁。"土匪头子大怒:"那我老婆被狗杂种的保安队杀了,儿子也不知道被弄到哪里去了,我去找谁?"说完就顺手一枪,直接在那个地主儿子头上给开了瓢。

祖父说到此时,忽然好像从夜晚的昏昏欲睡的陈述中醒了过来,脸上露出了惊恐之色,似乎他又回到了当年的那个夜晚,又听到了那声在他头上、耳边响了几十年的枪声,又好像是看见几十年前那个硕大的月亮冷冷地悬挂在崮顶的高处。在那么高的崮顶之上,因为全是石头的,也没有一棵树木,月亮就更加明亮,明亮得纤毫毕现,明亮得让人害怕。那时被抓做人质时,包括我祖父在内的人质,都喜欢黑夜,夜色越浓越好,至少这增加了逃跑的可能,做点手脚土匪也不会发现。

祖父说:"那个地主的儿子那段时间整天和我在一起,患难见真情，我们都有了感情了。但是，就在离我一米远的地方，他就像是一个口袋一样倒下去了，脑浆马上就流出来了，头上就像是被石头砸开了的西瓜，脑浆四溅。"虽然我没有看到那个地主儿子，也没有亲眼看到他吃枪子的场景，但是，我见过瓜地里种的西瓜被砸开吃掉的样子，汤汁四溅，西瓜水像是血水一样从里面慢慢流出来，在我们的嘴上、地上及附近的石头上都是血红的东西。自从祖父讲述过他这次经历的死亡之后，我好长时间没有去吃西瓜，更不敢像以前那样图省事，直接用石头砸开西瓜去吃。

三

太祖父和他的弟弟都是村中有头有脸之人。那时，太祖父的弟弟是村中的保长，负责管理着这个附近最大村庄的治安。这个村庄有着附近最为强悍的村民，因此，能够让村里众人都心悦臣服，确实是一件不容易的事。当然，即使这两位亲兄弟都是跺跺脚村里也要颤三颤的人物，但是，他们两个人并没有把这种跺脚的力量合二为一，而是互相敌对，甚至可以说二人是水火不容。这是我们家族的多少代遗留下来的传统，不仅是兄弟之间，即使是父子之间，也往往存在着严重的分歧。

我老家的这个村庄以前有着附近最坚固的围子，因此，不仅本村的地主可以借此保卫自己的财产，即使附近的地主也有把财产放在我们村的，这样我们村就成为远近土匪觊觎的一块肥肉。不过，因为有太祖父的兄弟做保长的缘故，使得这块肥肉难以消化。当时即使是附近最强悍的土匪，也没能攻入这座巨大的石墙和强悍的村民组成的堡垒。只是有一次是例外，就是我祖父从土匪窝里跑回的那年，那伙土匪竟然摸黑爬上了围墙，幸亏被打更的村民及时发现,于是全村壮丁一起出动,才最终将那伙土匪打了回去。

因此,太祖父的兄弟就怀疑太祖父私通土匪,把他们引进了围子,要不为什么太祖父没有交赎金,我祖父就能够跑回来。听说抓了那么多的人质,其他的人有的丢了性命,很少听说有逃出来的,为什么我的祖父是例外?是不是和土匪说好了,要搞里应外合,把守护了那么多年固若金汤的整个围子给端掉。这种事情没有证据,我太祖父当然不能承认,也不敢承认,承认了就可能被全村人用石头给砸死。即使不被砸死,就是吐沫星子也能把他给淹死。然而,这件事情更成为巨大的磨盘,不仅沉重地压着太祖父一家身上,而且日复一日地研磨,将他们的内心弄得日夜不安。

我也问到祖父到底是如何跑出来的。祖父说,他被押在土匪占据的崮顶上接近一年了,和负责看管的土匪已经混熟了,后来看管的就没有那么严密,至少不像是对新抓来的人质那么严密。并且后来土匪想着招安,杀害人质的心就逐渐弱了。在那个崮顶,晚上土匪都是把人质关在一间石头棚子里锁上,根本没有机会逃跑。但是,在一大早土匪就会把锁打开。一次趁着土匪大部都下山去抢劫的时候,崮顶上留下的都是几个老弱残疾,眼神不好,也没有火枪,祖父就趁着他们不注意,从崮顶抓着藤蔓悄悄地顺下去。因为我们老家背面就是一座险峻的高山,山的另外一面就是悬崖,祖父自小就在那个悬崖的半腰攀爬来往,有了爬山跃涧的能力。也幸亏是祖父在无意中学会的这种能力救了自己一命。

祖父说,当他下到那座山最险峻的一段后,几乎是连滚带爬地跑下了茂密的矮松林子。那时他看到了东方的太阳一片橙黄,耳边带着呼呼的风声,清凉的露珠从草叶上慌乱地惊动下来。祖父的双脚被露珠湿透,但是,他知道这早晚能干。山顶上土匪在大声地吆喝，惊飞了那片高坡上夜宿的成群飞鸟。可能飞鸟晚上还会回去在那里住宿，但是，祖父却永远不想再回去了。他飞速地掠过那片密密的矮松，掠过那夏天一眼看不到头的青纱帐。矮松树梢扫过他的眼睛，他也一直在跑，玉米叶子划伤了脸他也一直在跑，胸腔里空气供给不上他也一直在跑。速度如同我现在躲避死亡的追缉一样。因为那时死亡也是在后面紧紧追缉着他。在祖父以后的岁月里，即使那座山后来被开辟为旅游景点，还在上面建了展示过去土匪活动的馆舍，很多人都慕名前去。但是，祖父到死也没有再去过。他的命曾经差点丢在那里，后来的命是他捡回来的命。

四

在那种特定年代，可能强势之人难有好下场。这不仅是指不容易长寿，而且更可能不容易保住性命。可能是依仗着那道高大巍峨的石头围墙，也可能是没有看清情势，后来一位八路军的干部来到这个围子里面，劝说我祖父的兄弟打开围子，让他们进去。这个干部还和太祖父及其兄弟是远亲关系。他本来最初是本县南边另外一个乡的教书先生，在县志上都有记载他的名字。但是，当这位八路军干部进到围子以后，就被我太祖父的兄弟二话没说把人给活埋了。结果这件事情大大激怒了八路军，专门调来了人马进攻这个坚固的石头堡垒，不过战斗进行了三天三夜，还是没能攻进去。

在村西紧靠围墙里面的那棵古老的流苏树上，本来有一只乌鸦正在抚育幼鸦。这棵树是省里最老的一棵流苏树，树体巨大，在树杈上扎着红布条。平日里这棵树下总是有人烧香，树根附近有着香烛熏烤的黑色。这棵树的皮肤沧桑，看得出来曾经被时间无数次的鞭笞。这棵古树在夜里蹲在那里就如同洪荒猛兽。在白天之时，经过的路人能看见树顶上长出茂密的树叶，其余的旁干斜枝上却全都是光秃秃的，远看就好像顶着头冠的一位法师。如果有人在树下烧香，烟雾缭绕之中，这棵变成法师的树就会为人招魂。实际上，这棵树确实具有招魂的能力。无论是死人还是活人，无论住在附近的人走失了多少年，都不会忘记这棵古树，无论走多远都可能被喊回来。

如果村民在这棵古树下的近处建房，也会获得安全感。因为再大的风经过这棵树后，也会被撕成一缕缕的风丝，再大的雨经过这棵大树，也会被分割成一丝丝的水线。那只乌鸦也是乌鸦中的精明者，喜欢傍名树，在这棵附近最有名的树上筑巢，它可能知道后代也因此能获得灵气。它只是没有想到发生了这么一场战斗。由于双方战斗持续了三天三夜，就一直没有敢进入到巢里。后来发现枪子都是奔着人去的，和它无关，时间长了也就慢慢习惯了。再说，如果这只老乌鸦不回家喂养小乌鸦，小乌鸦可能就会饿死。因此，那只老乌鸦也就一边捉虫到树上抚养后代，一边观战。

在战斗进行到第四天傍晚之时，那时西方太阳正由赤红变成血红，将围墙下护城河里的水染的比血还红。忽然那只乌鸦让人惊心地升空叫了起来。在混乱的枪声中，祖父在远处的房顶上看到太祖父的兄弟大叫一声，慢慢地向前俯冲倒下，魁梧的身材像是被谁用斧头砍倒的一棵大树。他似乎还想抓住些附近的什么东西，但是，他的肉身本来就很沉重，在死亡开始发动之时就更为沉重，甚至要超过真正大树的重量。即使是最坚固的绳索也不能拉住他了，即使是最结实的墙也不能扶住他了，即使再多孩子的呼喊也不能把他挽留住。他的强悍而结实的肌肉也不能锁住他的生命，他的生命已经从身体里逸出，越升越高，越飘越远。

　　那一枪到底是谁打的，没有人知道。因为那时村中很多壮年男子都配备了枪支，只是枪支好孬的区别。村中的地主有钱，为了保护自己的财产，也舍得花钱。这些枪都是地主买给守卫这座村庄的壮丁的。随着八路军的军队打进了围子，这里被解放了。但是，到底谁打死了太祖父的兄弟，至今仍然是个谜。当然，那棵老流苏树上的乌鸦看到了是谁开的枪。但是，由于无法与人交流，就无法为人提供信息。当然，它也不敢声张，因为它们一家毕竟还要在那里生儿育女，得罪哪家对它们都是灭顶之灾。太祖父兄弟那边的儿子及后代怀疑是我太祖父这边的人干的。但是，却没有证据。后来全国都解放了，他们那边成了成分不好的一派，也没法公开向这边报复。

　　建国后过了一二十年，我的太祖父老了。但是，我们家出了一个强悍的人物，就是我祖父的五兄弟，我管他叫五爷爷。五爷爷后来成为我们村的村长兼民兵连长。总体而言，这个村庄还是在我们宗族的人的手中控制着。即使五爷爷是个瘸子，却在村中强悍无比，甚至比我太祖父的兄弟当年有过之而无不及。特别是在那个造反有理的年代，他更是如鱼得水。虽然他的腿脚有些瘸，但是，这不妨碍他在村中横着走路。一直到五爷爷五十多岁不再做村干部，也余威犹在，在村中还是比较霸道。

　　五爷爷一生没有老婆，老了靠着养一群羊过活。他独自在山坡上承包了一片苹果园。由于一贯的霸道作风，五爷爷在放羊之时，并无太多顾忌，特别在夜里放羊，总免不了顺路要吃别人的庄稼。但是，由于当年他的暴烈名声，很多人都是敢怒不敢言。或许由于这个事情，也或许因为其他事情，终于有一天夜晚，当时还有我祖父陪着他一起放羊,他们哥俩被三个人堵在苹果园里的窝棚里。我的祖父在睡意朦胧中,就被其中一个人用刀逼着,用被单蒙上头押在一边。另外两个人用木棍没头没脑地打我五爷爷的头。"我听着就像是杀一只鸡,一开始还扑棱两下,很快就一点声音也没有了。"祖父后来说。

不仅是祖父没敢喊一声,在凶手行凶时,本来在田头有个池塘,当时刚下完雨没有几天,两只青蛙在水边草丛中叫的正欢,也忽然被这声音所震惊。一只警觉的青蛙马上就停止了叫声。稍后,另外一只迟钝一点的青蛙也感觉到了事情不对,却不知道哪里不对,只是弱小动物的本能告诉它应当停止鸣叫,它也就愕然地停止了叫声。

那些人行凶以后,将我的祖父绑在树上扬长而去。这个案子是当年的大案,县公安局过来调查过多次,也调查了很多人,包括我太祖父兄弟那边的后代,但是,最终没有找到线索,至今还是我们县里一件有名的悬案。

五

在年少之时,可以感觉到时间的浩瀚河流横亘在我们面前,内心生怯而难以跨越。但是,一眨眼之间,这条河流就成为过往,成为我们身后浩瀚的河流,由其他年少之人跨越。

即使祖父给我讲述过不少涉及死亡的故事,这里面有他亲身经历,也有听别人说的。但是,他从来没有提到过害怕死亡之事。这就是没有文化的好处。没有文化的坏处很多,但是,唯一的好处就是对死亡不太敏感,至少比大多数有文化的人对死亡要更淡然些。我听到过不少文化人因为恐惧年老死亡而自杀。但是,即使我自小就生活在农村中,接触到的都是没有文化的人,还没有听说一个农民时髦到因为恐惧死亡而自杀。当然,也没有听到过一个人像我这样时髦而去追寻长生。因为对他们而言,活着有口饭吃就不错了,哪有那么多闲心考虑死不死的问题。

每个人都有死亡之时,如同我所见到的瓜熟蒂落。在我小时陪伴祖父在村西石田里的瓜地里看瓜时,一开始我并不知道那些形形色色的脆瓜、甜瓜、面瓜中哪一个是熟的,哪一个是不熟的,祖父却一摸一个准。我就问他原因,他就慈祥地笑着告诉我,像是无数个祖父耐心地传授孙子经验时那样。他说:"瓜果梨枣要熟的时候,都会有熟的味道,这是那种微微发甜,感觉就要落下的味道。你和我在一起看瓜,经历的多了,时间长了,也就会闻出这种味道。"

一个人的一生是由死亡连结而成的。死亡表面上是人生之线上的珠子,其中的真相却是一生的句号。祖父就是这些句号的见证者之一,当然,他必将成为被见证者。以我祖父那样的高龄,见到了那么多的事情,经历不少别人的死亡,当然,他的死亡也会被别人经历。

祖父仙逝之后,我回去奔丧时,邻居家的叔祖过来帮着招呼丧事,他比我祖父小不了多少岁,大约十多岁上下的样子。他在忙完一阵过来告诉我说:"这次你祖父明显不是上次的感觉。最后的几天即使他还能吃点东西,也预感到自己时候快到了。他对我说,兄弟我这次可能撑不下去了。人快要走的时候,特别是年龄大到一定程度快死的时候,身上就会有那种快要死的味道。我当时就已经闻到了你祖父身上的那种只有死人才有的味道。"因为我的这位叔祖年龄也有七八十岁了,帮过无数的丧事,经历的老人死亡的次数多了，可能也闻到了那种我小时候闻到的瓜熟的味道。

我畏惧亲人死亡。因此，在我知道祖父挨不过第二天之时，我还是心存侥幸，认为祖父还是像上次那样，生病后家里人都感觉他快不行了。但是，几天之后，祖父就如同枯树遇到了一场及时的雨水一样，很快就恢复如初，还是那样耳不聋、眼不花。祖父的身体真是太能抗岁月风雨了，他甚至让我忘记了死亡最终能将他带走。我总以为死神由于太忙，可能会将他遗忘。然而，死神却是一个细心的人，显然不会忘记任何角落里的遗漏者，任何人都无法逃脱时间细网的捕捞。

我发自内心地畏惧死亡。特别让我非常恐怖的是，一个如此熟悉的祖父在我面前慢慢地被时间一丝丝抽去生命的活力，一点点地坠到无尽的深渊底部，一下子地停止了呼吸。呼吸不能再带动肉身，血液不能再驱动肌肉，直到魂灵慢慢从身上飘走。无论祖父如何依恋这个人间，却永远无法再抓住一点熟悉的东西。即使一只葫芦做的水瓢也拿不动，即使最大的火焰也难以温暖他冰凉的身体。以前的火焰是他的救命恩人，现在所有的获得都将被收回去。火焰也将使他的肉身变成粉尘。

以前不知组装祖父的是谁，谁将他的手脚、头脑、五脏六腑、皮肤头发组装在一起，使他能够生龙活虎，繁育后代，在月夜下为我讲述过去的历史，让我把过去的历史传下去，也让我把基因传递下去。现在无论是他的手脚还是其他部位，全部都化为尘土。这或许是火葬的唯一好处，其可以让身体的各个部位尽快地结合在一起，不至于在坟墓中被时间慢慢风化，不至于手上的骨头不认识脚上的骨头，头骨和手脚骨头也不能相认。

第十一章

认识长生专家穆智

一

在省城那座著名大学的一间大礼堂中,我第一次见到了这座大学的校长穆智教授,他的主业是研究生物工程与长寿遗传学。这是一个很有希望的专业,只要听到这个专业的名字,再了解穆教授在这个行业的知名度,就让我感觉到长生也是存在着万一的可能。

对于穆智教授的讲座,通知的题目是《论抗衰老、无限长寿及医药的关系》,不过在正式贴出讲座宣传单之时,被他们大学的宣传部的干部在请示穆智校长以后,将"无限长寿"的"无限"去掉了。这些干部认为,无限长寿的话,不就是长生不老吗? 这可能会引起社会上的非议,弄不好就会对这座知名的大学造成不利的影响。当然,这只是台面上的说法,他们真正担心的是会对自己的仕途或者饭碗造成不利影响。何况,穆智教授的校长位子没有多长时间就要退了，下面的人也不像以前那么重视他的感受。同时，他们也私下讨论说，穆校长快退休了，开始放飞自我了，我们这些行政人员在这座大学里工作的日子还长着呢，不能为此背锅。

当然，对于这些私下里的事情，外部人是不了解的。即使那天我是奔着穆智校长去采访的，也不可能知道这些内幕消息。之所以我了解这些内情，因为在这个学校的校长办公室里有我一个小老乡，也是学弟。他平时人很机灵，至少在行政道路上比我更有前途。他的优点之一是在无关紧要的事情上会帮你一把，真正关键的事情却从不帮忙。不过这一点在目前社会上已经很难得了。他知道我那段时间需要采访穆智校长，对长生之事也感兴趣，就向我透漏了一些只有是自己人才能告诉的内情。当然，关键的是，我当时在报社还有一定潜在的权力，报道谁不报道谁我没有决定权，却还是有一定如何报道的权力。因此，这位小学弟不仅告诉了我这个讲座的官方消息，也告诉了其中不为人知的一些八卦和内幕。

由于穆智教授并不是什么演艺界的明星，社会上对这个题目真正感兴趣的人并不是特别多。再说在省城上班的人中，很多人平时工作日程安排的比夏天的树叶还稠密，内心比一团马蜂整日盘旋还烦，谁还有心听这些不是迫在眉睫的讲座。因此，在这座大学傍晚灯光昏暗的大礼堂中，来听穆智教授讲座的人并不多。即使他的知名度在圈子内很高。当然，这是在希望长寿或者极为少数像我这样希望长生的人中名气很大。但是，人都是在自己特定的圈子内发光，如同在黑夜中，灯火只有在特定的范围内才有效，因为只有在这个范围内它才能照亮其中的人或物。可以说，穆智的名气对于其他的人而言，就是一种空气，甚至还不如空气，至少空气还可以用来呼吸一下。

我估计很多人对无限长寿或者长生这种提法或者追求即使不是嗤之以鼻，也是不屑一顾。目前这种生活多好，如同停留在一个密闭的法宝中，可以不知不觉地消耗自己，不管外面的乾坤如何变化，他（她）们只是随波逐流地随着大的人群去生或者去死。这其实也是一种幸福。有时候感觉痛苦都是那些有文化的人搞出来的，是那些多事的人搞出来的事情。世上本无事，庸人自扰之。他们一定会这么想。

来听穆智教授讲座的人以老年人居多，中年人都很少，稀稀拉拉地散坐在大礼堂的各个角落。即使如此，也有一部分人是本校的学生，都是被他们的辅导员或者班干部动员来听这个讲座的。毕竟穆智是一校之长，他来做讲座，不能过于冷场。因此，即使有一些年轻人来听，但是，我却感觉出不同的气味。这是在他（她）们的精彩生活中被临时加入了一次无聊的活动，如同一锅好菜被忽然加入了不搭配的辅菜。这些年轻人大多不谙世事，就直接将不满与无聊明显地写在脸上。即使我看不见，却能感受得到。其实这也是有道理的，年轻人正在生机勃勃地活着，离衰老或者死亡还早着呢。何况明天的事情也要到明天去考虑，总是考虑将来，累不累啊，这是这个时代年轻人的普遍看法。

在这座大礼堂中，即使所有的人都没有明确地提出，然而，在一种悄无声息的气氛之中，还是有着两种不同的气质及想法在互相接触、摩擦、碰撞。这其中有真心听讲座的，也有假意听的。有满意的，有不满的。有年轻正在享受生命的，也有衰老正在努力拽住生命脚步的。有生机勃勃的，有日薄西山的。当然，即使如此，这也无可厚非。只要一种观念能够存在，就会成为一把锋利的刀子，每一种观念都有它的特定收割对象。

二

穆教授身材不高,属于浓缩的精华。在晚上大礼堂的不太明亮的灯光之下,尤其不显年龄,看上去就是四十多岁的样子,这倒是让我吃了一惊。因为穆教授成名已久,也是大学校长,在我来听他的讲座之前,估计他至少得有接近六十岁的样子。在我周围听讲座的人不多,我感觉前面一位一直滔滔不绝地与朋友交谈的中年男子可能知道,就向他打听了一下穆教授的年龄。这位中年人马上掉过头转向我说:"你看到哪里去了,竟然认为穆校长才四十多岁,他今年都五十八岁了。但是,平常身体特别棒,也多才多艺,羽毛球能达到国家二级运动员的水平。一次在省东郊体育馆,我还和他过了几招,打过几局。"他显然为自己掌握到我不知道的内情有些自得,声音也不知不觉间高了几度。前面几位听讲座听的入神的老年妇女不满地瞪了他一眼,显然,她们比这位中年男子对长寿的需求要更迫切些。当然,正是穆教授这种不显衰老的年龄,却实实在在地勾起了我的兴趣。如果他满脸皱纹、老气横秋,我就会马上感觉到这里来听他的讲座有种受骗上当的感觉。

穆教授的讲座以讲述长寿为主。对于如何追求长寿,他说在中国古代,道教中的道士都是养生长寿的高手,这可以通过道家的辟谷、练气等来实现。在古代那种相对艰苦的环境中,因为当时道教和中医是不分的,一些掌握道教养生及医药知识的道士,照样可以活到百岁以上。穆教授说,有的学者认为一个人的正常生命极限是一百二十五岁,我认为如果排除疾病、车祸等非正常事件的话,人类的生命最长可达到五百岁甚至是一千岁。长寿是长生的基础阶段,如果无限长寿,长寿到不死的地步,那就是长生。长生不是中国的土特产，而是人类历史上各个国家、各个种族、民族都追求的目标。在北欧神话、西方凯尔特神话、爱尔兰神话中都有不死的传说。

穆智教授接着介绍，虽然人的长生与其他低等生物的长生没有直接的关系，但是，一些低等动物可以为人类的长生做一个参照。这也是目前长生学研究的一个方向。如果条件适宜，变形虫依靠虫体分裂繁殖，就可以实现永生。此外，生殖细胞和癌细胞也能够做到长生不老。这说明，在生物学意义上，人是有可能实现长生的。

穆教授讲到，人类的长生可以通过修复 DNA 来实现。现在国际上有的科学家就针对细胞修复的机制进行了研究，但是，还没有进入实际操作阶段，或者说这并没有进入实验室操作的阶段。

然而，如果可以通过人工操作的方式对不良或者错误基因进行重组，淘汰不合格的细胞，并且将衰老细胞进行控制或者剪除，培植人体正常细胞的无限再生功能，最终在理论上也可能实现长生不老。当然，大家都得有耐心去等待，不要总是想着死，坚持到这种长生技术具有实际操作性的时候就是胜利。说完他颇有些为自己的风趣语言而得意，下面的听众也配合发出一阵笑声。

穆教授接着说，的确，可以通过 DNA 修复机制来解决长生问题，这是长生学界目前的主流观点，但是，其发展道路却遥远漫长，很多人可能已经等不及这项技术的成熟。因此，在世界上还有的学者采取其他方式来实现长生的目的。在俄罗斯有位叫做阿纳托利布·布鲁什科夫的科学家。他在极寒地区考察之时，发现几千万年前的猛犸象尸体始终不腐。当然，这其中可能有极寒天气的原因。但是，这位科学家认为在冥冥中一定有其他因素极大地延缓了这些猛犸象尸体的腐坏。后来他经过反复试验，果然在其中找到了一种叫做芽孢杆菌 f 的细菌。在试验时发现，这种细菌对生物细胞有迅速繁衍再生的作用。最初他在小白鼠上进行试验，发现小白鼠被注入这种细菌后精力过人，并且有明显的延长寿命的效果。他将这种细胞注入已经衰老的小白鼠体内繁殖，这些衰老的小白鼠就开始返老还童起来，完全恢复了年轻白鼠的活力，还没有发现明显的副作用。于是，这位俄罗斯科学家不顾家人的劝阻，将这种细菌注入到自己体内繁殖，后来也感觉精力比以前旺盛了很多。可以看出，这种长生技术是通过微生物生长机制减缓或者抗拒衰老。如果在技术上进一步改良，可能将此类细菌注入人体内后，人的寿命就会大大延长。即使不能长生，活个一两千年可能不成问题。

　　穆智接着又饶有趣味地向下说，有一位德国女影星是这位俄罗斯科学家的好友，在她的反复央求之下，也被在体内注射进那种细菌。女影星同样感觉效果不错，面容比以前更加年轻漂亮，身体也更有活力。可能是因为这个原因，这位女影星不顾二人相差近四十多岁，执意嫁给了这位丧偶的科学家，并且两人婚后感觉良好。女影星也经常在接受记者采访之时豪爽地说，科学家老公与二十多岁的年轻人没有什么两样，她感觉很幸福。

　　在讲座的最后，穆教授大声地宣布，正是由于这些长生科学的进展，即使长生之路还遥远，但是，却不是一个梦。在座的各位朋友，只要能尽量坚持，四十年后很可能长生时代就会来临。当然，即使有这种技术，最开始也一定是非常昂贵。因此，希望大家保持好身体，多赚钱，到时候可能就是钱多为胜。如果你们有钱，就可能在长生竞争中占据优势，在长生的道路上就能跑在别人的前面。

最后，穆智教授在众人特别是老年人的一片掌声中结束了这次讲座。

在这次听穆教授的讲座中，我始终感觉他有所保留。他只是概况地讲述了一下长生学发展的历史、目前研究的现状、可行性及希望，却没有真正涉及到长生中具有可以操纵性的东西。我认为穆教授一定掌握了一部分长生的秘密，这从他的目前年龄与外表不成比例就可以看出。再说，他在业界的知名度也说明了他有掌握部分长生秘密的可能。也许他掌握了长生的秘密，却不愿意告诉大家。如果大家都长生了，那长生也就成为价值上不足道的东西，或者说是大大打了折扣。

三

我之所以去听穆智教授的讲座，那时也并不是对长生特别有兴趣，或者说即使有兴趣，也没有这个时间。一般而言，追求长生之人，要么有闲，要么有钱。那个时候这两个要素我一项也不具备。我之所以去听讲座，是想和穆智教授约一篇稿子。因为我当时负责报社人物专栏的版面。报社的头头那年不知发了什么心思，就想做一个"生物工程名家"系列专栏。而穆智教授不仅在省内，而且在国内也是鼎鼎大名的人物。近水楼台，岂有不采访这位名家之理。但是，穆智当时还在校长位子上，即使还有两年退休，平时也是忙得不可开交。因此，在我约他之时，他可能是看到"生物工程名家"系列具有一定的价值，如果他不撰稿加入，就等于主动承认自己不是"生物工程名家"，因此，穆智教授也在百忙之中同意抽时间在他那个讲座后与我沟通一下，这也是我认识穆智教授的最初原因。

　　后来我还认识到,之所以当时穆智教授同意我的采访,也和他还有两年就要退休有关系。俗语说的好,人之将死,其言也善。人之将退,其心也和。在将要退休那两年,我因为做这个专栏和穆智教授接触过几次。他有次曾抱怨说,手下办公室的人员感觉自己要退下去了,明显地态度懈怠了不少,自己说话已经没有以前那么好使了。等他快退休的时候,再说话下面的行政人员不是说不办、不听,而是打了折扣。即使是大学官场之中,也是这么现实。

　　虽然穆智教授在做校长时有一些官架子,但是,平心而论,他是我认识的这个级别的官员中属于做的比较好的。只要不是他的直接下属,他都会和颜悦色、平易近人。我有一次采访他后,他还客气地在学校的小餐厅请我吃了一顿便饭。在进餐厅大门之时,他就站在那里为我开门,把着门,一直到我进去后自己才进去。这至少比我们社里的头头强多了。即使有人说这是装的,但是,能装成这个样子,也是一种水平,也是一种官场的修养。

　　穆智教授具有老牌教授的风格,对待自己很严格,我几次试图送点土特产给他,不知什么原因,他都以不在家为由而婉言谢绝了。作为大半辈子在学界及大学官场上唱主角的人,他总是以一种宽和的态度对待外界之人。当然,穆智教授在校长任上时,对直接下属还是很严厉的。不知他是从哪里学来的这些待人之道或者御人之道。这也许就是穆智教授的官场或者学界的生存之道,是他的成功秘笈。人在特定位置上都应当与这个位置相符合。如果不符合,不是这个位置被换掉,而是这个人被换掉。

　　爱美之心人皆有之,但是,我那位在大学校办工作的小学弟说,他们内部行政人员都传,穆智校长是他们领导中少有的对漂亮女性不假以辞色的人。其他领导或多或少都会表示出一点暧昧或者特殊的欣赏,会有意无意摸一下办公室漂亮女工作人员的手之类的。还有更为出格的,听说一位工作人员去领导的办公室,以为里面没人,就直接推门进去了,没有想到看到了不该看到的一幕。一位漂亮的女行政人员就坐在领导的大腿上,让这位同事吃了一惊。但是,领导却比较淡定,没有半点慌张,看来有恃无恐,或者不是一次两次了。这位小学弟告诉我,从这一点上来看,穆智教授就成为他们口中传出来的清教徒一样的人士。

看着我一脸不相信的样子,为了证实他的说法,这位学弟进一步向我补充说,你别不信,还有一个姿色平平的女老师,因为会和领导搞关系,不仅评上了教授,还成为了博导。即使她的水平一般,由于和领导关系走的近,再加上评上教授比较早,这让她的嫉妒心及好胜心到处泛滥。在她的教研室里,只准她一个人发光,别人都得黑着。她在评职称时对年轻同事下黑脚,现在那位年轻老师对此不服,在网上发帖子,都闹成了社会新闻了。你知道现在大学里也不是净土,里面也是明争暗斗,甚至比政府机关中斗的还厉害。在政府机关中,因为单位领导还想着要升迁,下面的公职人员的升迁命运掌握在领导手中,因此,无论是领导还是公职人员,做事都还有个底线。但是,在大学里面,有一种山高皇帝远的感觉。如果有的教师评上了教授,即使是校长也不用在乎,往往做事就任意而为,说一套做一套,口里满口正义,但是,那是要求别人对自己正义,自己对别人却无需正义,一点底线都没有。

四

穆智教授听说也是出身于一个农民家庭。但是,他从小就是天资聪颖,特别是在生物方面超出众人不止一头。在穆智考上大学之后,他学的是生物工程专业。同时,他也在读大学时大出风头,不仅成为学校学生会的主席,也曾在全国大学生生物工程竞赛中获得了该校多年来唯一的一个金奖。恰巧大学老校长也是国内著名的生物工程方面的权威。可以说是惺惺相惜,也可以说是伯乐看上了千里马,从此穆智的人生就进入了快车道。在大学毕业后,老校长亲自点名,穆智直接被保研,进入到老校长门下读硕士。后来,再上一层楼,硕博连读,成为校长的博士。

但是,这并不一定决定穆智的人生从此一直开挂。即使他的出身不算特别贫穷,但是,毕竟能有多少社会资源? 如果不是搞学术的话,本来他的前途终点就可以直接看到。因为成功不止是一代人的,而是需要几代人的努力。三代才出一个贵族,这句话是庸俗,但是,却是那种包含深刻社会智慧的庸俗。

我以前曾经对一个在体制内混的不得意的朋友分析了一下原因,其中一个就是家庭原因。这倒不是单纯的因为家庭出身低微之人没有祖上的余荫,没有社会关系那么简单。其实,如果一个人家庭出身一般,那么,见到的或者学到的都是他那个群体的行为举止,也天生形成了他那个群体的行为习惯,以后即使有机会进入到更高的社会阶层之中,但是,却没有与更高阶层的默契感。即使勉强去学,也做得不自然,让能够提拔他们之人感觉到不是同类,相处得不舒服。即使从这一点看,他们也比更高阶层的后代少了很多机会。

然而,有原则就有例外。穆智无疑属于例外之人,他能够凭借自己的本领在学生会的人精中混到主席的位子,就已经说明了这一点。在穆智成为老校长的嫡系门生之后,对于社会上通行的那一套人情世故简直就是前世带来,无师自通。穆智清楚地知道,他所有的社会资源的总源头就是省城这座著名大学的老校长。因此，他将自己的一切精力都投资入其中。譬如说，他在读硕士、博士期间写论文之时，都会暗地学习老校长的行文风格，力图让别人看不出二人合作的作品到底是谁真正所为。换句话说，穆智自己写的论文，不署自己的名字，只是署老校长的名字，即使是业内人士，也看不出来。这是一种学界中炉火纯青的拍马做法。同时，穆智做事也往往不惜力，只要是老校长安排的事情，无论多晚多忙多累，绝对不会耽搁老校长一点事情。因此，老校长更是爱惜无比，亲自做媒将自己的女儿介绍给了穆智。据说穆智在后来接任省城那座大学的校长之时，老校长也举贤不避亲，鞍前马后，为穆智做了大量的工作。

学界都对穆智成为冉冉升起的明星有各种看法。有人认为这是投机，有人认为这不是投机，因为穆智在生物工程领域方面确实有专攻，有水平，在这个位子上至少比其他人更为合适。也有努力一生到老看不到尽头的人在那里发牢骚说，即使是学界也存在这种亲亲相护的现象。如果没有老校长，就是十个穆智的才华和努力，也做不了省城这么一座著名大学的校长。不过说归说，从来没有因为说影响什么，穆智还是那么不可阻挡地冉冉升起。

穆智在人生中的最大败笔就是去帝都的一所大学做了校长。其实，这对其他人而言简直就是人生的巅峰。当然，穆智在担任帝都那所大学校长时，也是这么想的。关键是穆智去帝都担任校长时还年轻，属于国内当时最年轻的大学校长之一。如果在我们省城的那所大学，有老校长及其提拔众人的照拂，穆智又在校长位子之上，当然是稳如泰山。但是，到了帝都之后，即使是大学的一名教授，都是国内一流人士，谁还会真正把他看在眼里。穆智又年轻气盛,经常采取一些较为激进的管理方式,结果得罪了帝都那所大学的元老,犯了众怒,最后弹压不住,只好重新回到省城原来那座大学做校长。此后,他在圈内的威望以及势头已经远不如以前,从此心情比较抑郁,一直到退休都是如此。我猜这也是他后来决定成立长生协会的一个重要原因。虽然在仕途上不是特别如意,如果能长寿或者长生的话,未尝不是一种很好的心理补偿呢?

第十二章

长生协会及外地友人

一

至少在外表上，穆智担任长生协会的会长是有说服力的。他的老当益壮，以及与年龄不相符的充满活力的脸及手脚，都让他本身就是长生协会的代言人。否则，找一个白发苍苍、步履蹒跚的老者来做长生协会的会长，可能就没有什么号召力。那就不是什么长生协会了，而是成了衰老协会了。但是，这只是他能担任长生协会会长的一个因素，却不是最主要的因素。最主要的因素在于穆智以前是省城著名大学的校长。这是一种硬实力，是真正具有说服力的条件，否则，即使他长得再面嫩也不行。

之所以他显得这么年轻有活力，我想可能是他早年经历过比较艰苦的体力劳动，后来又走上了比较保养的仕途生涯。这叫做该磨练的时候磨练，该保养的时候保养，上天将这一切安排的稳稳妥妥的。穆智最初在农村平常不上学之时，跟着他的父亲在家里搭把手，也算是学过木工。他的父亲是个木匠。因为把儿子培养成省城著名大学的校长，他也就成为省内著名的木匠。年轻时看父敬子，年老时看子敬父，就是这个意思。因为那个年代很少用机器做木匠活，而是常年都时兴拉大锯解开木板，或者直接用手打卯榫，因此，穆智跟着父亲练就了一把好手劲。一次长生协会邀请一个年轻的省外专家来开会，负责招待的小姑娘没有经验，递给这位年轻专家一瓶瓶装水。结果年轻专家虽然身材挺高，也是正当年的年龄，但是，不知为何鬼使神差，拧了瓶盖半天也没能拧开。结果不仅负责招待的小姑娘比较尴尬，年轻专家也弄了个红脸。穆智教授不动声色把瓶子拿过去，那时他已经六十岁到点从那所大学退休，还是不费吹灰之力将瓶盖拧开，这让众人都惊叹不已。可以说，即使穆智教授不参加长生协会，不寻求长生之法，以他的体格，正常的话活个九十岁以上也可能没有什么大问题。

　　我参加的这个省长生协会是国内第一家此类性质的协会，即使是帝都也没有成立。之所以穆智教授能够创立这个协会，除了他独具慧眼以外，也是由于他是国内生物工程方面的首屈一指的权威。更为重要的是，这个协会是穆智会长还在大学校长任上设立的。作为省里著名的大学校长，相关的政府机构怎么也得给个面子。因为穆智会长不仅在省里有一定的发言权，在帝都也有他的一个大学同学担任要职。在无形中，他就起到了省里相关部门和帝都联系的枢纽的角色。

　　这个长生协会是穆智教授一手策划成立的。可以说，当时成立这家省级的协会，即使是穆智当时还在校长位子上，他也和各个方面都有着良好的关系，也不是轻而易举之事。由于他是这个协会最重要的创始人，因此，担任首任会长也是顺理成章的事情。

　　成立一个省级的协会到底有多难，一般人可能不知道。但是，绝对比成立一家公司要难得多的多。而长生协会则是穆智教授一手创立的。这不仅说明了他的活动能力，也说明了他对成立长生协会有多大的热忱。否则，他都大学校长快退休了，在家修身养性多好，为何还操持这种事情费心劳神。当然，之所以穆智教授在大学校长快退休之时，力主成立了这么一个省级协会，并自任会长，也是和他精力旺盛，退下来以后无事可做有关。长生协会至少可以为他和以前的门生故旧提供一个交流平台，让他不至于退休后那么落寞。因为穆智会长出身于贫贱之中，我相信像他那样的出身，能够最后做到大学校长的位子，心里一定有火在燃烧，并且在不停地燃烧。否则，早就半途而废了。这从我身上可以得到一些体会。因此，穆智教授在退休后会忽然感觉内心之火只是空空地燃烧，如果他不找些事情做，这些内心之火将会燃烧他自己，这可能比最后那把火更快地将他焚烧。因此，这也是他成立长生协会的一些内在因素。有的人需要理由才能活下去，有的人只需要惯性就能活下去。穆智教授就是前者。我估计这是他成立这个协会的深层心理原因。

　　后来我慢慢了解到，之所以穆智会长在长生协会中对我高看一眼，除了我们都以前学过木工以外，我的名字也起到了一定作用。这也是他推荐我担任长生协会副秘书长的原因之一，至少我的名字是一个加分因素。"潘长生担任长生协会的副秘书长，本来看上去就有说服力，也比较吉利。"他经常在比较小的私人圈子里笑着说这些话。

　　穆智会长以前是一个无神论者，但是，只有在更小的圈子里，才知道他是一个半信半疑的有神论者。他不止一次地为自己面目模糊的信仰辩护。他说："牛顿那么大的科学家,并且是专门研究自然科学的,到了晚年以后却转而研究神学。他后半生几乎投入了全部的精力去研究神。牛顿也写过专门的书籍,以证明神灵的存在。"其实,不仅穆智会长如此,他在帝都有个知名度很高的前辈朋友,当时已经过世,也是如此。据穆智会长说："别看老先生是个大科学家,但是,晚年却极度痴迷气功,是国内气功界的重要拥趸。在内心中,老年人在晚年之时,也希望通过气功能够延长自己的寿命,甚至能够长生。老先生也经常遗憾自己没有选择一种长生或者长寿有关的专业。一直到他垂暮之时,我去看他,他也表达了这种遗憾。可惜他走早了。以现在的医学发展水平,即使长生不一定能够实现,但是,寿命绝对会延长很多,说不定就能等到长生的那一天。老先生那是什么大脑,他走了真是我们科学界的重大损失。"

　　一开始在民政部门申请时,这个协会就叫做长生协会。后来怕影响不好,怕被别人说是封建迷信,就对外称为长寿协会,对内还是称长生协会。即使穆智教授在校长位子上已经退休,但是,他以前的门生故旧,新朋旧友,有的是感念老领导当年的关怀,还有的年轻人想着利用一下老领导的剩余价值,还是纷至沓来,纷纷加入了这个协会。当然,我们省的长生协会确实名声在外,甚至帝都由于考虑社会影响都没有批准设立此类长生协会,因此,这家省级长生协会在国内还是有一定的名气的。省内的一些亿万富翁想长生长寿者,也有不少加入这个协会的。这也可以理解。即使是我这种经济刚能够支撑在省城生活的,都有长生的非分之想,何况这些富豪赚了那么多的钱,毕竟死了不能带走,如果不能长生,那么,就是为子孙后代打了一辈子工而已。我们这个省级长生协会人才荟集,朝野都有。协会成员既有长生领域科学界的人士,也有玄学界的人士。这满足了期盼长生者的各个方面的希求。其实,这也是我加入长生协会的一个重要原因,当然,这不是唯一的原因。

二

张生是长生协会的一位常务理事。张生来自帝都,也是我一个县的老乡。因为帝都没有批准成立长生协会,也由于我们省与帝都并不算太远,不少帝都的长生的爱好者也来加入。张生与陈素娥就是其中的两名教授。张生为人智商不低,否则,也不可能从一个理科的学生,一路跨专业读新闻,最后在帝都一个知名院校教书。但是,张生的身高显然跟不上他的智商发展的速度。他大约只有一米六多点的样子,却有着极强的自负心。为了让自己显得更高一些,他在走路之时会有意无意地努力伸长腿部,这使他走路显得稍微有些蹒跚。这可能也预示了他以后坎坷不平的道路。

看来世界真的很小,我没有想到张生和穆智会长也认识。穆智会长说多年前他们在帝都开会时就互留了联系方式,他当时就对张生的名字比较感兴趣,因此,就对他多加了一些注意。穆智会长对带有"生"字名字的人会特别关注,他不止一次地在我和张生都在的情况下,对我们两人开玩笑说:"张生如果不见文字,只是听读音,也可以读作长生。潘长生也是长生,张生也是长生,看来我和长生真的有缘啊。"

穆智教授以前学过木匠,出于职业习惯,他能知道哪种材料适合做什么家具,并且不会浪费多余的木料。这是职业形成的内心确信,只有做过这种工作的人才知道。即使在长生协会这种并非国家正式机关的闲散机构,他都能将每个人的特点发挥的淋漓尽致。自从我和穆智会长相处时间长了，才知道他的成功是有道理的。不成功不需要理由，成功则一定需要理由。他竟然能根据我和张生的名字安排恰当的位置。当然，这也是和他摸清了我们两人的秉性有关。像是穆智这种人，经历的人多到无数，可以说都能达到见一个人就能给这个人算命的程度了。这是一种经验，也是一种智慧。

我感觉张生和我有很多本质上的相通之处。在他身上，我能感受到自己的影子。如果说稍微有点差别的话，就是我的身材要比他高一些，长得比他更顺眼一些，也相对比他更受女性欢迎一些。因此，每次他见到我喊帅哥之时，我也认为他并不是客气，而是发自内心的。我感觉外在形象是这个自负的人心中一个永远没法挥去的阴影。可以说，在恋爱或者寻偶方面，张生的自尊没少受到打击。我以前几乎没有听说他恋爱过，即使他是帝都名牌大学的博士，也是知名大学的教师。我听说他唯一的一次恋爱就结婚了，唯一的一次结婚在婚后一百天就离婚了。

以张生那么自负的人而言，我能想象到他所受到的伤害。然而，张生比我强大之处在于，可能是因为受到这次婚姻的刺激，他在年老的母亲魂归西土之后，就斩断三千烦恼丝，毅然决然地遁入空门。这种内心的强大或者智慧非一般人所为。在这方面，我与他相比可能就是一个普通人。

当张生一念而至，飘然而去，离开三千红尘，到深山古刹与青灯古佛相伴之时，我不知自己在他心目中的地位如何。但是，我却在内心中与他有一种悲戚的同命相怜的感觉。这是一种内在的感觉。但是，我也认识到，他大概不会有这种感觉。虽然他的性格比较暴躁，但是，社会经验却要比我更丰富一些。本质上他是一个很理智的人,他知道自己应当如何做,知道自己在做什么,也更容易认清自己真实的内心感受。

在张生加入我们省城的长生协会之前,我和他是大学的校友。在他读硕士之时,我读本科。虽然我们是同类人,实际上交集却并不多,大概就十多次的样子。但是,就是在这十多次的交往中,我亲眼见过他两次和周围的人发生了激烈的冲突。很难想象他矮小的身体内储存着那么多的暴躁的火药。这些火药是谁储存的呢?是先天生就的,还是后天在社会土壤中被周围的烦杂人事制造的?没人知道。

然而,在张生出家前最后和我见面那次,他忽然好像沐浴在春日的夕照中了。走路时也不似以前那么稍微蹒跚了,浑身被一种莫名的放松感所笼罩,眉目之间一片祥和之态。那时,我忽然有一种预感,在他身上一定深刻地发生了什么。对于一个成年人而言,如果发生了一种突然的剧烈变化,那么,不是经历了大喜,就是经历了大悲,才使他有了一种脱胎换骨的感觉。可能他悟透了尘世,这对他是大喜。但是,对于我而言,身边可以神交的人越来越少,却是一种悲哀。可能因为从小内心缺少安全感的原因,我和朋友相处久了就会产生内心的依靠。任何周围朋友的离开,我都会感觉到孤单。

当然,这种依靠的感觉并不是单纯相处的时间久了,更为本质的是我和张生属于一类人,是人中的同类,是不需要磨合的心气相通的人。人和人之间就是如此,有时两个人认识了一辈子,也可能从来没有真正认识过。有时两个人认识了一次,就等于认识了一生。即使我和穆智会长相处时间再久,我们也不是同类人,也没有休戚与共的感觉。我相信他也不会有这种感觉。只有是同类人相处久了，其心性和气息才会渗透到彼此身上，如同摩挲古玩时人的气息渗透到古玩中，彼此才会真正认可，这是自己人了。

在张生决定出家之时，并没有告诉我。但是，在帝都经常和他见面的另外一个共同的朋友说，当时谁也不知道张生决定出家，他谁也没有告诉。至今他的名字还挂在帝都那个大学的导师名单上。当然，他又能告诉谁呢？他的母亲已经故去，妻子离婚，又没有孩子，最亲密之人都不能羁绊他了。如果他告诉我，可能是怕我絮叨，触动了他的贪恋凡尘之心。

当然，很多人是挽留不住的。我也是他们遗留在尘世中的一员，我属于他们，而不属于另外一个繁杂的世界。因此，我能理解他们。我知道自己并不能影响张生什么，其他人也不能，任何人都有自己的命，都在自己的命里活着。命是一种活体的物体，有手，命指向哪里，人就得奔向哪里。命设置好了陷阱，人也得跌入陷阱，否则，这就不是命，命也就失去了存在的价值。即使是命也要在命中活着。

我发现无论是张生，还是后来的火亮，还是潘行，以及其他的一些故旧，他们其实都是有主心骨的人。他们对未来认识的比我更准确，也更坚决。他们或者选择了出家，或者选择了永远离家，或者是选择庸庸碌碌地活着。他们把好选择的路都走完了，剩下我无路可走。我只有在人间走走停停，到处寻找长生这条不是道路的道路。

三

长生协会的成员主要是本省的人士，但是，为了扩大它的影响，穆智会长还会有意地吸收来自帝都的人，并且帝都来参加的高级知识分子基本上都给了常务理事的位子。当然,这也没有什么实际的价值,更多的是身份上的尊重。陈素娥教授就是除了张生以外的另外一位来自帝都的高级知识分子。其实,帝都的一些人来参加这个省城的长生协会的活动,在很多时候也是因为帝都不准成立长生协会之类的组织。因为我们那个省城相对而言距离帝都还比较近,又基本上是在同一个圈子里,相互的熟人比较多,彼此之间人气相通,这也是他们选择加入省城这个长生协会的重要原因。

陈素娥教授是张生的朋友。由于我和张生的关系,他们来省城参加长生协会的会议,很多都是我负责接待,因此,我和陈教授自然也就成为了朋友。陈素娥教授长得身材小巧,素洁无比,性格温柔如水。在接触不太多的次数中,我似乎很少听到她高声说过话,总是细声细语,如同河边柳树上的露水一点一点地滴到幽静的河水之上。

在某种心理程度上,我和她之间甚至比与张生之间了解还要深一些,也更感受到她那种女性的温和对内心的滋润。我最初见陈教授那次好像是一个晚上,在一个小范围的长生协会人员聚会中,大家都讲述了自己为何参加这个协会。当然,不少人更像是说的场面语言。但是,我能听出陈教授所说的话是真话,是走心的话。她说:"我之所以想加入长生协会,是想看看长生这种奇迹到底能不能真的变为现实。我很爱我的儿子,但是,在我以后离开人世后,想到儿子的伤心,我内心就无法忍受。当然,也可能孩子先我而去,那么,我可能更会受到打击。我想长生协会中高人如云,可能能为我提供破解之法。我现在有两条路可走,要么是加入长生协会,要不就是信教。我现在不愿意信教,就先加入长生协会看看。这主要是一种精神上的寄托吧。"

在这方面，至少我感觉陈素娥教授的心地要比我单纯得多。我加入长生协会除了寻求长生之道外，在成为律师之后，我发现在这个协会中，三教九流的人士都有，但是，却是往来无白丁，富贵人士屡见不鲜。在这里我至少可以多认识一些富人，这对我做律师开拓案源大有好处。果然，因为我是长生协会的副秘书长，平常需要联络各类人士，这让我多认识了几个企业界的大佬。他们在得知我是律师后，有案子就经常找我，这为我带来了几笔不菲的律师费收入。

以陈素娥教授的科研及教学能力，早就应该能评上教授，但是，由于她在人情世事方面不善于处理，一直被压着。同时，她还喜欢为年轻人出头，一次她带着两位年轻教师到我们省城开学术会议时，在晚上我陪着他们吃饭，听到两位年轻的教师商议如何和系主任联系报销的事情。两位年轻人怯生生地不敢打电话，即使陈素娥教授和系主任关系不睦，还是当着我的面，主动与系主任交涉，并且把事情全部揽到自己身上。

因为职称问题，陈教授一直被压制着，她也是一直隐忍不发，终于在一次评教授时，她的综合评价超过其他人，却仍然被系里压着不向学校层面申报，这成为压垮骆驼的最后一根稻草。她亲自到校长办公室大哭不止，这竟然成为京城名教授痛哭职称评定不公的社会事件。学校迫于社会压力，那年就为她评上了正高。然而，这件事情之后，她忽然变得大彻大悟，一下子将尘世中的道路走完了。我不知道她是否和张生商议过，然而，他们却是走的同一条道路。陈素娥教授后来也决定遁入空门。听说她出家时，最后留给八岁儿子一个邮箱地址，在邮件中告诉儿子，这是妈妈给你留下的最后的一个联系方式。因为你还小,我怕你想妈妈受不了,你这段时间可以通过这个邮件和妈妈联系。但是,这个邮件联系方式我只是保留两年,两年之后,你就十岁了,就长大了,即使你再和我联系,我也不会回复你了。我不知道她的年幼的儿子是什么感受,但是,我作为一个只是与她有数面之缘的人,内心却像是好长时间被抽走了什么。这是什么呢?我感觉内心曾经住了不少心气相通的朋友,但是,这些人却如同惊醒的梦一样突然不见,从内心中逸走,只是给我留下空荡荡的心空。然而,这种心空却是很难再次填满。年龄越大越是如此。

　　自此,我就没有再见到过陈素娥教授,也没有听到过她确切的音信。有人说她去了五台山出家,也有人说她去了九华山修行,但是,却没有人真正再见过她。我知道此生可能是不会再见到她了。有的人走了还会给你留下一些念想。有的人一走就是一生,走了就再也见不到了。

第十三章

相信另外一条长生之路的人

一

　　与其他人主动参加长生协会，或者至少不排斥加入相比，火亮是我多次勉强他才加入进来的。之所以我多次劝说他也来一起参加，主要并不是让他相信真有长生一说，我只是想让他从他们单位的纷杂人事中暂时脱离出来，舒缓一下被单位内斗揉搓的疲惫不堪的内心。之所以这么做，是因为我们来自同一个北方的小地级市。他是我大学的好友之一，即使他的好友不多。

　　火亮知道我喜欢一些玄学，也相信长生之事，他也经常笑话我："如果能长生，谁愿意去死，那么多的人生出来又放到哪里去？哪里有那么多的资源养活那么多的人。"我承认他说的有道理，但是，没有道理的东西并不是一定比有道理的东西更不值得信赖，这在特殊情形下也可以拯救一个人。

　　火亮的为人如同其名字，火爆直爽，敢于直言。大学时他就住在我对面的宿舍。那时大家都青春正盛，也如同植物一样处于生命中最好的时节，都生长得枝繁叶茂。一瞬间感觉我们大学时期就如同在长长的光滑冰面上滑过，一眨眼就是好多年，都好像是另外一个世纪的事情了，又好像是一部黑白电影中的情节，沉入很深的水底，得用非常有力的牛车才能缓缓拖动一两个细节。

印象中最深的是火亮的仗义直言。记得当时一个宿管员大妈为了管理方便，坚决禁止女生进男生的宿舍，并且规定晚上九点后一律关上宿舍门，无论晚来的学生出于什么原因，无论如何央求，就是坚决不开门，或者即使开门也要上报到辅导员及学校的管理部门那里，等候处理。众多学生对此都腹诽已久，但是，也只能心里骂一下而已。由于那位宿管员大妈是学校一位领导的远房亲戚，大家对此也都是敢怒不敢言。只有火亮在一次义愤填膺后，真正地敢于仗义直言。他在宿舍大门的入口处，用最为显眼的红纸写了一份千言书，痛斥宿管员大妈的种种劣迹，从而引起学校注意后，才修改了她的那个土政策。

然而，即使可能不少同学都是火亮这种敢于直言的受益者，却没有哪位同学真正去感激他，却暗地听说有人开始议论火亮的冲动，而由于这种冲动，慢慢地他们宿舍的另外几位舍友也有意无意地与他疏远。结果火亮基本上就剩下我一个可以交心的朋友，因而更是孤独。火亮虽然智商很高，可以说是聪明绝顶。但是，他的情商却不高，这种人往往更容易受到孤立，并且在被孤立后却难以降低身段，重新去融入孤立者的阵营。因此，不仅是学校方面对火亮有诸多不满，而且同宿舍的同学也将其视为局外人，明里暗里都把他视为异类。火亮有个不注意细节的毛病，在夏天打球回到宿舍时，往往不看谁凉的开水，摸过来就喝，结果其他同学一脸不高兴，不管三七二十一，就会把火亮喝过的水全部倒掉。诸如此类的小事更是加剧了他与周遭的人际关系。

可以说，火亮遇到的孤独不一定是发自内心的孤独，还有来自外面那一双双异样的眼神反射回来造成的孤独。这些外在形成的孤独将火亮紧紧包围，使他在人群中也成为孤岛。不知是否因为这些个原因，火亮精神状况开始出现了明显的滑落，也逐渐地不受控制。他经常在半夜宿舍里的其他同学睡熟时，如同被谁忽然喊起，应声从床上站起高声酣唱起来，弄得同宿舍里的其他同学都胆战心惊，不敢再在那个宿舍住，都纷纷申请搬到其他宿舍。这更加重了火亮的孤独及被排斥感。在大二那年，他被父亲接回家检查，结果查出来患上了精神病，休学一年才重新读完了大学。其实，我从那时就似乎朦胧意识到，原来精神病是一种偏好聪明者的疾病。相比较而言，聪明者更容易出现精神问题，他们更容易被自己的内心反噬。可能他们把世情看得太透了，因此，就不能忍受自己内心与之一样沉沦。看来真的是难得糊涂啊。

二

可以说，火亮的性格不足以让他去非常严肃的体制内单位工作，但是，他的成绩却可以让他几乎能去所有公开考试的单位。在火亮毕业就业时，有两个比较好的选择，这两家单位都对他比较看好，都同意录用他。其中一个是省城的一家重要的体制单位，另外一个是省城里的一家著名的跨国公司。我当时极力劝说他不要进体制内工作，然而，他却笑着对我说："潘哥，我知道你相信一些灵异的东西，什么长生不老之类的，我也部分认可你的观点，不过我认为长生就是一种追求。但是，对于我而言，进入体制内并且获得提拔、升迁,实现自己的人生梦想,这就是我的长生。只有在这里,我感觉自己的生命才能被更长时间地延续。"我表面上有些木讷,但是,我的内心有时却很清醒,我知道在体制内并不适合他这种性格。在体制内,所有的人都要循规蹈矩,像他这么容易冲动的人很可能会处处碰壁。而在外企中人际关系则相对简单,即使发生了冲突,也会有更大的可以缓冲的空间。大不了可以跳槽,换另外一家单位,这是一种可以进退自如的工作单位。然而,火亮是一个聪明的人,聪明的人往往都固执,因为他认为周围的人都没有他聪明,因此,就会认为不值得相信其他人,他当时只是相信自己。

然而,火亮在那个体制内单位工作几年后就遇到了瓶颈。以他当时的学历、资历,以及他实际的工作能力,即使按部就班,他也是可以获得升迁。但是,由于他平时言语不大注意,得罪了科室的一个副处长。火亮没有通过委屈自己获得那位副处长的满意,结果二人就势同水火,越斗越厉害。在科室中升迁投票或者提议时,这位接近退休而无顾忌的副处长总是给他投否决票。火亮想转到其他科室,但是,在那么大的体制单位内,这谈何容易。因此,对于梦想通过体制内升迁来实现自己梦想的火亮而言,这无疑是一个致命的难以跨越的坎。此后,在与他几次会面中,我感觉到了他的情绪已经不对,有一种从泥沼中逐渐下陷,却无力控制住下沉趋势的感觉。然而,我在其他方面也没法帮他,只有让他加入长生协会,在闲暇之时可以慢慢开导他。在紧靠我以前工作那家报社的那座山上的一间茶室里,我和他进行过一次长长的交流,这是我和他最后的一次交流。

我说:"以前刚毕业时,考虑到你刚硬的性格,我劝你去那个跨国公司,是因为那边待遇好,和老外相处气氛也相对宽松,也不需要面对那么复杂的人际关系。你为什么当时一定要去体制内呢?"

他说:"我当时想简单了。我们家祖辈没有出过当官的,都以为当官好,以为当官至少可以少受欺负,抽空还能欺负一下别人。当然,官有三六九等,也是存在大鱼吃小鱼的现象。"

我说:"情深不寿,才高招妒,颜美易老,树直遭斫。以你这种才华,如果遇到赏识你的人,遇到合适的单位,绝对是另外一个翻天覆地的局面。"

他说:"人在江湖,身不由己。一切皆缘,谁都在局中。"

我说:"你们科室的那个副处长为什么要一定压着你,听说他以前也出身不好,一辈子好不容易才混了个科室副职,难道没有一点阶级同情心吗?"

他说:"这你不懂,有时贫贱之人得势以后,可能比富贵之人更坏。奴隶侮辱地位更低的奴隶,下层挥刀斩向更低的下层。层次及地位高的人有时反而好多了。在体制内存在着天生的食物链现象。弱者往往会欺负更弱者,真正的强者可能没有必要欺负弱者。卑贱者被欺负是一种悲哀。一种更大的人性悲哀是,卑贱者刚从水中爬出来,就会阻止其他卑贱者上岸。"

我说:"虽然我出身贫困,却不是这种人,我倒是希望我周围的人过的都好。见不得身边的人好,其实是一种露怯的表现,这是自己内心看低自己,心里就认为自己不如别人。我希望我周围的朋友,爱好做官的,个个都是部级以上领导。喜欢做学术的,个个都是学术大师。希望发财的,个个都是比尔·盖茨。这样我吹牛都有资本。"

他说:"那是你,你以为人人都像你一样。有的人见不得你更高,因为你高了,就会显得他更矮。相争却不相轻,那是真正有才华之人的相处之道。"

我说:"你想开一点,以你的才华,即使换个单位,到哪里都是佼佼者。老天饿不死瞎鹰。如果瞎鹰都饿死了,老天本身的价值也就打了折扣。"

他叹了一口气说:"哪里有这么容易。我是在体制内呆习惯了。人都是生自尘土,死归尘土。富贵易朽,文字不朽。立功不如立德,立德不如立言。我羡慕你当初选择从事文字这个职业,即使是兼职从事文字职业,也可以从精神上鼓舞一下自己,不至于被彻底打垮。一个人应当知道自己适合做什么。你是知道自己要做什么的那种人,我是知道却没有去做的那种人。"

我说:"留得青山在,不怕没柴烧。你应当看得淡一些。无论是谁,百年后都是白骨。甚至现在连做白骨都没有资格,进了火葬场,都是一捧骨灰。你可以用文字记载下来,让后人看看你所受到的压制。这就是文字的妙处:不死,你就可以写别人;死了,只能让别人写自己。谁都是刀俎,谁都是鱼肉。那位压制你的副处长也可能要受到地位更高人的压制。再说,你的孩子只有一岁,还只能靠着爸爸呢。"

他说:"儿孙自有儿孙福。每个人都有自己的造化,孩子还是看他自己吧。我是写政策材料出身的,写的东西哪有那么多人看。倒是你出身艰辛,对社会感悟这么深,文字功底又好,可以写出来,给我们这些受到不白之冤的人出口气。"

我说:"为什么你们科室的那个副处长不能放你一马呢?现在的人怎么境界这么低啊,一点仇隙就睚眦必报,和我们读书时看到的鲁迅那个时代的人比差远了。"

他说:"今人大多皆徇私报复,不论是非,不讲原则,哪有章士钊、鲁迅这种风骨。因此,注定成不了他们中的任何一人。在时间洪水之下,皆为泥沙。"

我说:"如果你实在不愿意辞职换工作的话,就再坚持几年,你那个同事退休了,可能你的日子就好过了。"

他又叹息连连说:"哪有那么简单,因为这个副处长是个老资格,和其他领导都是多年的老同事关系,在单位的关系远比你想得复杂。我没有什么后台,得罪一个就等于全部得罪了。别看其他人对我笑呵呵的,其实他绝对不会给我好果子吃。在体制以内的升迁还要踩着点,要考虑年龄因素,至少我在这个单位基本上是升迁无望了。"

我说:"十年河东转河西,以后怎么样还说不定呢。"

他说:"生死有命,苦难在天。非不能也,时不利兮。"

我说:"你写政策材料的笔头这么硬,还有你的才华,如果你们单位的大领导赏识你,保护你,可能你的命运马上就会有翻天覆地的变化。可惜你一开始就被限制住了。即使为了挣脱这种枷锁,你也不会去低三下四求这些远不如你的人,结果就导致在你们单位中的人的眼里就成为格格不入的人。"

我忽然想起我在报社工作时就有这个问题。我以前也是不受待见。由于我所在的采编中心与报社总部相距较远,即使单位一个负责人事的副处长没有怎么见过我,我因为一场不成功的与单位同事的恋爱,受到他多次诽谤。正巧我的一位好友和他一起吃饭,就把这个事情告诉我,我也只有连连叹息。但是,后来我们新换了大领导以后,一段时间对我很赏识。这位副处长马上就变了嘴脸。大领导稍微一暗示,他就主动和我联系,提议我做采编中心的副处长。看来有才之人往往恃才傲物，没有大领导的保护，就成为进入了丛林中的无助羔羊，就会任人宰割。

他说："别说我了，你何尝不是这样呢？你们单位评职称时，如果那个老女人不是怕你抢她的风头，无故横加干预，你可能也不会惹怒单位，也可能会从此顺风顺水。"

他那天似乎把以后所有的话都说完了，我以为这样可以抒发一下他的内心不快，对他的精神放松有好处，也就没有打断。

他又接着说："在我国上个世纪八十年代，那时候是现代诗人的天下，只要说自己是诗人，到一个餐厅能够朗诵自己的一首诗歌，可能吃饭都不要花钱，餐厅老板还得好烟好酒伺候，并且可能会请诗人题字留念。如果放在现在，你在人群中说自己是诗人，如果附近有板砖的话，可能就有一大群人拿板砖扔你。即使遇到比较文明的，也会指指点点地说：'大家快来看，这里来了一个神经病。'

"在王朔最火之时，他的书是洛阳纸贵。如果把王朔的书放在现在出版试试，别说洛阳市的纸贵，就是洛阳村的纸都不会贵。现在还有几个人会看纸质书的啊？

"在赵本山最红之时，可以说是万人空巷。如果在春节不看赵本山上春晚，当时的人就等于没有过年。那时赵本山到哪里经常都是地级市以上的领导接机。在东三省，本山大叔那是一道圣旨，'过了山海关，就找赵本山。'只要提到了赵本山，那绝对好使。现在你再提试试？

"时来天地皆同力，运去英雄不自由。如果时势不在，是龙你得盘着，是虎你得卧着。如果顺行时势相伴，即使是凡人也可以成为英雄，有普通一技之长即可纵横于天下。这就是时势的嘲弄之处。"

我说："名利二字，看淡了都是浮云，看重了都成泰山。大不了我们再回农村种地生活。"

他说："大睡不复醒，都是梦中人。到处都是套路，回农村是个退路，但是，现在就是回农村也回不去了。晚了。"

我说："他们为什么总是用不同标准看你呢？难道他们都是圣人吗？我感觉在品行方面还远远不如你，能力也不如你。如果置于放大镜下看，没有道德方面的圣人。即使被称为儒家圣人的宋代朱熹，据说还和儿媳通奸。只要比社会平均道德水平高一点，就是一个不凡之人。国人都喜欢以圣人标准要求他人。如果细察，除非是神，任何人都达不到别人心目中的要求。人能达到平均道德水平已经不错，能稍微超越平均道德之上，已经是百万人挑一。人不为己，天诛地灭，圣人已死，大道不行。在这个纯粹功利主义的时代，能够保持底线，就实在不易。因此，不必过高要求他人。"

他苦笑了一下说："劣币驱逐良币，都是如此。真理只是掌握在有最终决定权的人手中，在评价体系中也是如此。欺负别人是一种疾病。即使如此，这些人也都能振振有词。因为他们的标准就是自己。"

我说："人世间，除了生死，都是小事。你只要坚持下去，就会看到希望的光芒。以前那么苦都过来了。这点困难又算什么呢？"

他惨然一笑说："时也命也运也，任何人都无法逃脱。不过在现代社会，如果生死都能一样轰轰烈烈，也是人生快事。时势造英雄。一个人再厉害，也没有时势厉害。我们都是农家子弟，没有机会试错。我感觉自己气数已尽，如病入膏肓，如枯树绝根，非人力所能挽回。"

三

人性是深不见底的深渊。火亮从人性的深渊中跌下，同时顺带把他带入更深的深渊。他在家中二十层楼的高度跳下，从而去履行一场有去无回的单向坠落之约。可怜！一念天堂，一念地狱。这就是宿命，如同一块巨石从天空坠落，没法躲避，也没法选择。如果实在没有什么可以归咎，那就归咎于命吧。

在火亮跳楼自杀之前，他专门给纪委等相关部门写了多份长长的证据确凿的举报信，举报他的那位副处长利用职权贪赃枉法之事。那位副处长因此很快就改变了个名称，变成了犯罪嫌疑人或者被告人，也很快在看守所中获得了一件黄马甲及一个编号。这位副处长与火亮之间是一场两败俱伤的战斗，没有一个赢家。可以说，任何事情在冥冥之中都有代价，只是剧中人当时并不知道价码如何。因此，对于得势者而言，千万不要欺负老实人，更千万别过分欺负老实人。第一种欺负老实人会突破人类道德底线而成为道德问题。第二种欺负可能会导致血流成河而成为刑法问题。

人从来没有在教训中吸取经验，吸取的还是教训。如果我能再见到火亮，我会说，人世中有光点，也有暗尘。既有天堂，又有地狱。一生如果这些都经过，就等于你过了两生。因此，不要羡慕一些昙花一现的繁华，这些繁华很快就会雨打风吹去。不要畏惧一些一时不利环境的挑战，不到最后一刻，不知谁是最后的胜利者。不要畏惧一些一时邪恶势力的威胁，真正能威胁到你的只有你自己。

虽然那时我预感到可能火亮会出什么事情，但是，我当时还是内心希望有一个突然的契机，将他下滑的趋势阻挡住，或者如同惊雷一般，使他从冬天冰冷的土地里惊醒过来。然而，我知道，很多事情是不能强留的。在我老家村西，曾经有一片无比茂盛的茅草地，那些茅草轰轰烈烈地生长了无数代。至少在我小的时候就看见它们每年都会杂乱却争先恐后地生长。我那时在附近放羊割草，以为即使是后面那座青山老了，那片茅草地也不会死亡。忽然有一年，不知是谁异想天开，想把这些茅草地开荒种树，用带铧犁的拖拉机翻起来几遍。后来这些荒草再也没有生长起来。因为它们的根断了，根断了就如同脚断了，就再也难以回家了。人也一样，在我和火亮最后的几次见面之时，我看见即使他努力地打起精神，努力地想在纷繁的人世间生活，但是，眼睛却没有神了。我知道他的根断了，根断了生机就彻底断了，就没法救活了。

再坚韧的绳子也有断裂之时。如果没有断裂，只是拉力不够。再坚强的人也有崩溃之时，如果没有崩溃，只是压力不够。讥笑别人的人不是无知，而是无良。哪里都有受排挤的好人。本来火亮没有错，但是，正是火亮的白，显示了他们的黑。这是那些人嫉恨他的原因。我在这个世界遥远地看着他，愿他灵魂不灭，早入天界，早证大道，不坠俗世纷扰之苦。

第十四章

求活者

一

潘翔是一个温和而干净的人。他是我的发小，除了几年的间断之外，他是我从小学到高中几乎都在一起读书的伙伴，但是，我从来没有见过他正颜厉色地发过火。即使是生气，也不是让人害怕的那种，甚至连让人窘迫都谈不上。很多时候，即使他在生气，惹他生气的人都感觉是好笑。潘翔和我是同村，即使都是农民家庭，农民之间也有三六九等。由于他们家父母及祖父母很勤奋，会计算着过日子，因此，生活相对较好一些。他们家里养着蚕，这能为他们家带来一些额外的经济补助。在我印象之初，潘翔从小就和家人一起摘桑叶养蚕。以后我一忆及他之时，就会把他和蚕联想在一起。他似乎也把自己养成了蚕，具有了蚕的柔顺性格，这让我感觉他本质上是那种白色的温和的动物。

我没有统计学上的数据，也没有做过实证分析，凭经验，我知道一个人如果性格温和、人畜无害，常常就会受到他人欺负。但是，我不知道病魔是否也会专门欺负老实人。随着我在社会上浸淫越深，越是逐渐深刻认识到中国几千年传下来的一些俗语中的智慧，这些智慧甚至能成为真理，譬如说门当户对，譬如说马善有人骑，人善有人欺，譬如说鬼怕恶人。我身边有两个英年早逝的同学都是出了名的善良，难道这是病魔欺负他们的理由吗？

即使回忆本身就带有伤感的成分，但是，这也是一种慰藉，是那种凉凉的药膏贴在皮肤上的感觉。回忆有时也是一种治疗。我忘记不了小时和潘翔一起在秋收之后捡拾别人家遗落下红薯的旧事。此时，地里的庄稼都被收割殆尽，庄稼那时在田野里的生命暂时中止，而是以另外一种方式进入到村庄及城市人的生命中。在秋末冬初，寒冷即将来临，原野及原野更远处的生命都在逐渐凋零，但是，此时那片山地却成为我们农村那些孩子的乐园。

那时小伙伴们经常一起在秋末捡拾红薯。由于当时农民家里大都贫穷，对自己辛苦种植的红薯不会遗落下太多东西。但是，只要努力，我们几个伙伴还是会发现意外的惊喜，比如说是被主人家的镢头不小心刨断而剩下的，譬如说红薯的飞根太长，跟主人家捉了个迷藏，延伸到地下深处一时难以发现的地方，主人家嫌麻烦，就没有一一去寻找。我们捡拾到这些漏网的红薯后，如果午饭时走得离家太远，就会架起一座土坷垃搭成的小小炉子，捡来树上掉下的木柴后点燃，将这个炉子烧红，然后将红薯放入几十分钟，把火烫的土坷垃砸碎，外面用土覆盖，等到扒出来后就是炕熟的红薯。在这个过程之中，那一幕幕的场景，无论是捡拾红薯，还是垒起炉子，还是捡拾火柴，还是火光照亮着我们稚气而雀跃的面孔，还是吃着甘美的来之不易的红薯，无论多少年后，我都会看到当年潘翔陪伴我一起的身影。

那时我家在南山的西坡上种植了一些金银花。特别是夏天的早晨，万物尚未完全醒来，晨曦尚未全部退去，这里的金银花就开得星星点点，如同高天上的小小星斗照亮在那片山坡。因为那时我年龄小，还不能干太重的活，母亲就早早地把我叫起来，到南山西坡上采金银花。即使这些灿烂的花朵再小，也会发出芬芳的香气，也会给我的孤寂的童年及少年增加一些鲜艳的颜色，也可以为我家里补贴一些家用。

那时潘翔家的桑园就在我家种植金银花的地方附近。他在采完桑叶之后，要趁着初升的太阳在山石的坝子上把桑叶晾晒一会，这样可以把上边的露水晒干，蚕吃了后就不容易出毛病。此时，潘翔就会来我的附近，一边看着我采摘金银花，一边和我天南地北地聊着。站着累了就找附近的一块山石坐下，坐着累了就站起来。然而，无论多长时间，我们之间的这些少年时的话题不会劳累，这些在我脑海中来回穿梭几十年的记忆也不会劳累。

二

潘翔是一个极其纯洁的人，即使他大学毕业后，分配到省城的一家国有企业上班几年之后也是如此。对于成年人而言，一般是不配使用"纯洁"这种词的。我走南闯北，与很多不同的职业、不同阶层的人士都接触过，也经历了无数人世之颠簸，阅人无数，但是，他是我认识的唯一的一个配得上称纯洁的人。他毫无心机，从生到死都是如此。这与我不同，我却是有心机的，只是懒得去用，也不屑于去用。

因为人不获得长生之道的话，即使是再有心机也没有多大的用处。人所要走的时间路程实在太过于光滑了，一不小心就从出生滑向了死亡。如果死亡了，所有的心机也就会和肌肉、骨头、毛发一起腐烂。心机也容易衰老、死亡。否则，心机就会成精，就会在世上害更多人。如果从这个方面而言，这也是符合自然规律的。否则的话，人间将成为心机横行之地。

然而，病魔并没有因为潘翔的纯洁而放过他。病魔也是一个欺软怕硬的角色。我了解不少为人远比潘翔丑恶之人，但是，却过的春风得意，身体也没有什么毛病，然而，潘翔却获得了致命病魔的偏爱。这是一种巨大的反差，也是一种巨大的反讽。因此，我认为古语中"好人不长寿、祸害一千年"并不是诅咒，而是慨叹命运的不公，愤恨病魔的无耻。正是由于潘翔受到病魔缠身的这种不公待遇，甚至在很长一段时间内动摇了我的内心信仰。如果真有神灵的话，神灵将潘翔收走的意义在哪里呢？是为了给那些狡诈之人腾出空间吗？我只能这样解释，是因为神灵不小心将他坠落到凡尘，因此，为了弥补自己的无心之失，不忍心让潘翔在尘世遭受人情世故缠绕之苦，就早早地将他接回了天庭。

潘翔的工作需要常年在野外施工，他的老婆是在施工路段附近的乡镇理发店认识的。在他们之间，我感觉更多的是两个青年男女之间的凑合，没有看到什么爱情的光芒。由于潘翔常年在外施工，加上他本性老实，找一个在省城有正式工作的女子不大现实。而他的老婆只有初中学历，在那个年代找到一个大学生工程师结婚，即使潘翔老实一些，却并不木讷，倒是一个不错的选择。

潘翔是在结婚一个月后体检时查出患有白血病。这是一种从地狱派来的恶魔，它神通广大，能够直接导致造血功能失常，能将保护人类的免疫堡垒强力攻破。当潘翔第一时间告诉我他被查出白血病的事情，我第一反应有些麻木。那时我并不太了解这个病到底长的何种邪恶面目，但是，从潘翔沉重的语言中，以及以后我去医院看他时的了解中，我慢慢知道了这个疾病的巨大伤害之处。这就相当于在一个人身上安放了一个几乎就要爆炸的炸弹，只是等待何时爆炸而已。

在潘翔查出白血病的最初的一段时间里，我曾经幻想这是误诊，估计潘翔也是这么幻想过。他在查出白血病之时，也是从震惊到幻想误诊，再到感受到这种疾病的痛彻骨髓之处，再到慢慢麻木，最后等待这种疾病在他脖颈之处造成伤口，然后让伤口久治不愈，在无奈中慢慢失去知觉，最终魂归天界。

误诊的奇迹并不是没有发生过。在我考上大学的体检时，本来意气风发准备彻底舒展一下多年笼罩在心头的雾霾。然而，当时那颗准备绽放的内心却看到了学校医院体检的一张几寸长的白色通知书，上面最醒目的几个字是"乙肝携带者"。大学的四年中我就是携带着这五个沉重的字度过的。这也是我痛恨学校医务室那个矮个子校医的原因。正是他的误诊，使得我本应快乐的四年大学过成了噩梦。我不敢去体制内找工作，只有继续考研来延续自己的希望。但是，在考研通过后入学体检之时，却发现并没有什么乙肝，也没有携带乙肝，命运就这么又给我开了一个巨大的玩笑。

我最初幻想这可能是命运给潘翔也开了一个同样的玩笑，潘翔也可能想过有这么美好的玩笑。然而，所有的美好镜像都被疾病之重锤重重击中。即使潘翔没有立即被击倒，但是，如同久病之树木，只是一点点将生机从他身上抽走而已。

最初我去病房看潘翔之时，他那时已经做过化疗有一段时间，即使头发仍然有些稀疏,精神状况还算不错。在他病房中有一个七八岁的孩子,也好像刚做过化疗的样子,亲戚都围在旁边说着安慰的话语:"看这个孩子,没有什么大问题,看他嘴唇红红的,说明血量很充足。"接着他们又庆幸地讨论说,这个孩子是得了白血病中比较好治疗的一种,加上年龄又小,治愈率比成年人高得多。人啊,总是会安慰自己,或者总是在欺骗中让自己活下去。但是,不这么办又怎么办呢? 已经得重病的人幻想得的是轻病,轻病的人幻想自己没有得病,是误诊。过了一个月后在我再去看望潘翔时,上次众多人围绕的那个男孩的病床上已经空了。我有意无意地问了潘翔一句:"这个小孩出院了? 好了?"他在那里似乎有些悲戚地说:"走了,前几天高烧不止,引发了其他病,现在可能已经埋上了吧。"

三

潘翔在一个铁道建筑公司上班,虽然这是一个国有企业,但是,在省城医院所花费的高昂费用,也超过了他们单位的报销额度。潘翔就不得不转到单位的内部职工医院,还是按照以前在省城医院的方子治疗。等我去这家职工医院看望潘翔时,他的精神状态看起来还是相对比较放松的,但是,这只是我的感觉而已。后来我才知道,他在整夜无法入眠之时受着怎样的心理煎熬。即使肉身的病痛是根源,但是,他的心理承受的压力也逐渐让他的精神之船倾斜。

他不止一次地对我说:"我经常成夜睡不着,只有快天亮的时候,实在困极了,才能勉强眯一会。"

我说:"你不要想的那么多,我替你查了不少资料,以现在的医疗条件,即使不能恢复到以前的程度,也应当能治好。你精神上要放轻松一些。"

他惨然一笑说:"唉,在谁身上谁能感受得到,不由人啊,我就是要多想。其实,每个人都怕死。何况我这么个年龄。"

我说:"要不你信一种宗教吧,这可能会让你内心得到一些解脱。"

他说:"我试着信过,但是,好像宗教说服不了我。"

我说:"我现在加入了省城的长生协会,里面有医疗界的专家,有养生学的专家,也有一些社会上比较传奇的人士,要不你加入一下,也算找个事情干。"

他说:"我现在的情况不是考虑长生的问题,而是考虑多活几年的问题。如果加入这个协会有一点用,我就一定会加入。"

与火亮对参加长生协会的抵制相比,潘翔却是有着比较强烈的意愿加入一个能为他带来一些希望的地方。他是一个想活的人,是一个求生意志很强的人。如同在一块濒临干涸的土地上的一粒种子一样,任何一滴雨水的降落,都可能为其带来一线生机的希望。因此,他可以做出任何能为他带来生机的尝试。同时,之所以潘翔愿意加入长生协会,可能他确实一个人也寂寞。由于我也在这个协会里面,他能够多和我呆在一起,这多少能为他带来一些心理的慰藉。

毕竟和我在一起,潘翔可以更容易地打开心扉。我们两个人内心之间更为慰贴。这种自小养成的无间隙的发小情感是其他人无法相比的。人和人之间都是有一扇大门的,只有为那个可以开门的人才会打开。可惜潘翔这个我一生的挚友,只为我打开一段不是很长的时间后,就倏然关闭。即使用最大的力气,再也无法敲开。

在得知潘翔患上重病之后，他的高中同学都算不错，还专门召集同学会为他捐过一次款。这是我后来才知道的事情。后来他的一个高中同学对我说过，他们捐款时发生了一件灵异之事。在老家的那个县城里，当高中同学聚会为潘翔捐款之时，在那个夜晚，本来天气晴好，却忽然变得狂风大作，电闪雷鸣，暴雨如注，使整个县城的电全部停了。虽然那次大家都捐过款，但是，他们同学中有几个人当时心中就有了不好的预感。难道是那场暴雨也是一种谶言？这预示着潘翔的生命之灯火即将熄灭。即使有那么多力量的扶持，但是，人毕竟不能战胜天意。无论多少人在一起，也不能与天意或者与命抗衡。

四

到了后来，连潘翔单位的内部职工医院也不愿意管了。因为职工医院也是自筹自支，他们单位支付的医疗费已经不能满足治疗需要。没有办法，潘翔只有转回老家，在老家的简易诊所辅助治疗。我也只能暗地和他一起无助地祈求命运的眷顾。然而，命毕竟就是命，就是难以抗拒和挽回。

可能只有在医院里面，在垂死的亲友病人身上，才能够有生死的最直接感受，也最能感受到金钱的威力所在。我曾经在一个医院里面看到一个只有七个月的早产儿。这种婴儿如果能够成活，必须放在医院的保温箱中才可以。然而，在那个午夜里，因为无法缴住院治疗费救助自己的七个月的孩子，我亲眼看见那个中年父亲蹲在地上抱头大哭。医院可以让一个不成熟的人一夜成熟。

对于一个正常在世间生活的人而言，如果你感觉不幸福，那么,就应当知道幸福也是一种感觉,是一种经过比较而得出的感觉。如果和那种垂死而求活的人相比,你就是幸福的。

当潘翔在家里治疗之时,就是隔天到农村的诊所打个针,也没有什么更好的办法。他们家多少代只出过潘翔一个大学生,除了他以外与其他普通百姓没有任何区别。别说是在精神上,就是在生活上潘翔也得依靠自己。因为白血病病人不能接触一些容易传染的东西,即使是感冒都可能造成致命的并发症。他的家里到处比较肮脏,因此,他在家的院子中单独搭了一个棚子,一个人住在里面。他的那个新婚妻子最初还来看他,后来逐渐地来得次数少了,在最后和潘翔一次长谈之后,就再也没有回去过。

我经常在回老家时看望潘翔,可能是他最后的那段时间里见的最多的朋友。尽管潘翔患上了不治之症,还是能感受到他在拼尽一切地努力活着。即使是在最为简陋的农村卫生室,他也坚持治疗。他也到处打听农村的偏方,只要能治病,他都会尝试。他曾经吃过丑陋的蟾蜍,也吃过毒蛇。如同被疾病雷暴击中而变得逐渐干枯的树木,即使有一线生机他也在那里努力支撑着,希望在那棵将要倒下的树木上再发出一枝绿色的树枝。他甚至等到了与他一个妹妹的血型配型大致成功,然后努力向单位要钱及四处筹钱准备手术,再等待省城医院的手术床位。然而,由于白血病骨髓移植手术床位十分紧张,当好不容易轮到他之时,却被一个更有关系的白血病患者插队。此时,我感受到了这个从来不发火的人的愤怒。其实,以他当时的力气已经不足以支持发火的能量了,他大概是用最后一点力气在狂呼。同时,我在他的愤怒中也感受到了绝望。果然,在这次事情之后,他的生机就彻底地绝了,很快就向着死亡的深渊不可避免地滑下去。他的父亲说他在临终之时想看我一眼，然而，那几天我正准备研究生毕业，同时，我也害怕最终去面对他，就没有回去看他。然而，他的父亲后来告诉我说，潘翔临终之时产生了幻觉，他在最后还在呓语着说："潘长生来看我了，他是骑着白马来的。好白的马，跑得好快的马啊。"

在我的印象之中，虽然潘翔也是出身于农村，却并不像我家那么贫穷。在生活上他似乎没有受到什么大的考验。那么，为何他能够罹患这种不治之症呢？没事时我曾板着手指数过他们上三辈，都没有得这种疾病的，这可能和遗传没有关系。那么，为何疾病之秃鹫在天空中盘旋无数圈之后，却非要精确地落在他的身上呢？如果从科学的角度而言，他的性格温和，也不可能是性格的问题导致的这种疾病。那只有是他在读高中时过于用功，是在那时落下的病根。那时他的刻苦超出了我的想象，我只是感觉到他只是一个围着高考被谁抽打的陀螺，永远不知休息和停止。或许那时他在自己身体上挖的坑过大，以后就无论如何都没法再填平。

五

重病是一种逐渐适应的过程。这是一种从陌生到熟悉的感觉。从刚开始感觉这种重病与自己无关，是外在的一种莫名的力量强加给自己的，自己与这种疾病陌生无比。但是，随着时间的进行，疾病就慢慢地从皮肤向着血肉靠近，从血肉向着骨头靠近，从骨头向着灵魂靠近，慢慢也就与身患重病的人开始熟悉起来，直到彼此结合成为一体，疾病也就有了生命。死亡也是一种逐渐适应的过程，也是从不敢相信，到逐渐接受，从惊恐、焦虑，再到最后无奈躺到死亡的怀抱之中。死亡的过程与恋爱的过程有些相似，只要是反着方向理解就行。

　　死亡是会发声的，每个将要死亡的人都能听懂。人在死亡后会留下一截巨大的空间，但只对最好的亲友才会如此。死亡留下的影子如同印章一样，只有最为了解的人才能认出，才能感受到。

　　一棵草的死亡不会让其他的草悲伤。或许这是我们人所不知道的悲伤，周围的人不会感受到。人的死亡却是一块掉落到屋顶的巨石。它的落下，即使在最深沉的黑夜中，也会将亲近之人惊醒。

　　对于一个身患不治之症的人而言，可能希望自己就是荒原上的草也好。草也有荣枯，但是，却会在严寒到来之际，即使是自己的生命不能继续向上生长，也可以将生命保存在根部。对于人而言，当致命疾病在身上蔓延之后，却是没有可以退守之处。

　　无论是草还是树，虽然看上去不如人的生命那么生动，但是，只要它们的根不被拔起，就还有生的希望。人就不行，死了就是死了，就是根断绝了，永远不会再活了，这就是长生价值的无可比拟之处。

第十五章

职场怒海中的求生

一

　　说实话，即使我对那时报社的工作不甚满意，但是，由于我当时是在采编部工作，虽然也和总部位于同一个城市，然而，由于历史的原因，采编部并不是和总部在一个区，而是在郊区的以前总部建造的一座大楼里面。相对而言，在这里虽然我实质性的职务没有多高，但是，毕竟我是采编部的元老，即使后面的年轻人更有门路，在总社社长那里有渊源，或者是社长等领导的亲朋故旧，或者是社长等领导与其他单位的领导的子女互相交换来工作的（也就是，由于社长等领导层直接将自己的亲属放在我们报社工作不方便，也怕别人闲言碎语，有聪明的领导就采取了曲线救国的方式，将自己的子女或者亲属安排到其他单位上班，其他单位领导的子女或者亲属安排在我们单位上班，因此，这种方式既可以互相能避嫌，也可以让彼此的子女或者亲属都能够获得较为迅速的升迁。），这些关系户也会尊重我几分。

因此,无论如何,都知道我在采编部的资历及能力,这些有关系的年轻人往往门路很精,知道领导没有能说得过去的理由,也不愿意轻易得罪我。因此,在体制内都遵守着"和光同尘"的原则,就是表面上一团和气,至少也能过得去。如果背地里找领导打个小报告,那又是另外的一个问题。

在采编部我主要负责人物专栏版面,这份工作相对压力不大。在这个山高皇帝远的报社边缘机构,倒也是清闲。如果早起,可以直接到与单位毗邻的山上,去呼吸一下市区难以呼吸到的清新空气。这也是一种单位不需要花钱的额外的福利。从我们报社的一个狭小的偏门就直接可以登山。山上主要遍布的是密密麻麻的松树、洋槐、椿树。此时朝阳在树隙丝丝缕缕地闪耀,山上的各个角落都可能有人练功,这个城市的气功爱好者各自占据了一块小小的空间,那附近都被踏出了平地或者发出白光。休要小瞧这些空间,在这寸土寸金的大城市中,人们之间的脚步互相碰撞,身体互相碰撞,车辆互相碰撞,声音互相碰撞,甚至呼吸的空气也互相碰撞,能找到这些方寸之地也是城市人的福气。以前气功最热之时,中央有中央级别的气功协会,省有省级的气功协会,不过现在政府不再提倡练气功,因此,当年气功爱好者们或者遗老遗少们就自发地聚集到这座山上的各个树丛之间、岩石之上、山洞之前,每日清晨吐纳空气,做先天循环。他们有嘿然发声者,也有闭目不语者。有盘腿打坐者,也有昂首向着东方呼吸天地灵气者。我每日登山经过他们之时,即使他们看见,也视我为无物。当然,我对他们也是同等对待。

那时,我们报社人物专栏这个栏目有其特点,那就是在全国到处采访本省籍的精英人士。因此，就不能呆在报社里面被朝九晚五的规章所控制。即使我在家里写稿子，或者找朋友喝茶聊天，单位也不会知道，就是知道了也会睁一只眼闭一只眼，谁让这是职业需要呢？

多年前我曾和报社一个领导的远亲谈过恋爱，无奈八字不合，一直是磕磕绊绊。对方是一个精致的女生，不仅打扮很精致，而且思路也很精致，她在没有分手以前，就抢先找好了下家。在我们二人正式分手之时，却闹得不愉快。当然，无论何时，这种事情都是单位里面喜闻乐见的故事。为了抢占舆论高地，这位女生就先发制人，明里暗里说了一些对我不利的话语。当然，由于她是在总部工作，处于舆论主导中心，又有亲戚无形中的照顾，这弄得我有口难辨。因此，造成我在单位舆论中的不利及负面形象。即使舆论不能直接吃人，却实际上可能要人命。特别在对方占有舆论主导权或者优势的情况下，另外一方就不得不毫无遮挡地接受漫天的污水。其实，人就是那点事，谁能绝对比其他人高贵多少。诬陷他人或者伙同诽谤不过是让自己显得高贵点而已。但是，到底如何，谁心里还没点数吗？

在那次失败的恋爱中，我确实认识到一定不要和本单位人谈恋爱，这也是恋爱中的一个禁忌。如果成功倒好，如果失败，特别是在对方占据舆论高地的情况下，不死也得脱层皮。此外，我发自内心地感觉到，无论是恋爱还是结婚，一定要讲究门当户对，门不当户不对本身就是八字不合，也是最大的八字不合。如果不信，大家可以看看，除非在文学中，现实中谁见过亿万富翁的子女和贫苦农民子女恋爱或者结婚幸福的？在现实中谁见过县长的女儿和农民的儿子结婚过得融洽的？我曾有一大学校友，出身农民之家，人称省城大学情圣。此君长得身高面白，一表人才，可能家里的主要粮食都给他吃了，全家的钱都给他花了，倾尽全家之力才让他发育及把他培养成这个样子。然而，此人大学时却只是想着自己身材、相貌等优势，而忽视了自己家庭出身等因素，专门选择与学校里家庭出身好且年轻貌美的学妹恋爱，后来还真的与一个家中颇为富贵的学妹结婚，没有想到结婚两年后就以黯然离婚收场，一个人带着孩子苦分分的。后来我见他之时，再也不见当年身着风衣、风度翩翩的风采。在和众人喝酒之时，一喝多就后悔不迭，说不应该忘记几千年来的老祖宗的遗训，"门当户对"四字能够流传几千年，果然有它的道理，自己就是不信邪才导致如此下场。

　　实话说，我负责人物专栏这个版面，在采访之时，也可以获得一些正常收入之外的报酬。这既不是黑色收入，也不是白色收入，可以称之为潜规则获得或者灰色获得。这是一个行业内的惯例，只要价值不高，不涉及金钱，一般没有什么问题。即使反贪部门都不把这些当作受贿金额来对待了。我在采编中心之时，出外采访的对象往往是非富即贵，至少也是励志典型。即使是励志典型，也都可能是某个行业的翘楚，是从一个较低阶层向另一个更高阶层跨越的佼佼者。否则，如果你是一名采石工人，即使你把整个山都挖空了，也不可能把你作为励志典型来采访，只能说明你对自然环境破坏非常严重。因此，在采访之后，这些被采访对象都是社会精英，人情世故方面都是人精，哪个不懂，都会送一些礼品表示谢意。我也有自己的底线，就是不收金钱或者特别昂贵的礼品。但是，对于那些吃的用的，只要价值不高，我也不怎么拒绝。即使对于烟酒这些消费品，我也经常是来者不拒。因为这些东西的主人不缺，收下他们的东西也可以帮助他们减负，否则，喝酒能喝出心脏病，抽烟能抽出肺病,还不如让我和朋友们替他们消费。在这个社会上,虽然我这么做不一定对,但是,至少能达到社会底线水平,做的比我更差的人多的去了。

但是,如果被采访人送的是数额比较高的金钱,我绝对是不收的。不止一次有富贵人士明示或者暗示让我采访他,并能给予丰厚的金钱报酬,我都明示或者暗示地拒绝了。要知道,我是一个有底线的人。

二

由于帝都要求全国报社精简办公机构,红头文件我也看到了。当这份文件传达到我们报社之时,我们单位是积极响应。其中之一的措施就是压缩我目前工作的这个采编中心的人员,将多余的人员安排到总部,美其名曰精简机构。而对于我这种有些性格的人而言,无疑就成为报社领导重点关注的对象。当然,最关注的还是我担任的副主任的这个职务问题。其实,我这个副主任还是前任老社长提拔的。当时,在这个不到十个人的采编中心,我是元老,凭借着资历和还算不错的采编能力,以前的社长就给了我一个采编中心副主任的职位。其实,也没有任何实际权力,只是名义上或者安慰性的一种职务。即使如此,这也是不少有关系的正准备大展宏图的年轻人觊觎已久的目标。因此,这也是当时我被准备调整下去的原因。在那次调整中,我亲身体会了一个单位内部权力互相交错、试探、平衡到最终实现平静的过程。

在一个事业性质的体制单位中,一般不存在权力的绝对压制现象,而是更要讲究平衡。而如何使自己的利益最大化,让竞争对手或者其他单位内的权力巨头也获得一定的利益,从而不至于真正激怒他们，防止他们与其直接对着干，这就是一个事业单位主管的平衡智慧的体现，也是其能否在这个单位中干长、干稳的关键。

在我国的事业单位中，即使一把手的权力一定最大，也不是绝对的。这是因为，在单位中还存在有的领导法定权力没有一把手大，而软实力却能大于一把手的情况。所谓的软实力，就是和相关利益体结成一致对外的能力。因此，即使是一把手具有法定的第一领导权力，但是，这并不能代表其能够指挥事业体制内单位的一切，这还要讲究平衡，讲究势力范围划分。

因此，我就成了平衡的产物。现任社长为了照顾一个元老级的副社长，就决定让这位副社长的一个年轻心腹到采编中心做副主任。当然，虽然都是副主任，这里面的学问就大了。这位年轻人则是主持工作的副主任。这实际上是对那位副社长没有竞争到社长后内心不平的弥补，并且也算在这个采编中心安排了副社长的人马，这也是一种体制内的平衡。然而，如同亚马逊雨林一只蝴蝶扇动翅膀，在非洲就可能刮起一场风暴，也如同在非洲一个沙漠刮起一场风暴，其沙子中的磷最终可能成为非洲雨林的肥料一样，正是那个红头文件，不知制定这份文件是的人谁？也不知出于什么目的，却无疑在末端改变了许多人的命运。我就是其中之一。这如同一场暴风将我的命运改变，而处于暴风中的人还不知如何被改变的，更是无力对抗这种巨大改变。

就如同我们报社的前任社长（也是对我非常关照的老领导）所做的那样，本来他当年在省城日月报社任职之时得罪了几个同事，由于他根深蒂固，也已经退休，无人能也不愿意撼动他，却让我这个完全无辜者在前去求职时为之买单。有时命运奇妙到让人无法理解的地步，特别是身处其外的人更是根本无法理解。

决定免去我采编中心副主任的会议或许开过，或许几个有权力的领导就是互相打了个电话，抑或是来自酒桌之上的闲谈。反正是报社里的一个副社长通知我时，对我说是开过会议决定的。这位副社长在体制内算是老实人，在单位中就是挡枪的角色。可能正是由于他的老实，才让他在这个位子上干了这么多年。在哪个单位可能都是如此，都需要有白脸，也需要有红脸。需要有巧言的，也需要干活的。这位副社长告诉我，各位领导对这个决定都不愿意向我宣布，说怕我发火，他却不怕我发火，因此就打电话告知我。我当时不知是有些懵，还是假装坦然，竟然说："没有问题，我早就不愿意做了。"但是，过了一会反应过来才感觉味道不对。这不就是杯酒释兵权嘛，甚至连一杯酒没用，在我没有任何过错的情况下，就这么轻而易举地被平衡掉了。

因此，我又专门打通了那位老实人的电话说："领导，我接受你通知的这个决定，但是，即使我这个采编中心副主任的职务微不足道，也是前任老社长召开班子会议集体讨论通过的，请问现在社里开会集体讨论过没有？"

老实人说："开会通过了。"

我问："那社里是以什么理由决定将我免职。在采编中心几个副主任之间，我无论在资历、学历方面都占优势。即使是采编水平，在社里也是大家有目共睹的，采编中心只有我一个人在省里拿过奖励，在荣誉方面，不都是我一人支撑起来的吗？"

老实人回答："你确实很优秀，不过这次社里评议，不是看资历和学历，也不看采编水平，而是看年龄。现在准备主持工作的副主任比你年轻，社里就决定让他上了。"

我问："我们采编中心不是还有一个副主任吗？ 年龄都快退休

了，为什么他可以留下来继续做副主任？"

老实人在电话那头轻轻笑了起来，可能认为我比他还要老实，连这么简单的问题也想不明白。他说："这位同志是年龄老，但是，他是老社长的人，以前整天开车带着老社长出去，几乎成了老社长的私人司机。现在这位副主任马上要退休了，他又想接着干，算是照顾他一下，也是看着老社长的面子。"

我又问："我年龄很老吗？以年龄大小作为任免标准是谁制定的？能否告诉我一下吗？"

老实人回答："是社里班子决定的。"

我问："社里班子决定标准时，你在场吗？"

老实人回答："班子的决定就是我们班子每个人的决定。"

这位老实人副社长就像是推磨的驴子，不停地在这个问题上打转。其实，我也是明知故问。对于这种任免，都是量身定做。如果你学历高，对方就会制定不以学历为标准。如果你资历老，对方则制定以年轻为标准。直到此时，我才发现，这些人真是把单位政治学学到家了，至少应当是教授级水平。对于我这种没有后台的人而言，与他们之间进行相搏，即使是赢了也是输了，输了则更是输了。

我现在可以选择的余地越来越少。即使我习惯于为自己的未来多留几个出口，但是，命运之所以叫做命运，就是让你看似有很多出口，其实在暗地里只是给你留下一个出口。这么多年我都在采编中心过着还算有点自由的职场生涯，如果剥夺我的副主任这种虚职，再去总部过着压抑沉闷的拉磨驴子般的生活，显然让我难以接受，无论别人是否能接受。除非让我变得麻木，或者像是少年时我在外公家中看到的那头拉磨的驴子那样，用布将它的眼睛蒙上，才会不停在方圆几米的地方不停地打转。这种生活看似走了很久，却实际上等于永远在原地踏步。看似是非常稳定，没有脱轨或者迷路的风险，这是因为本来就没有轨可以脱，也没有路可以迷。

最为重要的是，即使我以前在底层生活了那么多年，却是穷人长了一个高贵者的内心。即使欺压者可以从我身上迈过，那只能在我尸体上迈过。出于尊严，我也很难再回到总部重新练习媚笑的脸部肌肉。关键是我以前曾经恋爱过的那位报社领导的亲戚，现在还处于总部舆论的中心位置。即使她是他们那个圈子里的微不足道的人物，然而，那个圈子都是一体的，牵一发而动全身，得罪一个等于得罪那个圈子的所有人。我更看不了她那位长得营养过剩的老公，在她办公室里假装温情脉脉的样子，以及他们当着同事时秀恩爱的表演。这些都是促使我决定辞职的原因。

虽然我在一段较长时间就为调换工作未雨绸缪，也算是有先见之人，但是，再好的先见也不如人情或者实力。对于我以前求职过的同城报社而言，那位有些傲慢的社长在一定程度上也感觉我有一些用处，这是指对他而言，而不是对报社。但是，他是从帝都来的新来者，即使是强龙，也要照顾地头蛇的面子。虽然同城报社与我所在的报社存在竞争关系，但是，在他们那个层次的领导，都是在官场上浸淫多年，都会精确地衡量各种利益中的各方的轻重。即使我对那位同城报社的领导有些用处，但是，如果让他以得罪我所在的报社为代价，这也是他所不能选择的。否则，他也混不到现在这个地位。我当然也不是职场中的白板，从他回信息的速度就可以看出他的内心。一开始是五分钟必回，后来是一天后才回，再后来几天才回。我估计如果我再发短信的话，可能得以年的速度来回短信了。干脆我为自己留个面子算了，还没有入职就直接将他们那个报社炒掉。

三

长生需要金钱，谋生更需要钱。可以说，如果我连基本的温饱都不能解决，也不能为灵宝提供基本生活所需的话，再谈长生也就没有什么意义。我发现在某种程度上，长生是吃饱了以后的人才想的事情。如果整天食不果腹，上顿不接下顿，可能就不会有长生的想法，只会有暂时保全性命的挣扎。

我生活的这个省城属于大城市了。我首先得较为体面地活下去，然后才有资格为灵宝和自己寻找长生之道。好似冥冥中注定，幸亏我以前考了律师资格，以备不时之需，辞职以后从事律师职业，这也能让我相对体面地离开这家报社。其实，提前准备一种或者多种应急方案，这是一种穷怕了并且是聪明人的做法。如果是富贵之人，内心之中安全饱满，就不会想到多一种职业就是多一个出路。如果是智商一般之人，能在现有的日子上漂浮着就可以，也不会想着通过其他方式上岸。

律师职业相对自由，同时听说收入不菲。这为我追求长生至少可以提供经济支撑。自从我听穆智教授做完长生讲座之后，我忽然想到长生也是一种有钱有闲人的选择。如果没有钱，即使以后发明了长生的方法，我也没钱支付相关的费用。

在正式从报社辞职之前，出于将来生计安全的考虑，我找一位年长几岁的来自老家的律师朋友咨询。这也是一位苦出身的人士，以前也从事过一些苦力工作，他也是依靠自己的努力，从人生苦海中爬上岸来。他只是读过中专，但是，还是通过自学考上了律师资格。这位朋友目前在省城做律师，据说收入还不错。我曾经在我们报纸的人物专栏给做了一个豆腐块大的版面，介绍了他的励志经历，为此，我还熬了几个通宵将他的事迹以正能量的方式报道出来。不过现在想想也是无趣，我都是以正能量的方式报道别人，没有想到自己却被以负能量的方式间接赶出报社。生活就是这么嘲弄，它会扭转一个人惯常思维的方式，以相反的方向来教育自己。

其实，我咨询这位律师老乡并不是征求他的意见，只是想让他肯定我辞职做律师的做法。但是，这位律师老乡看来并不赞成我辞职做律师。原因无外乎我都这个岁数了，还出来做律师，就等于把自己在体制内多年辛苦赚来的福利全部抛弃了。同时，我这个岁数再做律师，与做记者相比，马上身份就彻底地发生了改变，就从甲方变成了乙方，心理落差也会比较大。再者，他说，不要以为做律师真的像社会上传言的那么赚钱，大多数律师就是穿着西装的乞丐。但是，由于我铁了心要从报社辞职，即使这位律师老乡出于善意，我也是从相反的方向理解。我在报社期间，因为有朋友要求介绍律师，我就把这位老乡介绍了过去，律师老乡也因此在过年过节时以含蓄的方式送给了我一点福利。是不是我不再做记者了，就不再是他的潜在的案源提供者了？而是成为他潜在的竞争者。这也可能是他不建议我做律师的原因。

四

在离开报社的我那间办公室之时，我忽然如同离开多年的朋友一样有些感伤。这间办公室是我在省城相处时间最长的一个朋友。在单位最初的平静时光里，我总以为自己会安逸地在这间办公室里老去。曾几何时,我都以为我会将它熬死。然而,最终的结果是它把我熬走了。由于我自视甚高,或者是不愿意变成其他人的样子,结果就被其他人当作异类了。这是我最终半途被迫离开这间房间的原因。房间不是老婆,没有私人属性,谁占用了就是谁的。

对面办公桌的女同事是省城长大的姑娘,在我离职最后一天收拾东西时,她也只是顾着忙自己的事情,对我所做的一切无动于衷,好像我只是一团空气,或者是准备出差的人。虽然没有看到风,但是,一张从书橱上面飘落的纸无故地敲打在我的额头上,这预示着我如同这张飘落的纸一样的跌跌撞撞的命运。对面办公室有两个同事,本来她们办公室的门整日紧紧闭着,只有在我离职的那天,那扇门却一直打开,对面四只眼镜有意无意地向着我这边扫几眼,好像是在监视我,防止我偷拿了单位的东西。在单位就是如此,谁走都是一样,留下的那截人形的空气很快就会有人来填满。其实我后来想想,单位里就是人走茶凉,别说是我,就是我们单位的前任社长,在离职那天,在坐电梯时,电梯内的同事没有一个人和他说话,整个电梯内充满了一厢的尴尬。

我辞职离开单位这天遇到几个同事,或者他们不知道我要辞职,或者是知道了也不愿意搭理。一个在单位离职的人,特别是和领导关系不好的离职者,离职时还不如一个闲散的观光者。因为观光者也会招来一两束惊奇的目光。对于我而言,即使惊奇的目光都是多余的。因为惊奇也需要能量,这么多精致的人是不会多浪费一点能量的。

对于我的辞职,人事部门办手续也很快,因为这可以空出来一个编制,留给有关系的人。同时,我和领导关系不睦也是单位里众所周知的事情。这也是人事部门办理我的离职手续异常迅速的原因。因为这等于为领导拔掉了一根刺。领导总是会明察秋毫，不会忘记了他们，至少他们内心是这么安慰自己的。

应当说我在单位里是以直言敢说出名。毋庸讳言，这部分是为了自己。当然，其他同事也会被惠及。然而，并没有人会感谢我。他们只是感谢领导的恩赐。那么多的同事还不如单位中打扫卫生的阿姨，还帮忙给我收拾了一下，说让我有空时再回单位玩。但是，我可能对这家单位永远没有空了。在这家单位工作，我就像是行走在漫天的冰地里，一直在茫然前行，却无法在那些坚硬的冰上留下哪怕一点足迹。我的双脚的温度太微弱，不足以烫热这么多寒冷且坚硬的积冰。这家单位的冰冷已经深深地渗透进我的骨头，至少我脚上的骨头是不愿意回去了。如果再冻的话，就把双脚冻成坚冰了，也将会和单位中的他们一样了。

我刚进这家报社工作之时，虽然不是赤裸裸地进去工作的，但是，就是穿了一身衣服而已。那么，在我将人生最旺盛的精力种植在这间有着两张桌子、一台打字机、一个简易书橱的房间，在接近十年的时间里我又获得了什么呢？只是一只轻飘飘的纸箱。我捧着那个纸箱，如同一个死了先人的人捧着先人的骨灰。我忽然感觉被凌辱了，但是，环顾四周，却找不到凌辱者是谁。如同一个悬疑案件，只知道受害者是谁，却找不到真凶在哪里。这是一个巨大的暗影，一直在笼罩着我。我为了能够在这个办公室里尽量长的时间呆下去，也尽力地与这个暗影妥协，但是，无论多么大的努力，都没有把这个暗影照亮。

没有办法，生活是由不少偶然组成。这些偶然已经逐渐突破了我前面的防线。生活最终图穷匕见，直接来到了我的面前。如同大病一样,我不知是哪里出现了问题,是一种因素导致的最终结果?还是多种因素促成的?但是,大病却真的来到了我的体内安家落户,我除了面对,也没有什么办法。

　　我认为自己真的到了该离开这家单位的时候了。几个同事在走廊里遇到我,都像是遇到了一团空气。他们目不斜视,直接从我身体内走过,没有任何阻滞。我离开这个单位,没有让它的任何活动有一点推迟。我离开的那个时间也没有因此停止下来,一刻也没有停止。上班的时间不会因此晚一点,开会的时间也不会因此推迟一些,下班的时间也不会因此而延迟。没有我,这个单位照样还是如同一架按照固定程序运作的机器,还是在固定的时间上班,在固定的时间喝茶,在固定的时间聊天,在固定的时间开会,在固定的时间下班,在固定的时间体检,在固定的时间旅游,在固定的时间退休,在固定的时间为同事开追悼会。除非是天崩地裂,任何力量可能都无法扭转这种惯性运作。

　　我在这家单位之时,可能是少数的可以逆着风走路的人。由于那时还年轻气盛,从来不知为那种刮在无数家类似单位中的风让路。即使我离职了,我也不认为是那股风把我改变了,当然,我也没有改变那股巨大的风。我们打了平手。风有风的道路,我有我的道路。自此之后,这家单位的风中再不会见到我这个曾经脸色清冷、面无表情的逆风行走的人。

第十六章

隐居之地

一

　　我垂手站在隐居者的旁边，他则是端坐在一张巨大的雪景古画之前。即使屋外已经非常有冷意，但是，却没有下雪。在隐居者屏声静气看那副雪画之时，屋外也开始纷纷扬扬地下雪了。对于隐居者眼前雪景图中的那场雪，不知是从什么时候开始下起的。这是一幅古画，大概有几百年了。从几百年前大雪就这么一直下着。那时也是有远方萧索的群山，有村前古老的石桥，有从石桥上走过再也不见回头的雪上的足迹，有篱笆院子，有茅屋，有枯杨，画中有老人，这些都是静止的，却又好像行动了几百年，彷佛谁在其中施了魔法，这位隐居老者还是几百年前看雪景的老人。

　　一个省城工作的朋友出生于本地，经他的介绍，我到这个寂寥的村庄来拜访这位隐居者。这是一位怪人，本来他的书画水平很是不错，但是，却不愿意借助推销走向市场。介绍我们认识的那个朋友是个懂行的人,他对我说:"这位陈大师的书画至少在我见过的书画中属于非常有特色的。如果他愿意推销,发大财不好说,至少不要再在这个村庄里过着半耕半画的生活,在省城买一套大别墅也没有大的问题。"确实如此,当我到这位隐居者的家时,他的家中还散放着一些农具。这些农具劳碌了一个秋天,都躺在冬日下午暗淡的阳光下,懒洋洋地享受着难得却寒冷的空闲时光。

陈大师年龄大概六十多岁的样子,长得中等身材,瘦削却精力不衰。虽然他的皮肤粗糙,但是,手指却是修长,而不像是村里农民的手那么粗大,这可能是他作为画家保留下的职业特征吧。介绍的朋友知道这位隐居者不喜欢被人打扰,在简单地介绍我们认识后,就驱车到附近镇上自己的老家看望父母了。临走还专门开了一个玩笑说:"陈大师,潘老师也不是外人啊,他的第一个女朋友就是我们这个县里的,差点成了我们这里的女婿。"陈大师并没有说话,只是不置可否地点了一下头,然后又摇了摇头。

我最初并没有提到我正在寻找长生之道,只是接着刚走的那位朋友的话头,说起我以前与这个县的一个女生谈恋爱的事情。那时她是刚到这里市里实习的一个大学的学生,我当时也在市里工作。正好我们两个人的工作地点就在同一座楼里。当时,老板对她不怀好意,我最初只是想帮她脱困,没有想到自己却困在其中。后来我们有了感情就慢慢在一起了,再后来经历了很多波折,最终没有走到一起去。

我感觉自己只是为了不尴尬,才把这些陈年旧事一一说给这位陌生的隐居者听。即使我对他不了解,也知道他可能对这种话题不感兴趣,否则,他就不会隐居在这座偏僻的山下村庄里。我一直找一些话说，只是不想冷场，就谈一些我和他们县的那位前女友在一起的曲折旧事，这可能是我们之间的唯一共同话题，也让我们之间不至于过于冷场。我越是不想尴尬，就越说，越说就越是尴尬。我又对这位隐居者说起我父母以前的一些往事，但是，这位隐居者好像在炉子边缕缕的茶水香气中睡着了。

我不知他到底是真睡着，还是假寐。其实，有的人醒着也是睡着的，有的人睡着也是醒着的。当我后来提到正在寻找长生之道时，他将眼皮重新抬了起来。好像是刚刚闭目做了一场梦。

他问："你只是到我这里请教如何寻求长生之道的吗？"

我怔了一下，知道这种人不能隐瞒，也隐瞒不了，就说："我到大师这里，不仅是来寻求长生之道，也是顺便过来回顾一下当年我和前女友共同经历的旧事，想看看当年我和她一起去过的地方怎么样了。"

他问："你认为寻找长生和寻找旧爱之地有关系吗？"

我说："我很愚钝，并且是局中人，不知道这两者有什么关系。"

他说："寻找旧爱之地也是你寻找长生的一种方式，这是你想让自己过去美好恋情的长生。"

我又问："我寻找过去美好恋情的长生，这对生命不死的那种长生有影响吗？"

他说："你现在只是对长生怀有半信半疑的态度。你的犹豫决定了我的判断，等你回去想明白旧爱和长生的关系再说吧。你仔细想想自己到底是在寻找什么，到底是什么可以救你。是你对旧爱的回忆可以救你，还是你的父母之爱可以救你。你现在心绪纷乱，等完全理清这些问题，再谈如何寻找长生之法。"

二

由于是大雪天，当地的公交车也没法在山路上通行，我晚上就住在隐居者所在村子的旅社里。这是一座隐于蒙山之阴的山村。由于旅游热的原因，当地政府根据这座山村的特色做了一定的改建，就是对村东的山溪两边河堤进行了修补，也对靠近山溪边的一些农家院墙进行了重建，推倒了本来农户认为更为美观大气的水泥涂抹的石墙，而是用不大的石头更为整齐地垒起院墙。同时，也在沿着石墙的地方种了一些柿树、槐树及竹子，这使这个村庄更像是具有本地特色的农村。

我住的这家农家旅社与城里大宾馆不能比。旅社的老板倒是一个会做生意的农家人，他能够想到借助旅游热度建起这座村庄的唯一一家农家旅馆，也可以说明这一点。由于冬天并不是旅游旺季，冬天这几个月几乎无人居住。老板看到我前去住宿，就热情地生起了火炉，将整个房间弄得热气腾腾的。可以说，在这个人迹少至的冬天山村，至少不要挨冻，这就让我有些满意了。

等到老板退出之后，我一人在屋中百无聊赖地静坐。我听着火炉里发出嘶嘶的响声，外面的无边大雪在簌簌地落下，彷佛进入了一种恍惚且忘我的境界。慢慢地我感觉整个旅社就剩下我一个人，整个村庄就剩下我一个人，整个蒙山就剩下我一个人，整个世界最后就剩下了我一个人。

在这样无边寂静的雪夜，我想雪夜的寂寞也只是我一个人的寂寞。很多山村的人家可能此时正围着炉子，脸庞及身子被烤的热乎乎的，再大的雪天也被挡在屋门外面。他们此时可能正围聚在一起说笑。有两个以上小儿女的家庭，可能不是在争着给电视换台,就是抢着坐哪个座位。这也是我无数次梦到的情景。我曾经无数次梦到我最终如愿以偿地在这片土地上逐渐老去。但是,我是老了,却不是在这里,我的脚步在奔波的道路上腐朽,远方世界的风霜把我的鬓角吹打成斑白。在梦中,其他村庄的农民的土地都丰饶无比,只是我的土地荒芜,被大雪所覆盖。

忽然,好像是从地底下传来一阵无限寂寥的箫声。如果细听,却又好似从远处高台上传来。我起初以为是那位隐居者吹的,但是,如果侧耳静听,方向却又不对。那么,谁又在这少有外人来的寒冷雪夜吹箫呢? 如果是本地人,谁又是如此寂寞呢?

箫声最初感觉只是一个人在吹,声音越来越大,越升越高,又好像是无数的箫声合奏。那声音好像在与天地合奏,与干枯的树枝合奏,与石头合奏,与蒙山之上的细草合奏,与院墙合奏,与鸡窝合奏,与院门前的佝偻老树合奏,与院墙里面的一排幼树合奏。即使隔着门,我还是从窗户玻璃中看到了这些箫声与探出窗外的灯光共舞,与满山、满院飘舞的雪花共舞,与整个村庄共舞,与这个村庄的深夜不眠人共舞。这些声音九曲百折,绕山一周钻进我的房间以内,如同冰凉的铁丝将我紧紧捆住。声音又逐渐变小,如同更细的钢丝从地下一直延伸到天顶,然后又落下来,从我的头顶穿过我的五脏六腑,最后落入地下倏然不见。

三

这片土地并不总是冬天,雪花也并不总是如此巨大地铺陈在这片山地之间。多年前我曾经和她一起来过这个地方。那时我们都正是青春年少,即使是再寒冷的冬天,心中的太阳也会照样普照。即使是囊中羞涩,但是,心中却富有无比。

　　我们那时是搭乘公交车来这里的,但是,公交车却只能开到距离这里五六里远的乡镇,剩下的路程我们都是走着来的。记得那时是秋天,那真是一个美好的季节,万物丰盛,风声中也充盈着饱满的感觉。在我们行走的山路旁边,农人都在天空下忙碌着自己的庄稼,我们也在天空下不紧不慢地走着自己的情感之路。

　　我们那时遇到一个苹果园子,苹果园子的篱笆外探出比秋天颜色更为鲜艳的苹果。我们四处找苹果园的人购买都没有看到,却压抑不住对这些苹果的爱慕之心,就从篱笆外偷摘了两个。我们在一起笑着逃跑,互相玩笑打闹。其实,在那片山区的农村,即使被苹果园的主人发现了也没有什么,然而,我们却抑制不住紧张心跳的感觉。

　　记得那时我们住的旅店最多一晚二十元。那是一个简陋的房间,可能很久没有人住过,一推门就听着吱嘎作响,马上鼻子里面就传来历史悠久的霉味。我推开尘土叠加的木框窗户,一株桃树差点从窗外伸进房间内。在与我们住的那间房间相连的后院里,还种着其他果树,地里则种着红薯、大葱,以及其他不少让她欣喜不已的东西。当然,这一切只是由于我们在一起的原因。

　　第二天我们决定晚上还是回城。那时太阳逐渐西斜,慢慢失去了正盛时的光辉。太阳越压越低,西方弥漫着鱼鳞似的霞光,天地慢慢变得昏暗,催促着山林及山地里的农人回归,催促山野里的牛羊回到它们的牲畜棚,催促贪玩的孩子回到母亲热气腾腾的晚餐桌上。

　　太阳从一个金光四射的巨大精灵,慢慢成为虽然饱满却失去活力的红球。我知道,这就是人的一生循环过程的一个缩影。即使太阳的体积并没有变小,我却知道此时太阳的魂已经不在了,即使它的肉身还在。最开始太阳能够照耀山川河流万物，让各种生命都沐浴在它的圣洁光辉之下。此时太阳是一个巨大的镶嵌着世间最闪烁珠宝的王冠，后来慢慢变成半个失去光泽的王冠。黑暗的阴影还是蔓延上来，开始篡夺它的权力。太阳从最开始能照亮万物，后来连自己都不能照亮，最后如同一个人走完了一生，彻底地坠入了黑暗之中。

人不也是如此吗？从牙牙学语开始，从蹒跚学步起步，最开始依靠母亲获得生活之乳汁，再到逐渐长成一个圆满的成人形状，然后，周围衰老的亲人就要依靠他或者她，他或者她还没有来得及品尝生活滋味，慢慢自己的身形就开始迟缓，皮肤开始松弛，牙齿不能再咬动稍微硬点的食物，即使以前同样的牙齿可以咬碎核桃。最开始一个人身体所有的部位都是自己的坚强盟友，到最后身体所有的部位都逐渐开始背叛。你指挥不动自己的牙齿，指挥不动自己的双手，指挥不动自己的双脚，最后甚至连头脑也指挥不动，连自己的呼吸和血液也指挥不动，终于彻底地消失在黑夜之中，比在真正的黑夜中更彻底地消失。黑夜不会长久，但是，人的最黑的黑夜却是漫长无比。因为太阳每日都会再次升起，如果人在最黑的黑夜中陷落，则永远不会再升起。

那时这座山的山腰还有一座寺庙。这座寺庙时间古老，当时几乎被人们遗忘，未经多少修缮。然而，即使这座寺庙破旧，却仍然护佑着附近村庄的众人，俯瞰着整个山下的土地。在夜色之下，寺庙的钟声与下面村庄的炊烟遥相呼应，与山下的牛羊叫声遥相呼应，这使附近的人间烟火多了一份神圣的气息。

我们从寺庙黑黢黢的阴影开始向山下走。寺庙笼罩下的黑影并不让人害怕，却可以让经过之人内心坚实。即使那时天地之间只剩下我们两个人，我们也不会害怕，因为我们让彼此心中坚实。虽然我们下山的道路被包围在黑暗之中，但是，我们顶着一天的星月，听着遥远的似有似无的人声，也照样让我们手挽手安全地前行。我们当时心里想着就这么一直走下去。即使天再黑，也有天亮的时候。即使天不亮也不要紧，我们也可以彼此照亮对方。

我后来无数次在梦中回忆起这个夜晚的道路。在梦中，我头顶着无数的天上星星，山间农村的道路曲折蜿蜒，不知最终通向哪里，我就在梦中到处精疲力竭地寻找。然而，直到眼泪浸湿枕头，也再也找不到当年的道路了。那位在我爱恋中留下道路起点却未留下终点的女子就这么消失了，多年后我只能最终独自找路。梦中的电话簿我翻了好多遍。但是，却无论如何再也难以和她联系上。在梦中，我还记得我们斗气时她娇羞的面孔，她还是用那种娇嗔的语气对我说："你不是说不找我了吗？你不是说不要我了吗？"但是，这只能是梦中了。

多少旧梦一瞬间就被大风吹走了，被人世之狂风带走了。因为风是没有道路的，我无法追寻。风是不留下脚印的，我无法跟着风的脚印前行。她就是这么在我的将来的生命中消失了，却没有在我的梦中消失。也许她会忘记了我，也许她生儿育女之后，也会偶然想起这段夜路之行。但是，我相信在她闲暇之时，还会想起我，如同我会想起她一样。

雪只有落在一个人的心里，落在一个人的记忆里，才叫雪。在其他人的眼中，只是白茫茫的空白一片。其实，有时候想想，对于一些往事、旧景，没有记忆或者记忆模糊也好。沉入一个人心中多少旧事或者风景，那么，这个人就可能要独自承受多大的荒凉。但是,有的人不需要这些,有的人却需要这些。对于我而言,只有这些旧事、旧人,无论在多么寒冷的冬天,也可以烤着它们过冬。即使是最大的那场风雪降临也是如此。

是的,我们可能都是把自己燃烧掉的,那么多的繁琐事情整日架在身体外,让我们的内心焦躁无比,能不燃烧吗?是我们自己让自己变成那个样子的。我们都不是被冻死的。我们也不是被雪埋的,而是被土埋的。雪永远不能埋住一个人。风雪也没有真正堵住我们的道路。

我站在隐居者村庄前的蒙山山头之上,观看四周被雪所包围而形成的雪国。也许雪是无情的,最苦的却是看雪之人。大风中将旧事传来,但是,已经被冻得冰凉。村落被冻凉了,村庄的院落被冻凉了,院落里的鸡鸭牛羊被冻凉了,甚至连村里孩子们在村外堆的雪人,在此时也会感觉倍加寒冷。这只是因为另外一个人不在,只是因为我一个人在蒙山上观雪。此时,我泪水交加,不忍再想,忽然想起一首古词。

天香·蒙顶观雪

老去丹枫,蒹葭掩雪,蒙山西向深浅。

一望丘垤,迷茫村落,表里俱白庭院。

炎埃尽灭,斜照下、枯杨孤馆。

落叶潇潇风过,炊烟几缕凌乱。

当年旧游难挽。

念清秋、踏歌林畔。

梦也无痕,醒处怅然寻遍。

松阵空留喟叹。

冻云木、春来青再返。

夜夜莲宫，朝朝不见。

四

　　虽然隐居者的话语并没有给我指出明确的道路，却可能给我指出了问题的来源，指出了来路在哪里。我的模糊不清的来路多年后忽然令人恐惧地清晰起来，就如同洪水迅速退去后，留下了一片干涸的让人不忍直视的鹅卵石河滩。那碧绿的清水是一个朦胧的梦想，那河边的垂柳是梦想，那垂柳之上的蝉鸣是梦想，夜晚柳树枝头泛光的月亮也是梦想。这些药都只能治标，而不能治本。

　　隐居者的话在一定程度上惊醒了梦中人。其实，我动荡不安的幼年可能是一切问题的源头。为何在这大雪之夜，只是我一人寂寞地守着无边的雪天追寻长生之路，为何远处的城镇还有人声音很响亮地打着麻将？为何都是最终要死去，这些人也不能永生，为何他们不去寻找长生之路呢？为何他们就甘心死去呢？为何只有很少之人在挣扎？而以往寻找长生道路的人，要么就是拥有四海，要不就是富可敌国，至少也是天资绝代之人。与他们相比，我是否具有寻找长生之道的资格呢？一个连生存都不能完全保障的人，有何资格谈论寻找长生之道呢？

　　如果我的父母不是那么贫穷，即使他们的脾气再不合拍，可能也不会有那么多家庭战争。贫贱夫妻百事哀，古人很少欺骗后人，更多的只是后人忽视古人。如果父母脾气都好一些，那么，也不会有那么多的家庭纠纷。因为贫穷者很多，真正每天都在争斗海洋中挣扎的又有几家？如果父母中有一个温情一些，即使一个脾气不好，也会让我在被诸如失恋雷暴击中时，可以找到一个避雷的山洞或者岩缝。

　　然而，所有的如果都是"如果"，从来没有转化为现实。即使我依靠自己的拼死之力从贫困、饥饿、家庭纷争的怒海中上岸，但是，别人能看到我奋力与海浪搏斗的身姿，却没有看到我浑身的伤痕。有的伤在表面，而最深的伤在内里。有的伤短时间能恢复，有的伤再长时间也不能恢复。有的伤是少年发作。有的伤是少年留下，一生都在发作，一生都在隐隐作痛，一生都在疗伤。

　　在我的农村生涯的记忆中，无论一家农户有多少土地，只要人离开了，土地就很快会荒芜，第二年这种效果就可以显现。如果一个人的心中没有父母之爱，也就如同没有人耕种的土地，便可能会永远地荒芜。即使你看到他表面上茂盛一片，但是，那只是荒芜的一种外现。即使用一生都无法使这些内心的土地真的繁茂起来。

　　我曾经谈过几次恋爱，就是蒙山附近的那个女子能真正为我疗伤。在患有我疾病之时，我相信她不会将我抛弃。在我贫穷之时，她也不会另找她人。然而，这些只是我多年后才领悟到。等我领悟到的时候，也就没有了领悟的价值。很多后悔之事，无论多少年后再想起，整个蒙山都飘满了雪花。

　　缺少父母之爱也可能是我难以接受爱情的原因。我会怀疑即使是最为纯洁的爱情。这是一种心理的疾病吗？那么根源是否来自缺乏父母之爱？在我得到那位蒙山附近女子的爱情时我会怀疑，在得到其他女子的爱时也会怀疑。即使这些怀疑的果实多少年后才成熟，但是，种子却是种植在我的幼小之时。现在，我竭力弥补这一切，也在奋力挣扎。但是，命运本身就难以挣脱，否则，也就不能称之为命运。

第十七章

开启另一谋生之路

一

我是一个谨慎的人，因此，随着年龄增大，对换工作就更是谨慎。但是，我需要的这种稳定工作应当能让我内心稳定。我喜欢稳定，却不愿意被困于稳定的城堡中，整日看着太阳越过我办公室东边对面的那座大楼，然后再从西边大楼上空慢慢隐没，最后消失在远处的楼群之中。我曾经屡次想象周围的大楼是我所在报社城堡的围墙，表面上这道围墙和我们报社采编部的同事没有任何关系，但是，这种关系的本质在关系的背后。我的同事都被这道围墙挡住了视线，从而甘愿一天天地老去，让每天固定的太阳晒透身子，再晒昏眼睛。这些太阳曾将一个个年轻的同事接到固定的座位之上，然后，在几十年后再固定地将他或她送走，再重新开始一个新的循环。

我以前认为我们农村的人见到一个就等于见到了无数个，其实,城市人何尝不是如此呢? 他们也都是长着一副同样的漠不关心的面孔,无论是戴着眼镜还是没有戴眼镜,无论是戴着面罩还是没有戴面罩,时间长了都是基本戴着同样的眼镜看周围的人和一切事物,也几乎是戴着同一副面具应对着周围的一切。这些人会说基本同样的应酬或者场面上的话语,在见到领导之时几乎是同样的谦卑姿势。

有时候这也是没有办法的事情。即使在一个看似平静的单位之内,也有一种巨大的洪流每日都在冲刷。它将不合群者筛选出去,将合群者固定在一起留下。

我就是被冲刷走的那个。我曾经无数次试图藏在单位那个偏僻的一角,与世无争,但是,有时候我不找事情,事情也会不时过来找我。我也试图与他们相安无事,努力装出一副顺从和驯服的模样,但是,本性却往往将我曝光。一些人不需要藏别人也不会发现,一些人是无论怎么藏也藏不住的。

我是一个喜欢留下痕迹的人。在一个单位中,这种想法不应当属于我这个级别所有的。这就使得我在领导及单位老资格的眼中,成为破坏一片温水的整体和谐环境的一朵浪花。一个单位就是一台机器,每个人都需要动作一致地运作。任何不同的动作都是噪音,这是对整个单位的挑战。或者说,这不仅影响单位领导的生存,也是一种影响同事生存的行为,属于大的团体需要同仇敌忾对付的异类。即使在这个团体中有的成员保持沉默,这其实也是一种隐形的鄙视,或者是一种无视。

即使我喜欢稳定,害怕动荡。我被幼时动荡的生活及少年时的奔波生活吓怕了。但是,这并不是让我彻底死心或者妥协的借口。我总是保持着随时离开的能力,这是一种本能,我的父母及老师从来没有教过我。

最主要是因为我的这种不屈服于命运的本能，让我养成了狡兔三窟的心理。当我对将来前途具有不良预感时，就会提前做好风险分散准备或者提前安排。我在报社工作的时候，当时律师执业管理并不严格，我就暗地托那位律师老乡在省城郊县的一个律所办理了律师实习手续。这也可以说明我从一个贫寒农村孩子发展到省城大报社工作不是白来的，至少我的每一个步骤都经过详细的策划，除了没有抵挡住命运的冲击之外，也尽最大可能地减少了损失，避开了相当一大部分的风险。对于贫寒之家的孩子就是如此，并没有更多的机会让我挥霍。

二

当我开始在郊县的那家律师事务所执业时，过了几个月才等到我的第一个案子。这既在我的意料之中，却又不相信真的是我预先想到的这个结果。由于那些天我的心里总是一片灰霾，那天的天空也非常应景，即使是白天，外面也是灰蒙蒙一片，不过并没有下雨。我的办公桌在律所大办公室的最前端，也是最靠近门的地方。因为律所主任是我朋友的朋友，我大小也曾经在省城报社担任过芝麻大一点的职务，同时，也由于我是新人，坐在靠近门口的律师坐席属于一种额外的关照。这是因为，除非是熟人的案源，如果当事人在律师事务所里没有熟人，基本上都会找坐在门口最显眼位置的律师办案。

第一个找我的当事人是一位看起来有些姿色的年轻女子，留着微卷的披肩头发，脸色有些阴郁。这也可以理解，去律所办事和去医院办事的人，没有几个是好心情的。更让我印象深刻的是，她从走廊进入律师门口的时候打着伞。因为房门比较小，她的伞比较大，她走了几次伞都挡在门框上。但是，她并没有马上收起伞，而是停下脚步，好像若有所思地思考为什么进不去门。此时，我忍不住提醒了她一句："现在屋里也不下雨，你把伞收起来不就可以进来了吗？"

虽然外面不下雨，但是，那棵快长到二楼的大柳树还是呈现出一片雨雾的颜色，特别是它的柳枝飘扬在阴天里更像是如此。几只麻雀从远处倏然飞来，钻入这万千条细密的柳枝之间，看它们的身姿，远远比我在尘世中的飞翔灵活的多。然而，也只是在麻雀飞入的刹那是有生机的，马上这棵大柳树就恢复了暗灰的颜色，这种颜色与更远的楼房和天空连接起来，从而成为一道密不可透的暗色之网。

这位找律师的女子面容很是恍惚，也没有怎么化妆，这却不能掩盖她的美丽的底子。同时，从她的身形及谈吐之中，还是能够看出她是结过婚的，也是有一定社会阅历的样子。在我的办公桌前，有个长方形的律师牌子，上面写着"潘长生律师"几个字。她看了看我，声音不大地问：

"你是律师吗？"

"我是潘律师。"

我忽然在迷困中有了一点清醒的感觉，毕竟辞职后这么长时间没有业务。虽然也不是很快就要坐吃山空，但是，这么下去别说长生，能否有一定质量地活下去都是个问题。这位女当事人欲言又止，即使看起来她有一定的社会经验，不是纯粹的家庭主妇，她的语言还是颇为踌躇的。在我的催促与安慰下，她过了好长时间才讲出了自己找律师原因。她说自己叫做董情，是附近不远处一家医疗器械公司的业务经理,专门负责向医院推销医疗器械,业务也做的比较不错。她老公以前在国企上班,后来由于经济不景气就被她劝着停薪留职,到她所在的公司去跑业务。因为丈夫能说善辩,又善于通过吃喝去拉关系,后来业务跑得甚至比她还好。

接着,这位女当事人讲出了她难以启齿的原因。她说由于丈夫和自己都经常在外跑业务,家里有个四岁的儿子没有人照顾,就想雇个保姆。但是,思来想去雇不熟悉的保姆不放心。因为听人说保姆可能会把孩子拐跑,也有人说保姆可能为了让孩子听话,偷偷给孩子吃安眠药。出于这种担心,她就最后决定还是让娘家哥哥的女儿到自己家里帮着照看孩子。这位娘家侄女当时只有十八岁,初中毕业后也不读书了,几年里也没有找到合适的工作,让她到自己家里照顾孩子也更让人放心。毕竟是这么近的亲戚,董情和丈夫在外面跑业务也不必要经常担心孩子的事情。

然后,我看着这位年轻女人说着说着就浑身颤抖起来,下意识地摸起她那把本来收起来的伞,又准备撑在头上。我不得不又提醒了她一句:"现在不用打伞,没有下雨。你接着讲吧。律师如同医生,应该说的就不能隐瞒。否则,我们也不能好好保护你的利益。"

她不好意思地把伞收好继续说:"我千算万算没有想到老公会勾引我的侄女。我老公就是个畜生,侄女也学坏了。没有想到最安全的却是最危险的。我现在是到娘家无脸见人。在婆家,我老公又恶人先告状,到处说我的妇科病是在外面乱搞传染的。我现在是无路可去,推销业务也无心继续,家里老公也不让回去。当然,我也不想回去。就在朋友家住着。"

我的内心忽然感觉沉重起来。这是找我的第一个案子,听着不复杂,但是,真的让我去解决,却并不是那么容易解决的事。难道律师代理案件都这么难吗？我后来问其他干了多年的老律师，他们都笑了，说这是最简单的，只是牵扯进一些感情纠纷而已。

这些老律师是对的，虽然我的年龄不小于他们，然而，毕竟我是一个年老的年轻律师。其实这种案子也就是要不要离婚，财产如何分割，以及孩子归谁抚养的问题。这位名字叫董情的女子说，离婚她是下定决心了。即使她不同意离婚，老公也准备和他离婚，准备娶那位年轻的侄女做老婆。不过我不知道他以后见着前大舅哥怎么称呼，也就是前妻侄女的哥哥，以前也得叫哥哥，现在得改口叫爸爸了？不过这不属于我操心的问题。

在财产方面，这位女子对老公恨之入骨，也不想让侄女占更大的便宜。当然，她这并不是说她一定要多分。最为关键的就是孩子归谁抚养的问题。因为按照离婚的一般司法实践，孩子三岁以前原则上法院会判给女方。对于三岁以上的男孩，特别是只有一个孩子的夫妻离婚，法官一般会判给男方。当我说明这个情况后，这位女子忽然饮泣起来。她哭着说自己一定要儿子，没有儿子的话，她也没法再活下去了。即使她也认为在律所里哭不妥，也在极力地压制着自己的感情，压低着自己的声音。由于那天是阴天，办公区的律师并不多，有两个律师从自己的办公格子里探头向我们这边不时张望。

我忽然感觉到律师并不是一个简单的职业。我不仅办理的是案件，而且办理的是别人的人生。因为这位女子可以说目前是一无所有。她的丈夫被侄女夺去，儿子再被老公夺去，那么，这很可能就会将她的一生彻底摧毁。有个儿子至少还能为她保留一些生机。这时我忽然想起在我小的时候，母亲在和父亲激烈的战斗后，往往会抱着我说："儿子，你要记住，宁要要饭的娘，不要做官的爹。"是的,就冲着这点,我也应该帮助这位无助的女子。当然,帮助这位女子也是在帮助我自己。自从报社辞职以后,我有几个月都没有开张了。果然那位律师老乡并没有骗我,我可能有些低估了做律师的挑战性。

三

即使我不是老律师,但是,却有相当的社会经验,这对我迅速进入律师角色很有好处。因为对于案件而言,法律条文只是索引而已。法律是死的,人是活的。在律师业务中,经验的成分要胜过法律的逻辑。好律师应该用法律为自己服务,而不是自己为法律服务。

特别对于这种相对简单的离婚案件而言,即使我当时执业时间不长,但是,这种案件本身就不需要太复杂的法律。在某种程度上,离婚案件只要懂一点数学,知道如何分配财产就行。如果我想帮助这位女子,就应当寻找法律之外的方法。因为如果仅是按照婚姻法的话,法院有很大可能会将儿子判给她的丈夫。

我盯着这位女子的脸,当时这是一张没有任何希望的脸。即使这张脸长得比较漂亮,但是,脸部的肌肉却有些松弛,好似很多天睡眠不足的样子。我知道她是在用残存的精力来支撑着脸上的这些肌肉,以免它们完全松弛下来。

我问她:"如果我同意为你代理离婚案件,你有决心一定要离吗?"

她以为我不相信她真的会离婚,就急切地点着头:"我一定有这个决心,早晚都得离婚。如果不离婚的话,我老公可能把家里的财产也转移走了。"

我接着说:"在离婚这个大前提确定了后,你主要的目的是要孩子。另外,还要多分一些财产是吗?"

她用力地点着头说:"是的,最关键的是要孩子,没有孩子我就什么都没有了。当然,财产大多都是我赚的,本来就应当多分给我。"

我说:"因为孩子已经四岁了,又是男孩,根据我们这里法院的做法,如果法官正常判的话,就要考虑到孩子爸爸的传宗接代问题,基本上都会判给男方。但是,法律还有这种规定,就是男方如果没有固定职业的话,而女方有固定职业,为了保证孩子的顺利成长,也可能会把孩子判给女方。现在你需要做的事就是,让你老公丢掉工作,并且在离婚案件中证明他有过错,这样你就可以多分得财产。"

我可以明显地看出怒火将她的胸部一起一伏地抬起,她说:"他和我侄女通奸,想把我赶出家门,这还不是过错吗?"

我努力装出像是老律师那种沉稳的样子。即使我不装,我脸上的一脸沧桑也不会出卖我。可以说,脸老或者成熟是律师升值的加分项。在我执业的这家律所里,即使有的律师执业年限不短,但是,由于长了一张娃娃脸,不被当事人所信任,不得已留了胡子,以此作为律师执业的谋生门面。

我说:"即使你老公有过错,这也是需要证据的。你侄女现在还在你家里住吗?"

她说:"表面上白天不去,听周围邻居说夜里会偷偷去。"

我说:"那么,你听我的,今天夜里你就回去埋伏在你家大门口附近,等到你侄女夜里到你家一段时间后,你就给附近派出所报警,说是里面有人卖淫嫖娼,让警察做笔录。我到那家派出所把这份笔录证据调取后,再到法院起诉。一方面,这份笔录证据可以作为你丈夫婚内出轨的过错证据,你可以多分点财产。另外一方面,你可以把这份证据提前交给他的单位,让他的单位开除他。这样,他没有职业,你有职业,为了有利于孩子的成长,法官就有很大可能将孩子判给你。"

四

那天夜里去埋伏的时候,董情依然撑着一把伞。我那时忽然惊觉,是不是她的心理出现了问题。我们蹲在离董情家不远的一处灌木丛旁边。董情此时还是撑着伞,在我几次提醒以后,她才最终将伞收了起来。

如果不是因为董情可怜,我不会亲自陪着去在她家附近埋伏。我相信很多律师也不会这么做。但是,我感觉之所以自己愿意这么做,就是在帮助我当年的母亲,就是帮助当年的年幼的我。

当然,这也是我执业以来的第一个案件,看董情的意思,如果我不能陪她去的话,她就去找其他律师代理这个案件。她说自己一个人实在害怕,害怕那个熟悉的沉重的黑色木头大门,害怕风将大门吹开后又自己哐当一声关闭,害怕一个更为年轻的身影任意出入那个大门,比风还要自由。她害怕家附近的那条长长的河流。虽然在冬天这条河流的水基本接近干涸,将会是一片巨大的荒凉。在夏天涨水之时,这条河流也可能会将尸体从遥远的地方带来。她害怕家中附近田地里的蛙鸣,她害怕正在生长的庄稼拔节时的声音。在以前,这些都是她所陶醉的东西,现在很快就要被一个至亲夺去,连同她的丈夫一起。过去的温馨现在都成了让她恐怖的噩梦。

对于这位有些恍惚却仍然不失俏丽的美妇人而言，也并不是任何人都可以拒绝的。当然，我并没有其他意思，这只是受到男性正常审美观指挥下的感受而已。自从我和初恋分手以后，我发现自己的爱情就死了。即使爱情的躯壳还在，但是，内里已经没有活的灵魂了。特别是后来，我在省城谈了两次不成功的恋爱后，我就不再主动去找爱情，也不希望男女之情撞到我。我已经怕了，怕再次被男女之情撞个头破血流。

当然，我对这里的夜色感受却与董情不同。即使是同样的夜色，只是由于人的不同，对夜色的感受也会不同。此时，这里的夜色比绸缎更为柔顺。夜色中的那条大河像是一条闪光的黑色飘带，这是一条有声音的飘带。天上的星月落在河流中，飘在水面就成为河流的一部分。如果星月飘在天上，则成为天的一部分。在这种夜色之中，只要不是极度悲伤之人，就免不了在其中陶醉，成为被梦幻般夜色所俘获的人。

即使我没有专门学过心理学，也认为董情心理有一种极度不安全的感觉。这从她最初见到我时就习惯性地一直打着伞可以看出。我不知道这种不安全感是先天如此，还是后来被老公欺骗后受到伤害才如此。她从蹲着到坐着，再到最后挤挨着我的旁边，我不知她是生气、紧张还是害怕，能感觉到她单薄的身子微微地在颤抖。当微风吹来时，我能感觉到她的发丝飘到我脸上，年轻女子特有的体香也在夏夜里慢慢地向我挥发着，慢慢地弥漫在我的周围，再向前飘荡，越过她家门口那盆月季花，再向前摸索着。但是，当这种气味碰到她家那两扇黑色木门时，我感觉她的气味在挣扎，在愤怒，在咆哮，似乎要卷起一阵大风将这座大门吹起、拆坏，从而使之崩塌。就在这时，我们看见一个更为年轻、漂亮的女子，狐狸一样从黑处闪了出来，又像是狐狸一样灵巧地闪进院子，狐狸一样在院子里发出浅浅的笑声，狐狸一样赤裸裸地在董情报警抓嫖后被警察抓到。

这也是董情老公恨我至极的原因。即使他后来因其他罪被捕之后，我还减免部分律师费用为他辩护过，他也有很长一段时间不领情。因为董情报案抓嫖的事情让他在当地彻底名声扫地。在法院审理董情和她老公的那件离婚案时，在开庭之前，负责审判的法官还半真半假地和我交流过。法官说，你在派出所复印的这份警察抓嫖记录，千万别传到社会上去，这比黄色小说描写的还要细致。当然，更让董情丈夫气愤至极的是，在这次离婚案件中，因为他自己的过错，百分六十五的财产被法官判给董情。此外，因为这件抓嫖的事情使他失去了工作，作为连锁反应的是，两个人的孩子也因他没有抚养能力而被法官判给了董情。因此，在我开庭结束后，他专门找了一帮当地的混混，准备在我离开法庭时给我一点颜色。幸亏我见机行事，发现事情不妙，就及时向法官求援。法官派内部的法警开警车送我，我这才逃脱一险。这也是我从此再也不代理离婚案件的原因。这是因为，在离婚案件中，夫妻双方往往有着复杂的感情纠纷，律师可能会在此类案件中投入感情，这是职业大忌。俗话说的好，宁拆一座庙，不毁一桩婚。在民间，这不是一种积阴德的行为，甚至可能招致离婚吃亏一方的报复。董情前夫就是明显的一例。这些因素都是我后来对离婚案件敬而远之的原因。

第十八章

逃跑的人

一

　　赵菲是董情的闺蜜。我是因为董情的关系和她认识的。当然，最初只是简单的认识而已，如同我们在日常聚会中认识的无数个甲乙丙丁一样，只是在一次聚会后彼此互相留下了一个联系方式。在较长一段时间内，我印象中很少单独和她一起相处过。当然，即使不熟，赵菲也给了我较为深刻的印象。这是一种在众多女子中让人眼前一亮的那种。她漂亮且时尚，身上有一种明显可以看出是在城市中长大的那种精致的美。这是我所喜欢的那种美，却不适合我。我曾经在省城谈过两个女友。对于其中的一个，就有这种让我刻骨铭心的美。我和这位女友最初是不冷不热地蹭着，一直过了很长时间，由于她当时可能实在寂寞，也或者是日久生情，一年后才正式和我确立了男女朋友关系。在我们熟悉到彼此零距离接触以后，她就经常在开玩笑时忘形地嘲笑我说："当时朋友介绍我们认识的时候,我第一眼看你真是土,身上一股从山沟里带来的土气。如果不是看上你的学历,我还真的不和你谈恋爱。你到省城已经有几年了,为什么还有这么浓的农村气息呢？一点都感觉不到时尚。"

即使我认为她说的是对的,但是,还仍然狡辩说:"你这叫不识货,我哪里不时尚了？"

她说:"虽然你来自山区的农村,但是,你有学历,也在省城工作了好几年,算是在省城中见过一些世面的人了。然而,对于我们城市中长大的女孩子,无论你穿的多好,还是可以一眼看穿你的本来面目。这也不是硬装出来的。或许你以后可能会气质更好些,农村味也会更少一些。"

我也经常为此有些恼火,就回击她说:"农村怎么了？农村不好,你还经常想让我带你去呢。"

她看见我有些生气,连忙陪着笑脸来劝我:"吆,你这个人呐,我没有什么其他意思,只是实话实说而已,说实话还不行啊。再说,随着你在省城生活时间越长,你的气质还是会变的啊。听我妈说,我爸当初就是你这个样子,后来也不是变得气质不错了。我是想到你们那个山区老家看看,但是,你也从不带我过去啊。"

确实,我从来没有带省城的女友到我老家去过,即使我到她家里很多次了,在她父母都对我认可了后也是如此。这也是我和这位省城前女友之间的一个心结。即使在我们分手之时,她也对这个事情耿耿于怀。然而,这确实是我心中的一个死结。在我的内心之中,虽然我的教育程度能配得上她,但是,自我感觉出身及气质是配不上她的。我们之间的交往并不是正常男女朋友之间那种水从上游流向下游的顺风顺水的感觉,也不是如同风行水上的感觉,而是有种顶风逆行,拖着沉重车辆负重爬坡的感觉。

　　这位省城的前女友是一个没有真正接触到山里的女生。那片莽莽苍苍的大山可能只是存在于她的想象之中。可能在她的想象中,那里有着比白云更白的羊群,比天路更为飘渺的炊烟,比月光还要皎洁的水面,比图画还要碧绿的山地草场。我知道可能她出于新鲜想到我家去看看,顺便去看看我这位男友血脉维系所在。但是,我家中那个臭气熏天的旱厕,她会窒息吗? 我们家做菜几乎没有放过任何调味品,她能够下咽吗? 我们那里的山路崎岖到能将车中之人颠出,她能够忍受吗? 我家老屋墙上沉积着几十年前的黑垢,她能够睁眼看吗? 我瘦骨嶙峋却又易怒的父母她能够接受吗?

　　这位省城的前女友的父亲在一家国营钢厂担任厂长。由于他小时候也是出身于农村,还算对我有些阶级感情,认为只要女儿喜欢,我又有学历,和我谈恋爱还是挺支持的。但是,这是他们那代人朴素的感情了。我很明白这位女友,我也知道我选择了她就是选择了错误。然而,她那种城市女孩阳光灿烂的气质,是我抵挡不了的。即使她是一团火,我那时也会如同飞蛾一样扑上去。我也需要这种温婉的女孩来消弭一下我的因自卑带来的戾气。

　　我对现实的看法是经过残酷的现实验证的,那时我已经逐渐开始不再相信海市蜃楼般的爱情。即使我相信,我了解那位时尚的城市女友,她也不太相信。她是一个成熟的城市女生,更相信的是房子、车子,对此,我非常能理解。但是,我们恋爱的时候,我手头并无多少积蓄,刚从一名"负翁"转正没有多少时间。如果我冲动地将她早早带回老家,只能让她成为偶然掉入污浊水池中的鸟雀，会更惊慌失措地加速离开我。她后来总是说我拖着她，也不带她去见我的父母，这是她与我分手的理由之一。但是，我还有什么不拖的理由吗？这种虚伪但是现实的理由我能够讲出去吗？我只是想着抓紧时间在那几年赚一些钱买一套房子，从而增加我和她结婚的筹码。然而，还没有等到我交接完房子，另外一个男子就在我不知道的情况下交接了她。

二

我到省城有一些年头了。在这么多年里，我逐渐承认了这个现实，那就是，无论我多么善于伪装，不过是披着狼皮的羊而已。即使是羊看不出来，狼一定能看出来，也能将我识别出来。这曾让我当年恼怒不已，现在却为以前的恼怒而好笑。我在农村生活的时间太长了，那片山地的尘土及水都渗透进我的肌肉和骨头，那里的石头已经在我身上留下了坚硬的烙印。即使我穿着非常时尚的城里人的衣服，还是可能被城市长大的人一眼在人群中认出。我已经混入省城很多年，也算打入了省城的中产阶级群体。甚至我在做人物专栏采访之时，不乏会认识一些亿万身家的富豪，也会认识省城的高级干部，当然，这种认识只是我认识他们，他们可能都不认识我。

记得第一次和赵菲认识是在董情约的一个饭局上，周围基本上都是董情的闺蜜或者男性朋友。董情怕大家误会，在没有张罗点菜前，就抢先给大家介绍说：各位姐姐，哥哥。这是潘律师，上次我的官司幸亏他帮了大忙。

赵菲说："吆！看来帮的忙还真不小，你看把董情激动的。可能出了不少力吧。"在这种饭局中，这种具有双关意味的话语，总是能引起不少联想。看来董情有一种越描越黑的意思，饭局中的不少人就意味深长地笑了起来。

毕竟我也是经历过场面的人，连忙接住话茬说："这位美女，如果你想让我出大力的时候，也不要客气，随叫随到。"众人又笑，说看着这位律师长得挺老实的，却是话中有话啊，不愧是做律师的。

赵菲倒是不在乎："到时候有让你出大力的机会，你千万别临阵退缩就行。"

我们这就算是认识了。其实，这么多年来，我发现有个不是规律的规律，那就是，无论一位女生在未嫁之时多么娇羞，但是，一等到结婚几年后，马上就会判若两人。特别在酒酣耳热之时，有的女子说起黄段子来，可能大老爷们都自愧弗如。我在认识赵菲时，她当时已经离婚了。前夫是当地一个部门局长的儿子，赵菲的父亲也是当地一家公司的高管。当然，后来在和赵菲很熟悉后，才慢慢知道她并不是那位公司高管的亲生的女儿。

在慢慢熟悉后，听赵菲说，她其实喜欢的是那种能说会道、会关心人的男人。而前夫相对木讷，甜言蜜语较少，特别是婚后的生活更让她烦闷不已。她后来告诉我说，之所以要和前夫结婚，不是因为前夫，或者主要不是因为前夫，而是因为前夫的爸爸，就是那位做局长的前公公。自从她嫁给了前夫后，发现亲戚对自己的态度都变了。以前祖父对她冷冰冰的，她结婚后也对她的态度好了起来。然而，这种一时的满足只是兴奋剂而已，而不是真正治病的药。赵菲的内心有一个整天骑马奔跑的人，每天都搅动她的内心不安。她内心最大的需求是逃跑。这是一种心瘾，或者是一种心魔，如同温吞水一样的家庭生活不能让她停留下来，缺少温情的丈夫也不能成为她结束奔跑心魔的药剂，这就是她决定和前夫离婚的心理原因。其实,她说和前夫也没有大的矛盾,就是感觉两人在一起压抑。

不过赵菲的内心的坚硬远胜于董情,她并没有像董情那样为了争儿子而可能甘愿拼上一条命,赵菲主动让把儿子判给前夫,从而拿到数额不菲的一笔钱,以及一套大平方的房子,这也算是和平分手。

三

你们看到的树木将要发芽,也可能其内部已经腐朽,这其实是它最后的一次挣扎。你们看到面前的土地一马平川,上面无声无息,可能下面却有许多人正在挥汗如雨,在开采着地下的矿石。众人只是将自己的表面给其他人看到,愿意让你看到的你才能看到,因此,我们往往看到的也许并不是真实的。对于赵菲而言,即使是她最好的闺蜜,也不能走进她的内心。虽然她表面上看起来安静无比,但是,我认为她有着一颗烦躁不安、整天不断自我驱动、不断奔跑的内心。

我是一个直觉很准的人,在很多事情上都能得到验证。我感觉一种无声的燃烧在为赵菲的奔跑做动力。然而,我并不知道这是什么。

赵菲自小在城市中长大,有着那种不同于山区长大姑娘的特殊风情。我和她没有什么感情方面的关系,但是,这并不能否认这种风情很吸引我。因为我是山地长大的男人,内心缺少具有那种特殊风情的女性。每个人都是缺什么就想补什么,找不到什么就想找什么。我认为,如果是一个诚实且生理正常的男人的话,都会有我这种感觉。

　　这是本能，如果压抑了本能，不是圣人，就是傻子。但是，经验告诉我不会和她发生什么感情方面的关系。自从我的初恋结束后，又在省城谈了两次恋爱，我认为所有的恋爱对象都是一样的，谈一个等于谈了无数个。有多少爱恋，就有多少伤心。因此，过往的不成功的恋爱让我对这种感情方面的东西望而却步。有些感情，你的内心是希望它来，但是，却又害怕它走。它来的时候的幸福与满足，一定是与它走到不再回头时的孤独与空旷成正比的。

　　由于我和赵菲互相加了微信，在她的朋友圈里，我还是在有意无意之中看见她在国内到处游玩的图片。不仅在国内景点中能经常看到她旅游的足迹在朋友圈闪现，有时就是在国外相对比较偏僻的类似于格鲁吉亚这种地方，也会看见她与当地的牧羊老人，以及穿着异国服装的姑娘和小伙拍照留念。

　　即使在朋友圈中看到赵菲总是一片开心，但是，这也仅仅是停留在朋友圈上。这是一个戴着假面的人。为了掩盖自己的不开心，她就频繁地制造开心的假象。虽然赵菲也会笑，但是，即使我和她相见的次数不多，在众人都哄堂大笑的时候，她的笑容也只是象征性地、仪式性在脸上一闪而过。如同一只害羞的鸟，被众人的笑声浪潮所惊扰，倏忽一下马上缩进安全的鸟巢之中了。我没有感觉到她发自内心地笑过，似乎一种什么莫名的东西把她发自内心的酣畅笑容给捏住了。我不知道是否她的哭也是如此，是否她也从来没有趴在亲人的怀里痛快淋漓地哭过。其实，能够酣畅地哭，也是一种幸福。

　　这是一位美妇人，当然，这仅仅是指外表方面的。在外表方面，我不知道她是否整过容。即使整过，她先天也是一个美人胚子。她有着美女通行的高而直的鼻梁，以及一双大大的眼睛，然而,这双眼睛在安静的时候寂寞的让人害怕,甚至比一潭死水更为寂寞,不知里面沉积了多少黏稠状的东西,才能使得她的眼睛这么凝滞不动。除非在特别热闹的地方,众人的喧闹扬起的风可以激起她眼神中的一点波澜,在其他时候,她的眼睛就是那么空洞地摆设在那里。她的眼睛好像任何东西都不能进入。后来,她慢慢地告诉了我一些私人情况,她说在离婚后,即使是三四岁的亲生儿子都不能搅动她的内心,那么,还有什么力量可以让她的眼睛灵动起来呢?

她有一个情人,这是她艺校时老师的丈夫。在读艺校时,那位老师以前曾当众嘲笑过她,因此,只要和她老师的丈夫一起幽会时,她的内心都会有一种近乎残忍的快感。

四

即使看到赵菲到处在游玩,虽然我不是心理学家,却凭着直觉感觉她好像是到处在逃跑,好像有什么总是在追赶着她。那么,这到底是什么呢? 是时间吗? 像是她这种青春而时髦的姑娘,以她这种年龄及阅历是感受不到时间步步紧逼的脚步声的啊。那么,这是一种莫名的使命感吗? 这更不像啊,看她整天吃喝玩乐的样子,和使命感一点也搭不上啊。她无法做到我在蒙山脚下拜访过的那位隐居者那样,即使自己的画不被众人欣赏,那位隐居者却有着一般人所少见的使命感。他总是认为,即使雪花覆盖全身将他冻僵,也要将一副心目中的雪景画成。他只是画雪景,好像雪就是导引他灵魂的一面旗帜一样。他认为,即使一辈子只是画一幅雪景,也一定要画好。

我在赵菲的眼睛中能感受到追赶者的威压。我在她的头发中能够感受到追赶者带来的风声，这将她的头发吹乱。我在她的脚步中能够感受到追赶者的脚步一步一步逼近。之所以我能感受到，是因为尽管她是一位女性，在本质上我们却都是同类人，我们都不是等着在社会中安全地生，以及安全地死的人。我们的气息是相通的，我们能彼此认出对方。这一点董情与赵菲不同。董情只是被婚姻所伤，听她说她的童年是温暖的，幼年的阳光已经将她的内心晒透。即使后面遇到了冬雪，这能使她的内心感受到寒冷，却不能将她的内心完全冻伤。

由于赵菲有一个案件找我咨询，我们也就因此慢慢更熟悉了。我对她而言，只是一个她圈子外的熟人。我是律师，有为当事人保守秘密的职业习惯，因此，就不会在熟人中传她的一些秘密。可能被压抑太久而无人可以倾诉，她有些隐私的事情也会告诉我。她说，她的一些事情即使是对闺蜜都没法说。在她的情绪特别低落时，她就像是层层剥开的洋葱一样，慢慢把自己能让人流泪的一面一层层地展示出来。一开始她告诉我她是领养的孩子，领养的时候都四五岁了，她说根本无法在内心中融入养父一家。即使养父是当地一家公司的高层。她说自己曾经非常想念亲生父母，但是，当她长大找到亲生父母以后，却发现那么多年的亲情隔膜，已经让亲生父母比陌生人也强不了多少。

她说："别人和父母之间流动的血是热的，我的是凉的。别人和父母之间的血是互相流动的，我和父母之间的血是断流的。"

我问："这为什么呢？亲生父母对子女的爱难道不是天性吗？"问过以后我自己心里也马上一怔。我和父母之间的感情何尝不是如此呢？即使我不是领养的，但是，横亘在内心的那道隔膜却难以攀越。特别是对于我这么一个内心敏感的人更是如此。我有时也会恨自己,为何不像一般农夫那样有一颗粗糙而不易磨损的内心。

她说:"父母有各种各样的父母,有亲情型父母,也有繁育型父母。繁育型父母就是我的这种只生不养的父母。"

我问:"你亲生父母家很穷吗?"

她说:"我亲生父母把我送给养父母时,日子还算不错。现在还开了工厂,成了老板,当然更不错了。当年把我送养是因为计划生育。我已经有几个姐姐,本来我妈生我时,盼着我是个儿子,结果一看还是女儿,全家都非常失望。在我四岁时,就送给现在的养父母了。后来我亲生父母在外面买了一个男孩。现在都快结婚了。我爸妈也把他视为自己亲生的,比对自己亲生女儿要好的多。"

但是,这些并不是她一直逃跑的理由啊。每个人都有一个家,有的是父母给建造的内心之家,有的是凭借自己的艰辛跋涉为自己建造的家。何况,她的养父母经济条件也不错,对她也算可以啊。

直到一次她和情人吵架喝醉以后,实在出于无聊,在我半夜写作之时,她向我透漏了自己年龄不大就一直住校,宁愿一人孤独也不愿意回家的原因。她说自己在上初中时,一次回家养母并不在家,养父母的房间并未关门,当走进了养父房间,养母不在屋里,却看到了养父正在一人做污龊之事,看到她进去也不停止,还眼睛直直地看着她。这让她很受打击,这种事情又不好对任何人说,因此,她在家里就像是鱼在缺氧的水里一样生活着。本来只有亲生父母才能保护她,但是,亲生父母却比墙壁还坚硬及冰冷。她无处可去,就一直住校。直到后来,因为她长得漂亮,经人介绍,找到一位当地局长的儿子结婚。然而,即使婚后生了孩子,这种与家庭的巨大孤独及隔膜感却使她到处寻求解脱，这也是她到处游玩的原因。因为她感到自己的心在路上，总是感觉无家可归。终于公公一家忍无可忍，最后以丈夫和她离婚而收场。

当然，她也问过我以往的感情。我说了自己和初恋女友的恋爱经过，以及最终分手的痛苦。她说，我那不是真正的感情，说我是在引诱初恋女友，是在玩初恋女友。只要是爱情，就没有找不回来的。只是你们男人虚伪，面子上说的是感情，但是，里面却又充满性欲。

这点我也不完全否认，确实男女之间都是互相引诱，如果没有引诱就走不到一起去。一个是年轻男子的欲求气息，一个是年轻漂亮女子的肉体气息，这两种气息相遇本身就是一种互相引诱。其实，无论是在那个山区农村的破旧旅馆中，还是那间旅馆后面院子里桃子的成熟气息，还是那间旅馆房间外公鸡追逐母鸡将其压在身下的姿势，哪一种不是引诱？但是，如果真的分手了，难道是没有引诱了吗？还是有更大的引诱超过了以前的引诱？

五

人生之初就是一个包裹着幸福与灾难的包袱。打开了幸福就是幸福，打开了灾难就是灾难。但是，却不能否认包袱里面既有幸福又有灾难，这是人的一生所有结果的源泉。

一个人如果在幼年时遇到的亲情是黑天，那么，即使是用后半生，都很难将那些黑天再次点亮。一个人如果幼年时被一种无形物体追赶，那么，一生都会不停地躲避逃跑。一个人如果在幼年时被封锁了道路，那么，一生都会迷路及到处寻路。一个人如果在幼年时没法进入一种事物，那么，就可能一生都无法进入。

　　对于有些事情，比如说亲情，如同对待阳光和空气，得到的人可能永远不知道珍惜，但是，他们却不知道有另外一部分人一生都可能因此而黑暗，也可能因此而窒息。

　　幸福是良药，可以医治内心及外在的疾病。幼时幸福是医治一生的良药。幼时是一生的底色，原生家庭是一生的根。不幸原生家庭的阴影巨大，它的触手可以遮盖一生，为身处其中的人的一生都打上悲凉的底色。可能赵菲只是在躲避原生家庭，那个原生家庭是她一生的捕兽笼，一生都张开着，一生都在试图将她抓住。

　　幸福很微小，也很巨大。在母亲温馨的奶水气息中弥漫着巨大的幸福。在一只母鸡的眼里也藏着巨大的幸福。在一片细细的树叶中也可以闪耀着幸福。即使我不是赵菲，我也能感受到她的悲哀。她需要的是幼时妈妈奶水的气息，需要的是母亲母鸡般目光的呵护，需要的是母亲像树叶遮盖树皮那样的呵护。

　　金钱能让一个人衣食无忧，却不一定能拯救一个人，特别是在人都衣食无虑之时更是如此。然而，幸福却能拯救一个人，让一个人在活着的时候安详地活着，死的时候安详地死去。

　　在最深沉的睡眠里，人往往是被自己叫醒的，而不是被别人叫醒的，即使别人的声音响如雷鸣。在最崎岖的路上，人的逃跑往往是被自己追赶的，而不是被别人追赶的。或许赵菲是在逃避以前的自己，或者为了不被她不喜欢的自己追上，从而才一直逃跑。

第十九章

熟悉的陌生人

一

周赤是我拉进长生协会的，虽然他不愿意加入，还因此嘲笑我。实际上，他也没有参加过几次长生协会的活动。这可以理解，实际上，他对穆智会长也是抱着一种看不起的态度。

周赤是我大学时的校友，长得中等身高，身材有些偏肥腻的样子。如果平时对他不熟悉之人，这只是一个有性格的人而已。然而，如果你有时间仔细看一下就会发现，在大家逗的开心时，虽然周赤圆脸上偶尔会露出一点笑意，但是，在他睁开眼睛笑时的那一瞬间，就会看到一丝妖异的眼神。这种眼神不是平庸或者毫无光彩的，也不是那种懵懂的，也不是那种老于世故的，而是那种一眼看不到底的深潭水般的眼神，给人感觉这是一个内心非常有数的人。

周赤比我早毕业一年，但是，等我毕业从宿舍里被赶出学校以后,他还一直占着学校的宿舍不搬走。因为当时我们大学处于省城比较繁华方便的地段,附近房租自然不低。这也是他不愿意搬走的原因。当然,这不是问题的关键,关键是他并未依靠关系,还能一直在学校的宿舍里面多住了好多年。

周赤是南方人,家里以前是在湖南湘西苗族居住区域里的汉人。或者是由于在苗族聚居区生活的缘故,这使他给人以与众不同的感觉。这是地形或者地域造就的结果。人都是环境的一部分,也是地域的一部分。有什么样的地理环境,就可能有那种环境中的人,只是我们无暇细察而已。

周赤不是一个强壮的人,甚至连我们学校那几年学生中最强壮的之一都算不上,但是,他身上却带有那种特定的危险及威慑的气息。他留着浓密的长发。同时,他还留有不短的胡须。如果在后面看他像是个美女,在前面则像个猛男。如果联想再远一些,就像是一个古时游方的头陀。这使他成为我们那个大学的一道行走的奇异风景。特别是他在喝醉酒以后,手里拿着酒瓶敲打宿舍的大门,即使是最强横的看门保安也得给开门。看来人怕恶人,即使是鬼也怕恶人,果然能够流传下来的古语都是经过验证的智慧。

一方面,周赤是那种让我有安全感的人。因为他是我认识的人中的高人。他不是不会算计人,而是不屑于算计人。可以说,他深知人间的伎俩所在,我也屡屡向他请教过工作中的困惑难办之事。我在报社工作时,对于遇到的那些错综复杂的算计,他都会给我指出,并且帮助我找到破解之道。这使我在人力能够挽回的范围内,尽量减少了外界不正常人事风雨对我发射的冷枪暗箭。另外一方面,实际上周赤也是让我内心恐惧之人。因为我本质上属于偏弱之人。当然,在热血沸腾的冲击之下,我也敢做出让众人瞠目结舌之事。同时，我也不善于自然地应付复杂的人事关系。不像是现在单位的许多人以搞关系为乐，搞关系就是他们内心自动机制的一部分，是他们的成就感所在。如果不搞关系，不能说这些人没有了成功的满足感，至少满足感减少了很多。因此，在我熟悉的朋友中，或者经常和我来往的朋友中，都是偏向于性格醇厚类型的，感觉不会对我造成危险，不会对我有攻击性。这并不能说这些朋友是被我控制的类型，但是，至少我能够把握住我们的关系，从而不至于使之失控。

对于周赤，却恰恰相反，虽然我和他在一个寝室同住过一年，也属于所有朋友中最熟悉的一类，但是，我感觉自己从来没有完全了解这个人。如同他是我豢养的没有驯服的猞猁，而不是猫。即使我们熟悉，但是，我却不知道他什么时候野性发作，扑上来撕咬我。当然，在周赤的眼中，也可能我是他豢养的家猫，没有什么太多攻击性，易于控制。这也可能是他和我深交的原因。当然，深交并不一定是交心。

在平常的交往中，我感觉可能他的内心有时也会失去平衡，但是，他很少找人倾诉，可能这不至于导致他内心的倾覆。在我知道的人中，很少有人真正能够走进他的内心。在我和周赤交往的那些年间，他几乎很少回湘西老家，即使在春节时也是如此。他也很少提到过父母。他的身上到底发生了什么？无人知道。我也不敢说，也不敢问。但是，以我自己的身心及经历来度量他，根据我见过的类似诸多实例来进行分析，我认为他可能遭受过精神方面的创伤。

二

即使周赤可能并不知道，我也没有告诉他，他却是我心魔最旺盛时的救星，也是我内心将要崩溃时的拯救者。当然，我没有告诉他，并不是我不领他的情，只是不想让他知道我的内心具有那么软弱的一面，以防止他瞧不起我。这是一个崇拜强者的人，你可以在他面前软弱，但是，如果是因为和女性的感情纠葛而软弱，这就会让他鄙视。

我从来没有见过周赤谈过女朋友，估计也不会有哪个城市里的现代女性看上他。他是一个自己吃饱全家不饿的人，不会过多考虑将来的生计问题。在我的一生之中，很少见到过一个有大学本科以上学历的人像他这么洒脱的。他如同一尾水中的游鱼，只是按照自己的想法自由地游动。我没有见过他和父母联系过，甚至都不知道他的父母是否还健在。他每年只工作半年，只有把这半年的工资花光以后，才会重新工作。如此周而复始。

周赤是一个拒绝完全同化的人。如同我小时候见到外祖父的那头倔强的驴子，眼睛里总是有着一副拒人千里之外的神情。他和那头驴子都有自己独立的内心世界。当我们的心灵都在大城市的车流、人流中随波逐流时，他却好似蹲在岸上讥笑着斜睨着我们。相比较而言，他活的更为洒脱，只是为自己而活，却人畜无害。而我们表面上是为自己在活着，实际上却是和不少的人影交织在一起活着。由于我们身上有了更多的负重，因此，就不得不每天成为真正的驴子，而周赤则更像是个真正的人。我们大多数都低声、低调，从来不敢学着像是驴子那样酣畅淋漓地大叫一番。我们大多数人为了自己的欲望变得卑微，都满脸笑着不是自己的笑，将自己的真实愿望压抑到最黑暗的角落之处。我们都是被自己欲望绑架的人，我们都是欲望的奴隶。

周赤总是如同坐在一辆牛车上，过着慢悠悠的生活。即使在这个迅速运转的省城巨大机器中也是如此。当我们都在这个城市运转的漩涡中眩晕之时，他还能让自己静下来。我承认自己做了无数的事，但是，却不知为何而做，或者只是因为惯性而运作。我写了很多文字，但是，即使我不写，这个世界上可能也是如此。即使我写了，也不能将这个世界再填的满一些。即使我跑的更快一些，我和周赤到达终点的时间也是一致的。我们同样会一脸衰老地躺在暮年的阳光下，我那时接受的阳光照耀也不比他更多。

我之所以后来搬到周赤当时住在学校的房间内，和另外一名男性朋友三人共同居住在一起，主要倒不是出于经济原因，这是因为当时失恋而导致的巨大内心反噬，逼迫我必须搬到一个更有人气的地方，否则，我感觉心魔很快会将我吞噬。在那一段漫长而艰难的时间内，我经常听到心魔在耳边诱导我，那是一种轻若蚊鸣却具有巨大诱惑力的声音，能让我昏昏欲睡，甚至能让我永远地睡去。特别是我站在最初独自租住高楼的窗台前沉思之时，这种声音在内心中就愈加迷人："人生下来就是痛苦，无论是王侯将相，人生百岁，谁没有一死。因此，早死其实也是一种解脱，至少不要面对这尘世的纷纷扰扰，不要受情伤之苦，不会独自面对亲人离开后的巨大孤独。后死者却要独自收拾着无边无际的寂寞。"

即使我不知道火亮在跳楼自杀之时是如何想的，是否也听过如此有诱惑力的声音。但是，以我被当时心魔所缠绕时的内心挣扎推测，他大概也经历了如此内心动摇、反复、绝望，再到决绝跳下的过程。只要一跳下，一切就都结束了，天与地都变了，生与死就完成了转化，灵与肉都成为了过去，心魔也就完成了自己的使命。

三

女性如果下定决心，可能会比男性更为决绝。这好像成为男女朋友交往时的一个基本规律。我以前谈的那个省城女朋友，看来性格并不是特别决绝之人，但是，在男女感情方面，一旦她拿定主意，也并不违背这个规律。即使我感觉我们感情还在，绝对没有达到不可挽回的程度。她一定是看到了我们之间出现的巨大的难以跨越的障碍。无论我如何央求，如果有机会的话，我甚至会跪下卑微地求她，然而，她却没有再给我一个下跪的机会。一般人认为，在男女之间更盲目的是女性，实际上，女性要比男性理智的多。

我在幼时及少年时长时期缺少感情的滋养，没有亲情的阳光将我的内心晒透，因此，即使表面上装的比较坚强，但是，这只是软弱的虚假的影子而已。这在平时看起来并没有什么恶果，但是，如果遇到重大感情冲击之时，就能看出幼时获得亲情阳光照耀的人，和幼时很少沐浴到亲情阳光之人的区别。前者已经被亲情阳光晒透，即使后来受到情感风雪的袭击，但是，依靠以前的余温也能比较容易地度过感情的冰期。但是，如果幼时肉身及精神本来就已经凉透，比如我，如果遇到感情伤害的巨大撞击，无疑是雪上加霜。特别是我将幼时的一般人对父母的情感转移到恋人身上时，失恋的感受更是冷到骨髓。我不仅失去了恋人的爱情，而且也好似遭受到了失去亲人之爱的伤痛。

在失恋的最初几天，因为我的内心尚未明显感受到灾难性的后果，还在内心欺骗自己仍然和她在一起，并没有分手。但是，内心是难以欺骗太久的。因为自从和她分手之后，在我一个人独处之时，我的心就感受不到另一颗心的跳动了。手也是难以欺骗太久的，因为我一个人无助之时，我的手就没有什么可以抓握了。眼睛也是不能欺骗太久的，因为我在一个人茫然四顾之时，那个温暖的能够将冬雪融化的人从此就一去不复返了。

四

在那段人生最为漫长的时间内，我感觉自己的浑身机能正在逐渐退化萎缩。我的内心和大脑再也不愿意为我提供一点额外的动力。那时，它们只是提供我日常基本活着的能量。我的脚步在十几天内连续不停地行走，但是，我不知自己为何行走。我在寻找谁呢？我在找她吗？即使找到了又能怎么办呢？找到了她已经不属于我了。她也绝对不会回头了。这个省城里都是一些理智的女子，只要她们认清了就绝对不会再回头。如果能够回头的话，她们也不会如此绝情。我嘲笑自己的幼稚，但是，当时却被幼稚所缠绕。

那时只要我一个人呆在房间内，就恐惧地不敢关上房门。哪怕是房外巨大的噪声也好，这也可以安慰我缩成一团的内心。那些发出巨大声响的声音，能够在我精神恍惚沉迷之时警醒我，从而让我内心不再以一种令人绝望的速度不可挽回地沉陷下去。

幸亏我比火亮更及时地找到破解之道，这是我在贫苦逆境时养成的保存自己的本能。那时我发现，自己绝对不能再一个人租住在那间四周黑乎乎只有一扇窗户的房子里了。我需要借助一些人气，需要一些活的力量从外面给我以助力。即使这些活的力量不知道实际上在补给着我，也可能不知道我借助它们在衰败身体枯木上注入了一些活力。

那是一个极为寒冷的冬天，在我所在的这个偏南方的省城，当年下了记忆中最大的一场雪。这真是一场寒冷的冬雪,以至于多年后我一想起,还是能够感觉到冷透骨髓。可能在记忆中那么多大雪纷飞的往事中,很少遇到过比这更绝望的一场大雪。

我当时能找到的只有周赤和另外一个单身汉合住的房子,其实就是一间学校的宿舍,里面有上下床位四张床。但是,在我内心受到重创的特定环境下,一间狭小的房间其实是一种更好的选择。只有这样,我才能和那些活的人距离更近一些,才能够从他们身上获得更多的人的热量。

那个冬夜真是漫长啊。我感觉到整晚都有时间的巨大火车般的声音从耳边轰隆隆地驶过,震动着我衰弱的内心。周赤就睡在我的下铺,他有失眠的毛病,即使凌晨也往往睡不着觉。有时在凌晨三四点时,我还能听到他粗重的呼吸,以及辗转反侧的声音。这样也好,只要有声音就是对我的巨大安慰,我怕周围的黑暗都成为被寂静之王所统治的国土。

半夜周赤睡不着觉时,我就听到他爬起来,窸窸窣窣地用手电找到一瓶黄酒,直接对着酒瓶小口地喝着。然后,又摸到一本宗教经书,对着经书的某页条文在那里默念,慢慢地他就睡着了,过了一段时间后就会发出粗重的鼾声。我也在他的鼾声的陪伴中获得了某种安全感,也会昏昏沉沉地睡去。

五

周赤是一个信教之人,到底他信什么教,我好久也没有弄清。但是,我知道他至少同时信两种宗教。由于周赤信仰宗教,因此,在我们三人居住的那间房屋内,他经常烧香弄的香烟缭绕。在冬天还挺好,淡淡的檀香能够给我的内心带来更多的舒缓。但是,如果在夏天，那个房间内没有空调，一个老旧的悬挂在屋顶的风扇即使开着也是有气无力。然而，周赤却不让我们把电扇打开，因为这会把他烧的香弄乱。

不过我不会怪他，因为当时对我而言，周赤简直就是救命之人。谁又会对救命恩人的这种小事计较呢？另外一个舍友后来谈了女朋友，实在忍受不了的时候就呆在女朋友那里。那位朋友也是一个理智及温和的人，也知道一般不能正面与周赤这种人冲突，弄不好可能会有生命之忧。因此，当我搬离和周赤一起住的房子之后，多年后我还和他开玩笑说："兄弟，当年你手下留情，多谢你不杀之恩。"

也许周赤本身就是具有一定灵异之人，这也许是他曾信仰几种宗教的原因。在他的身上，我确实有种异乎寻常的感受。在周赤不工作的那半年时间，他几乎都是很晚才起床，起床后最主要的工作就是炒股，要么就是默无一言。如果他不和我说话，我一般极少和他说话，因为即使和他说话，他也会不置可否。

然而，只要他愿意和我说话，往往就是滔滔不绝，似乎要把前些天没有说的话一次讲完。他说："在市里的中心街，我曾经遇到一件灵异的事。"

在那段失恋期间，我的内心从一个繁华的街市，变成一个人迹罕至的山谷，我就是想让自己心里充满一些东西，无论是什么东西都行，免得内心空荡荡的。我问："什么灵异的事情啊？"我知道中心街是这个省城最为繁华的街道，特别是在早晚上下班时，这里就成为一口沸腾的锅，只是里面煮的是川流不息的人和各种车辆。

他说："去年的一个晚上，还没有到下班的时候，我打了一辆出租车回宿舍。那个时间车辆还不算多，路上不算拥挤，中心街上的车辆速度也都比较快。在一个红绿灯路口，出租车司机刚停下来，在车辆急行的道路那边，而不是靠近人行道的那个方向，有一个年轻的女人过来管司机要钱。看来是乞讨的，但是，又不像是乞讨的。"

我问："为什么不像是乞讨的？"

他说："乞讨的一般没有那么年轻的女的。人家都说大姑娘要饭死心眼，这么年轻的女的干什么不行？再说，我看了那个女的一眼，马上好像浑身掉进冰窟窿一样。感觉这个女的虽然有眼睛，却又感觉像是没有眼睛一样，只是两个巨大的空洞，甚至能把我吸进去。"

即使是屋里有两个人，我听到此处身上还是感觉到了那种冰冷的眼神，头上好像簌簌地掉落了什么，头皮也感觉发炸起来。此时，房间外不知什么时候下起雪来，夹杂在风中簌簌地敲打着窗玻璃。

我问："这个女的还有什么异样的地方吗？"

他说："一般人讨钱，都是从靠近人行道的地方过来，而这个年轻女的却是从靠近中心车流的地方过来。那个出租车司机可能心情也不好，嘴里骂骂咧咧的，一分钱也没给，等到绿灯亮了后一加油门就飞也似的开走了。"

周赤似乎还是坐在那辆出租车上，他的声音开始急促起来。他说："出租车司机开得飞快，一开始我也认为他是为了避开下班高峰时间，后来上了高架以后，却越开越快，嘴里还不知骂着谁，也好像是和谁对骂着，但是，声音却像是女子的声音。最后我感觉出租车司机好像把车开的要飞起来了，就连忙从后座探过身去，使劲拍他的肩膀，说师傅你怎么了，慢点开，慢点开。此时出租车司机好像才清醒过来，一看道路说自己开到哪里去了，怎么感觉刚才像是被谁困住了一样，头里灰蒙蒙的一片，怎么会开了这么远。司机也是见过世面的人，对我连连感谢说，兄弟，感觉你也不是一般人，我刚才是中了那个女的邪了，如果不是你的阳气能把她压住，及时叫醒了我，这次我们两个人都可能回不去了。"

第二十章

湘西生死的灵异

一

有段时间我也对周赤产生了怀疑，他好像前半截的经历是空白一样，从街头或者一棵树后躲着，然后忽然跳到我的经历中。这也是我感觉他陌生的一个重要原因。在我周围的朋友之中，如果相处时间长了，都会多少透露出家庭的一些情况，至少会暴露一些家庭中的蛛丝马迹。而周赤和我在同一间宿舍内居住过一年，他甚至没有任何破绽，好像他的家庭情况是国家秘密。因此，在我的情伤慢慢恢复之后，就开始成为一个记录者，或者是一个偷窥者，在暗中观察着周赤的一举一动。此外，我也没有见过周赤谈过女朋友，也没有见他谈论过女人。即使我爱情失败过几次，至少我也曾经体验过性爱的甘美，那么，作为一个成年男人，难道周赤真的是一个苦行僧？真的没有性爱需要吗？

周赤有一只军用望远镜，就悬挂在靠窗的地方，黑乎乎的镜筒向窗外张开着,如同沉寂的火炮口一样日夜一言不发,也是那样带着神秘的气息。那么,周赤用这个望远镜观测的目标是哪里呢?或者它是周赤的一种神秘辟邪的物品?看来,即使周赤的物品都有和他一样的性格。

后来我们发现,周赤过一段时间就会在夜晚出去一次,半夜时才回宿舍。同宿舍的另外一个舍友就偷笑着对我说,这是周赤去花钱解决生理问题了。但是,这只是我们的猜测而已,他也从来没有说过。或者他出去见什么神秘的人呢?或者去参加什么神秘的组织呢?无论如何,我好长一段时间都感觉到周赤的神秘莫测。可以说,我对他这种怀疑的加深,也在一定程度上减轻了我对情伤的注意力。

那晚周赤显然喝的有些多。因为他要经常喝,也喝不起太好的酒。一开始他喝白酒,后来喝黄酒。黄酒可能不容易醉人,但是,醉了以后也很厉害。当时另一个室友到女朋友那里去了。我陪着这么一个醉汉在一起,也不能交流,内心烦躁而寂寞。夜晚的月光越窗而入,亮堂堂地打在我们居住的宿舍地板上。因为那段失恋给我带来了浓厚忧郁的感觉,我一般不愿意拉上窗帘,反正屋里就两个大男人,也不怕人偷窥。

可能是酒精的刺激,那晚周赤开始说话了。他说:我是祖母养大的。在我有记忆时,祖母也已经八十多岁了。我们娘俩相依为命。虽然没有北方冬天那么冷,我老家湘西的冬天晚上也很冷。每天晚上都是祖母提前上床,给我捂好被窝,等到被窝热乎后,我才上床睡觉。那时冬天夜晚的月光也像是这么亮。每次我睡不着,祖母就会小声地念叨:"推米磨浆,盐鱼咽饭,一餐吃哒精打光……"此时,即使周赤的声音不大,却在这个黑暗的宿舍内有些回音，我忽然有些害怕起来。看着下铺的周赤披散着头发，月光照在他那张有些肥胖的圆脸上，发出白色的异样的光，让他显得如同巫师一样。我更感觉到周赤确实有不同于常人的灵异之处。

我忽然想起周赤前段时间去面试的事情。被面试本身就是他的职业之一。他是我见过的最不安分的公司职员，可能半年就至少会辞职一次，并且在工作期间基本都会和顶头上司或者老板打一架再走。因此，这决定了他是一个面试专业户。他说："一次我去伏羲大厦一个房产设计公司面试，这是一家不大的公司。当时前台说负责面试的老板正在忙着和客户谈业务，让我在一个很大的空房间里等着。我是一个有异于常人感觉的人，在那间房子里等着面试时，我就感觉不好。即使这间办公室看起来与普通的办公室没有什么两样，但是里面一个工作人员都没有。可能这间办公室处于背阳的方向，午后的阴影渗透到房间内，更让这件房间显得幽暗。我坐了一会，就感觉越来越不对劲，心情也越来越烦躁。我感觉有人要和我吵架。我也浑身不自在，总是有一种想和别人打一架的感觉。但是，周围却没有一个人。我当时就想抄起一把椅子，把屋里的一切全给砸了。幸好此时外面有人敲门把我惊醒了，原来是前台通知我过去，说老板忙完了要准备面试。后来入职这家公司才知道，以前确实有个女同事和一个男同事搞办公室恋情。那个男的有老婆，在她怀孕后也不离婚娶她，结果那位女同事一气之下在窗棂上上吊自杀了。"

如果别人说这些话，我可能就当作一个神怪故事或者恶作剧。但是，以我和周赤交往那么长时间来看，即使他经常有些神神叨叨，却是一个靠谱的人。我也比较较真，却从来没有发现他说过假话。因此，特别在夜里，周赤这些话就更让我毛骨悚然。

　　当然，无论如何，我都承认周赤是一个聪明人。他本来是学新闻专业的，后来却改行做了建筑设计。在一起外出时，周赤会经常指着路边的建筑物对我说，你看这个大酒店就是我设计的。我问他怎么学到的这些很有技术含量的东西。他说是看书自学的。如同我写作具有别人不具备的天赋一样，周赤写作一点也不行，至少在我面前没有体现过。但是，他却在建筑设计或者乐器方面很有天赋。因为他就住在我的下铺，我失恋那段时间不愿出门，经常躺在床上。就是在我的面前，他鼓捣着学一种呜呜咽咽的叫埙的东西，不到一周就已经能吹得很好。这种天赋都是老天爷赏饭吃，是其他人不能强求获得的。

二

　　周赤说："我妈是苗族人，我爸是汉族，是当地的一个乡干部，人长得高大并且外形不错。不过，我长得有些对不起观众，至少我不随他。我对父亲印象并不深刻，不过，我对他找的那个情人竟然还有印象。那是在一个夏天的中午，我爸和乡税务所的、邮政局的、建筑队的包工头那几个牌友打牌。因为我有兄弟姐妹几个，都年龄相差不大。即使有祖母帮着带我，往往照看不过来。因此，我爸没事时候也得帮着照看一下。我爸他们在乡邮电局大门口那棵巨大的香樟树下打牌。为了怕我捣乱抓他们的牌，我爸就用一根松紧带把我的手系在树上。那时我还小，四五岁的样子，虽然手不疼，但是，也跑不远。我就在旁边急的团团乱转。这个时候我看到了一个姑娘在附近来回走动，一直盯着我爸他们几个。当时有牌友就对我爸挤眉弄眼地说：'周奎看一下，老朋友来找你了。'我爸当时脸上有些不大自然，但是还是继续打牌。因为那个女的在附近等了好久，我看得清清楚楚，她细高挑的身材，妆化得也好，比我妈年轻漂亮。"

周赤那个晚上显然来了说话的兴趣，他以前从来没有对我说过这么多的事情。他又喝了一口黄酒，好像是叹了一口气，却不知为谁叹气，于是就继续接着说："后来我逐渐长大了点，就知道我爸那个情人是饭店的服务员。我爸是乡里一家单位的头头，经常过去吃饭，一来二去就好上了。我们湘西的乡镇不像是沿海那么大，就那么一丁点地方，很快我妈就知道了。我记得她用刀砍过我爸，他的一件军大衣被砍出了棉花，翻在外面，如同一个中毒的人口吐白沫一样。对了，我爸就是口吐白沫死的。后来我妈就在家里到处浇汽油，准备把家给烧了。我们当时住那座我爸单位分的小院，幸亏救的及时，有三间房子，房子给烧了一半。"

我说："只要没出大事就好，那你爸为什么后来去世了呢？以他当年那个年龄，应当是年轻力壮，也不可能去世的那么早，是得了什么病吗？"

周赤说："我们家也不知道他得了什么病。后来在一次晚饭时，我爸吃了从外婆家带来的熏肉后，就晚上满地打滚，口中嚎啕不止，口吐白沫，送到医院时人的身子都凉了，也没有查出什么问题就死了。这件事情当时都惊动了县里的刑警队。但是，他们把我爸的尸体送到法医那里化验，也没有化验出什么结果来。"

我说："这种事情又不是刑事案件，没有必要找法医做鉴定吧？"

周赤说："我们那里的人都怀疑我妈把我爸给害了。我外婆也是苗族的，早年当地人说她会放蛊。我们湘西的放蛊很出名。如果男人在负心后被放蛊，放蛊人不给解药的话，就能够致人于死地。那时我们附近的乡里人都传我妈也是跟着我外婆学会了放蛊。因为我爸背叛她，又坚决不向我妈服软，我妈就放蛊把我爸给害了。因为这件事，我妈在当地名声不好，当地男子都怕死，没人敢娶她，没有办法，我妈带着我双胞胎弟弟还有一个姐姐改嫁到更远的县城里去了。那里人相对更加开明些，也不怎么相信这些放蛊的事情。"

我说："我看过一些资料，不是说放蛊只是一种湘西当地的传说吗？解放后政府不都是一把火把这些放蛊的书籍都烧了吗？你们那里谁也没有亲自试过，估计都是以讹传讹而已。"

周赤说："老家那里的人都是宁可信其有，不可信其无啊。现在我们那里的民风和以前不能比，没有沈从文笔下的人物那么淳朴了。吊脚楼也成了一种旅游宣传的产物，没有以前的魂了。我还记得以前在傍晚时，我会趟着刚下雨后街上形成的小溪，去一家老宅院里捉蟋蟀。那座院子已经荒废，苔藓都长到墙头上了。傍晚的霞光只能从墙上掠过，院子里就留下了巨大的阴影，比一颗巨大的树留下的阴影还大。当时院子里就我和双胞胎兄弟，但是，为了捉蟋蟀也不感觉害怕。不知你捉过没有，经常捉的人都知道，蟋蟀就喜欢藏在这种废旧的老宅子里，院深草密，容易藏身。我们那里水土也养蟋蟀，它们不少都长得健壮有力，斗起来一个顶两个。"

周赤有些伤感，好像又回到了那种无忧无虑的少年时光。即使在夜晚，我也看见他眼睛中发着悠然神往的光。他幽幽地接着向下说："那时我们那里无论是镇子，还是人，都没有被污染过，都是原生态的。我们那里的风景确实像是沈从文《边城》中写的那样，可惜我写不出来，或者说写几段还可以，长了就不行了。在我们那个镇子外沿有一条大河，河边沿街站立着的都是挺直黧黑的吊脚楼。我也不知这些吊脚楼有多少年了。很可能它们大多数都熬死了最初修建的主人。当然,我听说这些吊脚楼以前也有重修的时候,但是,基本上只是在小的地方修修补补,还是保留着古色古香的原貌。不像是现在,即使是古建筑也是造假的。我们那个镇上的媳妇姑娘在河边千年都在洗着永远洗不完的衣服,也永远都在淘着千年淘不完的米。在我的印象中,在那条镇子旁边的大河里,终年来往着各种大小的船只。小一点的有乌篷船,大一点的有四面像是房墙、两侧及船头留几排窗户的游船。在河里船上的船工如果长得帅,再会逗女人开心,没过多久可能就把岸边洗衣的漂亮湘西姑娘拐走,将这里的美丽种子带到了更远的城市和村镇。当时河里有很多鱼,上空有很多鸟,河面上有很多船,船上有很多人。不仅有船工和船老板,也有用鸬鹚捕鱼的人,现在很多都已经见不到了,见到的也是为游客表演。"

在我和周赤相处的那么长的一段时间内,知道他是一个理智的人,从来不会轻易动感情。在那个夜晚,我看见了或者感觉到了周赤伤感兼有狂热的感情。看来,少年是每个人埋藏最深的珍宝,即使是对于一个城府深的人,也会在特殊情形下闪耀出光芒。在那个深沉的黑夜,周赤的眼睛那次也少有地发出光来。很多动物的眼睛也都会在夜里发光。因为它们在夜晚需要捕食。人的眼睛如果在夜里发光,说明他还是心存希望。很明显,在好长一段时间里,周赤都沉浸在那段比清水还要清澈,比流水冲击着石头还要让人激动的往事中,我不敢打扰他,也不愿打扰他。

三

我说:"你们湘西这种神怪故事实在太多了,能够流传这么广、这么久，一定有它的理由。我感觉也不全都是空穴来风。我以前没有听你说过，听你这一讲，你还真不是凡人，经历过这么多奇异的事情。"

周赤似笑非笑地向上铺看了我一下。以前他不怎么抽烟，只是将一盒烟放在床头，得过好长时间才能抽完。这次不知什么时候他点着了一只烟，房间里马上传来一种渺渺的烟味，倒不是很刺鼻。烟头的闪亮让他的脸上感觉更为兴奋。

周赤说："我舅姥爷经历的事情才叫怪异。他是我祖母的亲弟弟。我舅姥爷以前是我们当地一个很有名的赶尸人。他是天生吃这碗饭的人，像你写作一样。我舅姥爷告诉过我，你不要以为任何人都可以做赶尸人，做这行也要专门拜师，师傅要考验你有没有胆量。同时，赶尸人还要力气大，否则，因为尸体的腿是僵硬的，上陡坡的时候走不上去，赶尸人还得背上去。我舅姥爷不仅这些条件都具备，还有一些一般赶尸人都不具备的手段。一般人只能一次赶六七个尸体，他能赶超过十个。他也可以在赶尸时几天几夜都不睡觉。因为以前湘西有专门的赶尸人旅馆，普通人不能住，只能住赶尸人和尸体。如果遇不到赶尸人旅馆，我舅姥爷几天几夜都可以撑着，回到家数完赶尸钱后连续睡几天几夜。"

我说："你问过你舅姥爷赶尸的秘密了吗？为什么人死了还能赶路？这一点不符合科学原理。"

周赤显然也对这个问题也有兴趣。他提高了一下声音，这猛然提高的声音在黑夜中显得特别明显。我此时也是困意全无。他说："你整天想着追求长生的秘密，按说长生也不科学啊。但是，在科学之外，也有我们不知道的玄学。这我也不懂，也没有发言权。我也问过舅姥爷，这个老头子嘴严的很。他说现在是新社会，要破除这个破除那个，都不信这个，多说了影响也不好。如果没有找到传人，对于这些赶尸的秘密，他就是烂在肚子里烂在棺材里也不会说。他只是简单地说了一下，他说在人死后其实很短时间内并不是全死，还有一口气顶着，魂还没有从身上马上飞走。赶尸人会用符咒把这些尸体控制住，告诉他们家人还在等着他们的尸体入土为安。然后这些亲属雇的两个赶尸人，一个在前面领，一个在后面赶，即使路远，也能回家。这几点缺一不可。此外，还要方向正确。即使人死了，但是，他们还是知道家的方向，如果向着他们家的反方向赶，他们就不会走。"

我说；"像是你舅姥爷这种赶尸人现在还多吗？有机会我也要去拜访一下。"周赤说："这些人早就洗手不干了。想拜访的人多的去了，我舅姥爷谁也不见。我自己也多年没见他了。他住在深山里，一身衣服几乎终年不换，也不怎么见人。不过，我有种预感他现在人还在，还没去世。"

我说："他一个人住在深山里，不怕有什么危险吗？大山里什么都有。"

周赤显然认为我的这种说法很幼稚。他有些鄙夷地说："我舅姥爷赶了一辈子尸体，神鬼不侵，他怕谁。再说，他本身还是一个老猎人，一辈子杀了多少野兽，就凭着他身上的那股杀气，哪个野兽敢靠前。不知你是否懂这些。那些杀生多的人，无论过了多少年，即使换了职业，身上的杀气还在。你看那些杀狗的，再凶的狗见了，也不敢对他们狂叫，都得老老实实的。"

这句话倒是有一定道理。我以前打车也遇到过一个出租车司机，一上车就开始絮絮叨叨，说自己以前是杀牛的屠户，牛见到他就会吓尿。一个算命先生说他杀生太多，面有大凶，必须要改变职业,否则家人必会有大灾。后来他的父母和孩子那年都得了大病,老娘还一命呜呼。他这才知道算命先生的灵验之处,就不再杀牛,改为开出租车。即使如此,如果再遇到牛,牛还能感觉出他身上的杀气,见到他还会焦躁不安。

四

我没有看时间,不知当时我们谈到凌晨几点。不过在城内已经很少有公鸡,不像是我小时候在老家的那个山村,在凌晨三四点钟就有公鸡打鸣。在城市中,即使有公鸡,也是第二天准备上餐桌的,不是用来打鸣的。因此,不可能像是以前那样通过公鸡打鸣就知道大致的时间,这种场景我和周赤这种在乡镇或者农村长大的人都经历过。我也听过不少的神怪故事,在鸡鸣以后所有的鬼魂都会离开。没有鸡鸣,说明周赤当时还可能是被一种奇异的东西所控制,这暴露了他过去的秘密。在清醒时候,以他的性格是不会说出这些事情的。

那天晚上是个特例,很可能周赤在鸡鸣后就会昏昏睡去,以后很难会再讲这些陈年旧事。就是他讲过,在酒完全醒了后,也可能不记得自己讲过。但是,当时周赤可能感觉还没有到停止的时候,他就继续说:"我讲过我有个双胞胎弟弟,比我长得也好。龙生九子,个个不同,就是双胞胎的长相也会有差异。但是,这个双胞胎弟弟不喜欢学习,在我爸没有去世前,最喜欢和我一起到那个荒废的大宅子里抓蟋蟀、掏鸟窝。这需要穿过那条不知走了几百年甚至上千年的石板路,经过一个卖小人书的店铺,走到一个墙上斑驳着不知什么图案的老式白墙,从外面就可以看到一座摇摇欲坠的清代时的楼房。由于时间实在太久了,那座楼的雕花木头的栏杆都快腐烂了,几乎看不清以前到底是什么颜色或者图案。在那个荒草都超过膝盖的院子的一个角落,就会看见随便堆放的残砖断瓦,这里最不缺少的就是潮气和安静,这些都是蟋蟀们所喜欢的,因此,这里也就成为它们的乐土。在那里我们经常遇到一只红色的狐狸,长得浑身火炭一般。如果夜色不是很黑,甚至都可以当灯笼照明用。因为我和弟弟经常过去,有时会给它带个鸡骨头,慢慢它就一点也不怕我们。后来,我弟弟跟着我妈到了继父家里,我跟着祖母,我们之间逐渐地就有些疏远。不过,等我考上大学以后,又慢慢熟络起来。穷在闹市无近邻,富在深山有远亲,虽然我也没有富,但是,在我们湘西那个镇这种小地方,考上大学也是一件光宗耀祖的事情。

"在我到你们省城读书的期间,我的双胞胎弟弟也长大了。继父因为没有亲生儿子,待我弟弟不错,也把我弟弟当作自己的亲生儿子养着,在力所能尽的范围内,都尽量满足我弟弟。但是,我弟弟后来不争气,不想着学习,而是喜欢和县城的几个小混混玩在一起,整天不务正业。终于有一次,在他还没有成年的时候,也就是十五六岁的样子,他们几个在喝醉酒后,在路上开车遇到一个年轻漂亮的姑娘,就起了不轨之心,就一起占那姑娘的便宜。后来因为我弟弟年龄最小,被以强奸罪判了一年多。在他出狱后,继父也没有嫌弃,为了让他收心,就给他买了辆大车跑运输。

"有一年我双胞胎弟弟打电话告诉我说,他在当年我们住的镇子外面的山路上,好像压死了一只红狐狸。因为是上坡路,他本来加大油门向坡上冲,如果停下来再发动,就会很耗费油。那只红狐狸从路边草丛跑出来,像是迎接我弟弟,又像是寻死,就这么慢悠悠地撞上了。我弟弟当时也没敢停车细看,就加油门开走了。我那个时候就预感不好,让弟弟那段时间开车小心些,最好不要出车。那时我还建议我弟弟那边的家做个法事,在那个压死红狐狸的地方建升天桥,在地上洒上白纸,压一个鼎罐盖,点上清油灯。然后用小米画上八卦,洒雄黄酒后,烧纸祭奠。因为我感觉那么多年那只狐狸还在,一定是有了灵性。它本来是迎接我弟弟的,没有想到在那里被撞死。这只红狐狸冤魂不走,我弟弟就可能会有报应,但是我弟弟那边的一家人都没有听。

"接着我弟弟又告诉我一件谁也没有告诉的事情。还是在那个地方,他隔了一段时间后,喝了点酒开车,有些上头。这事你不要吃惊,在那时我们那里山高皇帝远,根本没有交警管。结果在离上次压死那只红狐狸的不远地方,遇到了一个红衣少女搭车。我弟弟当时喝酒喝多了,早把以前压死红狐狸的事情给忘记了,就让那个红衣少女上车。他说那天晚上天黑,只是感觉那个女子很年轻,也没有完全仔细看清什么模样。结果我弟弟老毛病又犯了,又想着占那位少女的便宜,人家不从,他这次倒是比上次理智,将那位女子在漫山野地里赶下了车。

"后来我弟弟连续开车拉货几天没有睡好觉,因为没有休息好疲劳驾驶的原因,就在上次压死那只红狐狸的地方出了车祸,头被撞的比那块挡风玻璃还要破碎。后来我专门过去看了一下地势,我老家镇子的那条大河流向正冲着出事的地方。这条大河遇到出事的那座山的山势转弯,流经我们那个镇子后扬长而去。我去了以后马上就打了个寒颤,内心埋怨弟弟没有听我的劝告。但是,我妈都一直生我的气,认为我是乌鸦嘴,害了弟弟,因此,很少和我再联系。最喜欢我的祖母也去世好多年了,我也不愿意和老家的其他人有更多的联系。"

第二十一章

埃及寻道

一

在我到西欧一个小国留学时，由于一次偶然的机会，我到过这里的国家图书馆。即使是一个西欧小国，在中国，也就是一个中等省份那么大的面积，人口还不如中国一个中等省份的人口多。但是，这个国家毕竟没有经历过那么多战争、瘟疫、暴动、起义等天灾人祸的巨大侵袭，就将文化的种子一直保存了下来。因此，这个国家图书馆里藏书的丰富程度让我瞠目结舌。在这里，不仅有当年最新出版的书，也有非常古老的书。在查资料时，我就曾经发现了一本经历时间久远的羊皮卷书。如果想看这本书的话，得专门向图书馆馆长申请，获得批准后，戴上专门的手套，才准许在图书馆内阅读。

这本羊皮卷书是几十年前一个阿拉伯的放羊人在一个尘封已久的山洞里发现的，全部用古希伯来文书写。虽然我不认识古希伯来文，但是，从这本书旁边的英文介绍中，我知道这是一本有关灵异的书，是介绍古埃及法老如何与他们的神沟通的书籍。我当时对灵异书籍就非常感兴趣，我隐约地感觉到，在这些几乎失传的书中，可能还真保存着我们人类所不知道的秘密。于是我就对馆长说尽了好话，才获得准许借阅。在不对那本羊皮卷书造成影响的情况下，也可以在这个图书馆里复印一份。

这让我感动万分。这也是欧美一些国家与我们的不同之处。尽管他们这些老外讲死理，看上去有些傻。但是，只要你能把事情解释的合情合理，他们一般也是能够做到通情达理的。对于我们而言，如果遇到这种事情，不通过私下找关系，原则就是原则，就要严格按照规章办事。但是，如果有人给你打了招呼，什么原则，什么规章，都统统让步。关系永远大于一切，只要关系一到位，马上办事人的脸就会多云转晴。

等我复印完这本羊皮卷书后，对馆长是千恩万谢。但是，等我回到留学生公寓后，却又开始发愁。复印是复印了，可我不懂古希伯来文啊。这本灵异书籍是与天或者神灵有关，可以说是一本天书，当然，这对我也成了看不懂的天书。后来我忽然想起在留学生公寓中的一位以色列朋友。他出生于以色列，长大后随着家人移民德国，或许他能看懂这种古老的希伯来文字。

可能一切都是冥冥中的天意。这位来自以色列的朋友不仅懂得希伯来文，而且正在跟着导师研究古希伯来文。原来，即使是以色列人也并不一定懂得希伯来文，别说是古希伯来文。同时，这位朋友还喜欢东方女性，特别是中国女性，当时正急切地想让我为他介绍一个中国女朋友。他经常用的一个词语叫做疯狂，或者说是他对中国女生的喜欢已经达到疯狂的程度。但是，我当时还没有女朋友呢，也没有更多的资源。然而，无论如何，这让我们有了共同合作的基础。

可以说，其实这位以色列朋友是一位热情而相对单纯的外国大男孩。他的热情甚至能够让他不惧寒冷。我在那个西欧小国留学之时，即使冬天不是很冷，我们中国留学生也基本上都穿着羽绒服。但是，我几次看见他在留学生公寓附近的公交站台等车时，都是上身套着一件宽松的短袖 T 恤，下身就穿着一件宽大的沙滩短裤。每次我见到他那身打扮时，都会狂笑不止。我不知道他是否明白我狂笑的原因，不过他也会陪着我一起笑。

我发现老外一般笑点都很低。即使我不是一个很幽默的人，但是，随便幽默一下都会让他们笑得前仰后合。也许从他们祖先开始就长时期生活在比较优裕宽松的环境之中，压力相对很小，因此，就将幽默的种子长时间遗传了下来。

我就不行，即使我能逗得别人笑，但是，由于我长时间不笑，自己脸部的肌肉在很大程度上已经丧失了笑的功能。因此，特别熟悉我的朋友在开玩笑时都管我叫做"不笑子孙"。是啊，以往的生活实在太苦了。这种苦不仅浸入了我的肌肉之中，而且浸入了我的心理之中。在我的儿子灵宝不到六岁时，他曾经有次一大早跑到我的床上问我："爸爸，怎么不见你笑呢？"我猛地吃了一惊，这么小的孩子怎么能看出这些呢？他看我不回答，就自问自答地说："我知道，外公告诉过我，你以前过的日子太苦了，时间长了，就笑不出来了。"

不管如何，那位以色列朋友在我软硬皆施下，花费了两周的时间，加上请教他的那位专门研究古希伯来文的导师，最终将这本薄薄的十几页的羊皮卷书翻译出来了。要知道，让性格活泼好动的老外学生做这些事情是很不容易的。这是因为，即使是自己导师布置的论文，我的这位以色列朋友都是拖了又拖。他最怕中国留学生见面问他："嘿，哥们，论文写完了没有？"每次有人问的时候，他都落荒而逃，并大惑不解问我为什么中国留学生老是问这种问题。我只有告诉他，中国的留学生包括中国国内的学生，考试或者写论文的压力已经渗透到骨髓了，这是中国学生的无意识的惯性反应。

其实，在我到这个西欧小国留学之时，我还真没有想到通过这本薄薄的羊皮卷书能发现长生的秘密，我当时没有想到这么多。在某种程度上，之所有关注这本书，最初我只是想在考古专家没有注意到的学术领域捡个漏。因为我国当时和这个西欧小国交往并不多，很少有人过去留学。即使去留学的话，很多人要么就是走马观花，以旅游观光为主，以学习为辅。要么就是整天忙于学业，做书斋里的专家，不会想到去那个国家图书馆借这种古老的书。我当时就想，万一这本书里有学术界没关注到的地方呢，我弄不好也可能会一鸣惊人，说不定就成了考古方面的专家。因此，等到那位以色列的朋友将羊皮卷书翻译成英文，我看完以后，我第一印象是花费了那么多精力，得到的结果却并不是十分让我满意。你说这本羊皮卷书的内容有用可以，说没有用则更为准确。这本羊皮卷书记载的大致内容是：

"此本古卷乃是天意之记载。为了保存上天意旨，就用至为坚韧之羊皮卷书写，然后藏之于山洞，以留给有缘人观之。如果妥善利用，本书有解救苍生精神困苦之功效……

"非洲之埃及半岛，乃上天与下界相连的一个通道。在开罗城的上空，每四年一次，在元旦那天的夜里十二时，会有上天神明从此下界。到此时,在一百四十米的天空之处,有缘之人将会在云中行走如平地。有人如在此倾听,则可获得上天之启示。这能够使尔等魂灵通透,心境通明,教尔等悟透天机,最终可达长生之境。"

二

尽管周赤是一个有信仰之人,但是,他却不相信长生之说,每次我拉他进长生协会参加活动,他都会借故推脱,能不去就不去。此时,他的嘴角的讥笑甚至能把胡子带起,一副鄙夷不屑的样子对我说:"你整天和那帮老头子在一起,他们都是快要归天的人,都怕死,所以才想长生。当然,他们也可能内心真的相信。就是他们不信,时间长了一直骗自己,也可能就信了。你比他们年轻多了,跟着瞎凑什么热闹。说实话,我不像你那么幼稚,还相信什么长生。"

我说:"人在精神方面总得有个追求,要不和咸鱼有什么差别?寻求长生也是一种个人精神方面的追求吧。你以前不是说人过了五十岁以后,生与死就没有任何区别,也没有任何乐趣可言,我寻求长生之道也是在寻找乐趣。"

他说:"你寻求长生之道,你认为这能实现吗?这最多是一种无谓的挣扎而已,却不能解决根本问题。"

我说:"即使我是在挣扎,也是一种努力。这说明了我的一种强烈的求生意志,我认为这比随波逐流要好,也胜似在世间苟延残喘。"

周赤说:"生死是自然界一个最大的规律。只要是人,就不可能抗拒这个规律,否则,就不是人。"

我说:"这是一个规律而已,却并不是绝对的真理。即使不是从神学的角度,而是从科学的角度,衰老有其特定的原因,那么,只要找到这个原因,就能破译返老还童、长生不死的密码。"

他说:"像是你这种文化水平的人,怎么能相信这种莫须有的事情呢? 你见过谁真的长生了? 如果人真的能长生不老的话,怎么说得有人活到现在,能够被其他人看到。"

我说:"地球上有 71％的面积是被水所遮盖着。且不说其他星球,就是在地球上,人类目前到过的地方最多不超过 5％。地球上有那么多人类没有到过的地方,这也可能是长生之人生活的地方。人能看到的事物也至多有 5％而已。看不到的就不能说不存在。这在逻辑上是不能自洽的。否则,为何我国历朝历代关于长生的事总是层出不穷。"

他说:"你认为寻求长生之道有意义吗? 这是一种根本不存在的东西,也是谁都没有见过的东西。"

我说:"寻求的过程本身就是一种意义。很多人也没有见过真正的爱情是什么样子,但是,这不妨碍他(她)们仍然相信爱情。"此时,我忽然发现自己真是有做律师的天分,无论什么问题都可以辩论,并且还能做到看似言之有理。

他说:"你最好信仰一种宗教,这些宗教都有完整的教义、理论系统及仪式,也能够说服你的内心。"

我说:"追求长生本身就是我的信仰。在成吉思汗立国之时,他和族人就信仰长生天。长生就是一种宗教。宗教不少都是以长生为核心追求。世上如果有长生,那么,也可能就能代替不少宗教。"

其实,我和周赤之间的争论是成年人争论,就是谁也说服不了谁的那种。我心里也明白,如果试图要说服一个世界观、价值观已经稳定,并且有相当文化程度的人,如果对方不是傻子,那么自己就是傻子。当然，这是指我和周赤这种比较有主见，甚至有些固执的人。结果我们往往是争得面红耳赤，却总是没有认输的一方。

当然，即使我和周赤存在一些分歧，他也是我熟人中最陌生的一个。但是，结识他我并不后悔，反而非常荣幸。可以想想，在这个世界上那么多无趣的人中，我却遇到了这么一个与众不同的有趣的人，这是多大的一个机遇。如果不遇到他，我认为，我的一生就如同一根绳子被谁截断了一段，也就不再完整。

在一条刮起大风的道路上，总会有几个逆风行走的人。在一片庄稼之中，总会有几株与众不同的庄稼。在一片原野上的树木之中，总会有几棵长得不同于众多树木的树。在一大群人中，总会有不配合众人眼光的人。我和周赤就是那种不配合的人。因此，即使我们是熟悉的陌生人，但是，只要我们有共同的言语，可以听懂彼此，这就是我们互相交往并且继续交往下去的最可靠的基础。

三

多年后，当我拿出当年辛苦获得的那本羊皮卷书的译文，可能是日思夜想之故，我忽然灵机一动，立马把它和长生联系起来。这是因为，既然埃及法老在五千多年前就追求长生不死，并且还把自己的尸身用特殊的方式保存起来，以待以后再复活过来。这与现代通过冷冻等技术将尸体保存起来，等到医学发达后再活过来没有什么区别。为何五千多年前埃及人就有这种想法或者智慧，是不是他们得到了什么神明的启示，否则，就不可能在这个国家整体都有这种想法。而其他国家最多是皇帝等少数高级贵族及宗教人士才会有这种复活的想法及做法。因为在埃及，不仅是法老和王公贵族死后将自己的尸身做成木乃伊，即使是一般平民百姓，只要是经济条件许可,也会尽量把自己的尸身做成木乃伊。后来我去埃及国家博物馆参观时,这也得到了验证。

因此,当我寻求长生之路在国内暂时无法得到解决之时,只能去试着寻找其他的突破。道路都是人走的,只要有道路,我就要试一下。只要有一线可能,我都要试试。即使试过了遗憾,也比不试更不遗憾。我听说埃及并不是一个平静之地,一个人去可能会危险重重,我可不想距长生还早着呢,直接就在埃及挂掉了。因此,我需要找人陪着一起去。我板着手指想了一下谁最合适。因为这种事情就是成年人的天方夜谭,我周围的朋友中要不就是特别理智的人,要不就是功利的人,要不就是理智兼功利的人,这种事情找他们一起去简直就是自取其辱。再说,我周围的绝大多数朋友都娶妻生子,每日如同闹钟一样固定上下班,谁也没有心情也没有时间陪着我去那么遥远的地方去寻找什么长生之法。我思来想去,找周赤是我最好的选择。在我的朋友中,即使他不能给我内心最大的安全感,但是,至少他有空闲,也有这种寻找未来之路的奇思妙想。即使我们寻找未来的道路不同,但是,在目的方面却有异曲同工之处。

当我拿着那份羊皮卷复印件及译文给周赤看后,我看见他眯着怪眼看了我一下,出乎我的意料,他没有立马嘲笑我,只是眼睛诡异地看着我说:“你认为这现实吗？你是不是最近寻找长生梦太痴迷了,你认为到那么远的地方有可能实现你的目的吗?”

我说:“我也不能确保一定能实现自己的目的。对我来说,更重要的是实现自己的梦想,或者说是通过各种寻找,断了自己的梦想,让自己死心也好。”

他说:“现在医学那么发达,我听说一些国外的富豪当年死后让人把自己冷冻起来，现在到了将遗体解冻的时候了，但是，却无法达到复活的目的。你认为这种痴迷长生的做法现实吗？科学吗？"

我说："你以为在以色列山洞中保存羊皮卷书的人真的是吃饱没事干吗？古代纸张那么稀缺，并且这本羊皮卷书在当时制作十分精美，谁没事在几千年前会专门制造这么一个谎言？谁闲着会做这么大的一个恶作剧？这绝对是一个智慧及修行非常高的人留下的。在几千年前为什么埃及法老们愿意将自己的尸身制作成木乃伊？这绝对是有原因的，最大的可能就是他们得到了神明启示。只要他们的肉体最终不腐烂，总有一天灵魂会回来找到肉体，会在一个适当的时机获得重生。这也是一种长生的方式。再说，长生之道本来就是万一的可能，是一个极小概率事件，本来就是没有把握的事情。或许我们可以为后人趟出一条道路来，让后人从我们寻找长生之路中吸取经验，获得教训，这也是一项功德。"

周赤当时正在研究《出埃及记》，也痴迷于其中。虽然他并不同意我的想法，却想让自己的想法获得更多的支撑，也想去埃及考察一下他的宗教想法。因此，周赤最后还是决定和我一起在元旦之前去一趟埃及。因为根据羊皮卷书记载的时间，四年之内只有在元旦这天才能获得神明的启示。

本来只是我和周赤两个男人去的，但是，由于当时赵菲的亲属有个案件要找我，我说这段时间很忙，要到埃及去。她一听来了兴趣，一定要一起去，说以前本来想去旅游，没有人陪着不敢去。她的那位情人得抽空陪老婆，不可能那么长一段时间陪着她去那么远的地方，这样绝对会露馅。

赵菲本来就是一个喜欢到处游玩的人，这种包含逃跑意味的游玩是她现在生命中的一部分,甚至多年来都融入了她的血液之中,在她的骨髓里面生根发芽。她不要什么目的,就是需要一种逃跑的过程。或者说对她而言,过程就是目的,就是结果。因为如果她不以各种方式到处逃跑,就会感觉被什么巨大的令人恐惧压抑的东西抓住。听到赵菲要去埃及,她的闺蜜董情也要一起去。因为她的公司有一次旅游报销的福利。公司报销的钱总要花掉。再说,不花掉公司也不会给她现钱。她把自己四岁的儿子暂时交给外公外婆带着。当时她离婚时间不长,离婚地震的余震未消,也需要调整一下心情。赵菲也强烈要求喊着董情一起去,说两个女人在一起热闹一些,并且她开玩笑说,这可以防止我们两个男人占她的便宜。听她们这么说,我只好表示同意。

但是,等到我把这两个女人要一起去埃及的意思告诉周赤后,他的眉头马上锁成了一个疙瘩,嘴里表示出有些不满,我连忙打个圆场说:"人多了热闹,也安全。再说她们都是成年人,又是美女,俗话说,男女搭配,干活不累,就一起去吧。说不定你和这两位美女有缘分,一游定终生呢,哈哈。"听我解释的这么圆满,周赤这才算勉强同意。当然,我去埃及寻求长生之道的事情,至少不能让赵菲知道,这是一个无比现实的女人。以前她听说我在寻求长生之道,曾当面嘲笑我:"你还寻求长生之道,我这辈子都嫌长了,还不知怎么打发呢。"

其实,现实并非不好,这也是一种最经济度过一生的方式,不会有任何浪费。是她的,她也要消费,不是她的,她也要消费。她从来不会为可能而着想,只是为现实而着想。正是因为这种价值观的本质不同,这也是赵菲这种人认为我寻找长生之道的可笑之处。大家都走同一条路,都走的平坦无比了,为何我还偏偏无端走其他的道路,凭空为自己制造一些坎坷,关键这是一些在她们看起来无用的坎坷。

四

我们从国内乘飞机不远万里来到埃及。在国内的北方,元旦前正是隆冬季节,属于一年之中最为寒冷的时候。但是,等我们下了飞机搭乘一辆当地破旧的出租车后,恍若隔世,这里竟然如同国内北方的暑天。埃及经济状况比我国国内贫穷不少,大概平均要落后十到二十年左右的光景。但是,却没有因为贫穷而丧失热情。这真是一个热情的国度,晚上十点多钟我们下了飞机后,即使是夜晚,只要是人多的地方,到处都能听到热情洋溢的阿拉伯风情的本地歌曲。出租车司机显然也有些热情过度,连安全带也不系。他将车内音响放到最大,即使这样他还不满足,还在车内摇头晃脑,嘴里哼着歌曲与音响中的歌曲合奏。当出租车经过一个市镇的酒吧门口,也能听见里面人声鼎沸,这夹杂着响彻夜空的歌曲,甚至使街道也变得狭窄起来。

在我们四个人中,来埃及至少有三种心思。我到埃及是准备寻求长生之道,周赤到这里是验证他的信仰,以及顺便看看我的笑话。当然,可能董情和赵菲的目的是一致的,那就是玩玩玩,买买买。没有办法,这就是女人的天性,在某种程度上,这与我寻求长生没有什么本质的区别。

由于埃及社会治安状况不佳,同时,旅游收入也是埃及最主要的经济支柱之一,因此,这里的政府将保护游客看作是保护他们的经济命脉,基本上做到了重要旅游城市和景点都戒备森严的程度。当我们去当地的一个著名景点卢克索神庙时,就随处可见手持步枪到处巡逻的警察,不知道的还以为又进入了战争年代。在另外一个著名景点帝王谷也是如此,在景点大门口专门设置了钢铁掩体,掩体后面几十名警察和军人也以战斗姿态随时准备行动。即使是在附近一些普通的单位门口,也有专门持枪的警察守卫。在景点附近农田的周围建造了碉堡,上面有武装警察来回踱步,霎那间我好像穿越到了另一个战火纷飞的年代。

两位女性却完全不受这些杀气的干扰,在她们的眼中没有什么警察,没有什么武器,有的只是当地的旅游纪念品。一般而言,相对于男人,女人是更为柔弱的动物。但是,那得分什么情形。这两个女人在攀登帝王谷的山坡时,都疲惫不堪,几乎被我和周赤每个人拖着一个才能走。但是,等到出来后看到一个旅游纪念品市场,她们好像忽然被谁注入了能量,马上变成了生龙活虎的另外两个人。

且不说我们在卢克索附近的红海看到了碧绿得让人心惊的海水,且不说海边到处可见欧美度假美女几乎赤裸地在海滩上进行阳光浴,且不说海边迪厅彻夜不息的当地歌曲,就是无数的沙漠中的风车,日夜不停地转动着巨大翅翼,这些都让我们四个异乡人感到无限好奇了。好不容易满足了这两位女人的购物欲及好奇心后,我们才坐火车从卢克索千里迢迢来到了埃及首都开罗,来到了开罗附近的尼罗河边,来到了胡夫法老金字塔下。

这是一个神奇的国度,这也是一个让我魂牵梦萦的国度。即使我们相隔千山万水,金字塔,我来了。尼罗河,我来了。开罗城,我来了。几千年你们就是这么沉默地等待在这里。你们见过了多少历史的兴衰,看过了人间多少的悲欢离合。时间从你们身上留下了多少印记,又消除了多少印记。在历史的硝烟弥漫中,恺撒来了，又走了。在时间的腥风血雨中，拿破仑来了，也最终被时间带走。只有站在金字塔下，站在时间的沧桑中，万丈雄心才可能被压缩成一粒砂石。时间是一个巨大的磨盘，无论多强大的历史人物，都会被磨成细细的沙粒，最终被沙漠里的大风所带走。历史的功绩在这里被时间化为一缕青烟，最后一缕青烟也不是。

五

本来赵菲和董情曾打算去红海潜水，不知从哪里得到的消息，赵菲和董情都怕当地潜水员教练的骚扰，就打退堂鼓了。或许当地的一些男青年只是太热情了。每次我们去一些旅游商品市场，这里的商贩都热情似火。当然，感觉他们好像对美丽的女子更热情。他们操着不太熟练的一些埃及式英语，有的甚至还会一两句中国话，那种炙热的程度让两个女人招架不住。因此，即使赵菲和董情在国内对在沙漠上骑着骆驼纵横驰骋向往已久，他们却宁愿让商贩们牵着骆驼慢跑，而不是让商贩骑在骆驼上陪着。具体的搭配是我和赵菲骑一头骆驼，周赤和董情骑一头骆驼。在沙漠这么热的天气下，很快牵骆驼的两个本地商贩就抗议了。好说歹说，我们多支付了骑骆驼的费用，商贩说放手让我们自己骑，骆驼到时间知道怎么回去。

一开始太阳金光万道地悬挂在高天之上，风和温度都很适合在沙漠里骑骆驼慢跑，特别是我和周赤每人一个美女陪着更是如此。我有时偷看周赤一下，发现他还竟然有些羞涩，很可能很少有与年轻女性身体这么紧贴着一起游玩的机会。我甚至可以听到他的内心在微笑着说，就冲这一点，也值了。

我们骑着两头骆驼在胡夫金字塔、海夫拉金字塔和门卡乌拉金字塔之间，一开始骆驼只是慢跑，再逐渐加快速度，我坐在领头的骆驼身上颠簸异常，几乎控制不住缰绳。在我的印象中，骆驼只是在沙漠中缓慢移动的动物。在我没有骑骆驼之前，我没有想到骆驼奔跑时的速度有那么快，真是快若奔马。对于没有亲自骑过骆驼的人而言，也不会知道这东西的力气有多大，在它们面前我们人类就是如同孩童一样。看来牲畜真要发起力来，是人难以控制的。我在十多岁左右时，有一个亲戚是牛马贩子。出于好奇，我骑上了他们家准备去集市上卖的一匹老马。就是一匹老马，跑起来的速度和力气也是个人很难驾驭的，直到那匹老马跑累了，我才能连滚带爬地从马身上滑下来。

实话实说，我对赵菲没有感情方面的感觉，但是，两个血气旺盛的男女异性在一头骆驼上挨得那么近，颠簸的骆驼增加了我们身体之间互相碰撞的机会。即使我没有其他想法，却不能阻止这个女人的香水，或者还有体香渗透到我的鼻子里。忽然我有了一种恍然若仙的感觉。

在我们的面前，三座巨山一样的金字塔直奔我们而来，无边的沙漠直奔我们而来，尼罗河边的星罗棋布的村庄直奔我们而来，成片的埃及榕木、无花果木、棕榈木直奔我们而来。

随着风沙逐渐变大，这些景色渐渐变得昏暗，天地也变得昏暗。无论是越来越远的开罗城，还是三座大金字塔，还是沙漠、农田都变得越来越昏暗，如同一张铺天盖地的昏暗大网罩住了我们。风开始彻天彻地地吼叫，它从最上方来，想必带来最上方的信息，但是，可能因为整个世界没有人能够听懂，因此，它发出最尖利的吼叫。大风从沙漠上吼叫，从沙漠风车上吼叫，从红海的水面上吼叫，从海里的船帆上吼叫，从岸边嶙峋的赤褐色石头上吼叫，从尼罗河边的椰树枝条间吼叫，从泥土做成的村庄内外吼叫，从草棚和麦垛上吼叫。由于整个世界谁也无法破译这吼叫的秘密，因此，吼叫就越发高昂响亮。这种大风在某种程度上也携带着一种宿命，它可以将脚步不稳的人吹走，也可以将一粒种子吹到能够带来生命的湿润的尼罗河边。要知道，对于百分之九十以上面积都是沙漠的埃及而言，这本身就是一个不大不小的奇迹。

我不敢回头看另一头骆驼上的周赤和董情怎么样了，只是让紧紧抱着我的赵菲再抓紧一些。我能感受到她身上的颤抖，或许她身上的颤抖是我的颤抖的回声。在这么一个无比荒芜的沙漠边缘地带，还带着一个女人，作为一个小心谨慎的男人，最应该颤抖的是我，而不是她，要不就不合理。

那头骆驼不知跑了多久，我只是模糊地感觉到自己的口鼻被风沙强行推门进来，我只能用紧闭的双眼表示自己没有那么好客。我模糊地感觉到西方有太阳的地方一片猩红，然后变成黑红，最后变成一片黑的幕布。我这才慢慢地睁开了眼睛。此时风沙逐渐停了下来，骆驼也终于累了，停下来卧在沙地上。我把赵菲好不容易从骆驼身上拽下来。这个平时颇为冷漠傲气的女人不知是吓坏了，还是累坏了，瘫倒在骆驼一侧，好长时间一句话也不说。

风虽然小了，但是还是能闻到刮过大风的味道，那是一种满是野地沙尘的味道。四周一片寂静，如同死一般的寂静，如同最浓黑暗一样的寂静。在模糊的远处，有成排的张牙舞爪的巨人，我估计这是风车。除此之外，整个天地就只剩下我、赵菲，还有那头陌生的骆驼。我不知前段时间它为何动怒，为何发疯，为何此时却懒惰而温顺。难道它想回沙漠深处的老家吗？那它又何苦带着我们？此时，我听到了赵菲轻微的啜泣声，以及骆驼粗重的喘气呼吸声。

虽然什么都看不见，我似乎听到远处传来隐约的异国歌声。细听好像是诵经的声音，再听又听不到。这种声音时远时近，既和我们遥远无比，又好似蚊蝇的叫声近在耳边。

别看我外表看上去斯文，但是，经历了那么多年的磨练，已经让我在关键时刻具有磨石般坚韧的内心。我勉强拉起赵菲，我们两个人又拼命拽起骆驼，现在这头骆驼是我们的唯一依靠。即使我们不知道它最终将我们带到哪里，但是，在这么一个无边暗黑的异国沙漠边缘，这么巨大的身躯本身就是一种安全，何况这种老一点的骆驼往往都能记路。跟着那头骆驼，我们就这么凭借着自己的意志深一脚浅一脚地向前走着，到半夜的时候，这头骆驼最终还真把我们带到了附近的一个村庄。这里的村庄都依靠着尼罗河，可能是骆驼喝水的本能或者经验让它在漆黑的夜里找到了地方。

在这次历险中，我对人与人之间的缘分有了更准确的认识。即使赵菲和我有这么一次危险的考验，我们之间并没有产生感情，只是一种更加熟悉信赖的感觉。在骆驼上即使我和她挨的那么近，只是感受到了温热的气息，却没有感受到温暖的气息。这当然不是感情，也不是亲情，如果要准确地说，不如说是一种"熟情"。这是一种因为熟悉而产生的心理上没有距离的感觉。其实，在我初次认识她时，倒是有一种模糊的期待，不论是否承认，我还真是想着或许我们之间能发生一些暧昧的事情。但是，女人和男人可以一见钟情，也可以真的绝缘，即使再熟悉也是如此。

那次周赤和董情的骆驼并没有跑远，他们眼睁睁地看着我们的骆驼疯一般地逃走，大声喊我们也没人回应。后来他们就专门到金字塔附近的警察哨所报警求助，直到警察在那个陌生的埃及村庄里找到我们。缘分真是个奇妙的东西，这次埃及之行，即使我和赵菲经历了一次共同的历险,但是,我们却没有发生感情。相反,这次埃及之行倒使周赤和董情的感情拉近了不少。我曾听见董情亲昵地让周赤以后把长头发理掉,别整天邋邋遢遢的,像个老头子似的。当董情赤脚在红海边行走,被海边的沙砾弄伤了脚,周赤还温柔地将她抱起,小心翼翼地替她拂去脚下的沙砾。

六

在白天,我们四个人买票进入胡夫法老金字塔景点时,我和周赤已经悄悄地踩点,仔细地看过这座金字塔周围的地形。胡夫金字塔位于埃及首都开罗西南约10公里的吉萨高地。其实,虽说这座金字塔是位于开罗西南,由于开罗这么多年的疯狂发展,埃及国内有接近一亿人,住在开罗市的人口就超过了总人口的五分之一,因此,开罗的边缘郊区已经和金字塔挨的很近。如果不是埃及政府专门控制的话,房子可能就建到这座举世闻名的金字塔脚下了。

胡夫法老金字塔是古埃及金字塔中最大的一座,塔高146.59米,因年久风化,顶端剥落10米,现高136.5米。这也和我看到的那本羊皮卷书中的数据很吻合。羊皮卷书中说开罗西南天空的一百四十米处,也就是在基本上等同于胡夫金字塔高度的夜空中,如果有缘人前往的话,就可以获得神灵的启示。

在金字塔附近,还矗立着它的守护神狮身人面像。当时在这座狮身人面像周围都围绕着脚手架,可能准备进行维修。经过几千年的时间风沙及自然风沙的侵蚀,即使没有人力破坏,这座守护神也变得面目沧桑。何况这座头戴"奈姆斯"皇冠的狮身人面像的鼻子确实被人为地损坏了。至于到底是谁干的?是修建金字塔的施工工人破坏的?还是拿破仑破坏的?则无人能够确切知道。一切的历史都是写下来的历史。如果没有写下来，那么，所有被时间淹没的都将是谜团，或者是不存在。

在距离金字塔底座更近的地方，一个欧美学者模样的考古专家正在指挥一群人进行挖掘考古。他们小心翼翼地从金字塔的脚下挖掘出一些石头及其他物品，目的可能是破解这座神秘的金字塔建造之谜。然而，无论如何，这座金字塔最大之谜被时间掩盖了，能够破解的实际上只是让人们破解的。本来一位当地女记者正在采访那位考古专家，看到我们过来，用颇为流利的英语问我们对金字塔以及埃及旅游的观感，我也是用我压箱底的英语对这个伟大的旅游国家进行了赞美，直到周赤在我屁股上踹了一脚，我谈话的兴头还没有完全停止。

在来金字塔之前，我本来以为法老的尸身是存放在金字塔里面的，否则，建造这些金字塔有什么实际价值呢？我们随着一个当地的导游，从金字塔底部入口进到里面，然后沿着狭窄的石头砌成的巷道曲折向上而行，越往上感觉越是狭窄，温度也越高，终于进入到一座大约二十平方的法老墓室中，却发现里面旅游的活人远比死者更多。实际上这只是一座用打磨得光滑的巨大石头砌成的石室，里面空无一物。看到此，我和周赤倒是没有说什么，但是，赵菲和董情却叫苦连天，她们嘴里都嘟囔着说，从国内一万多公里跑过来，看到的原来就是这么一个空墓室，又说北京的明长陵比这好的多了，至少有皇帝的尸骨，也比这里面凉快，关键是还不用花这么多的冤枉钱。

七

第二天就是 12 月 31 日了，趁赵菲和董情去街上购物时，我和周赤又专门去买了胡夫金字塔的门票，也试着向金字塔上爬了几个台阶。这些巨石垒成的台阶都体量惊人，大概每块都有一米五高以上。可能千百年来没少人向上爬过，至少最低几层经常有人爬过，石头的有的地方都被磨成光滑的鹅卵石的外表。然而，在众多游人惊诧眼光中，我们得意地向上多爬了几级，下面忽然传来一声怒吼，低头一看，原来是一名持枪的警察正对着我们瞄准，厉声喝令我们下来，要不就开枪。这时我们才知道为什么没见喜欢攀岩冒险的欧美人士在金字塔上攀爬，这果然是有原因的。

我们当天晚上并未离开胡夫法老金字塔，就找了个角落躲着，等着周围来自各个国家的游客的嘈杂声音寂静下来，等着周围小贩叫卖的声音慢慢寂静下来，等着狮身人面像前施工的声音寂静下来，等着金字塔周围的灯火逐渐寂静下来，最后狮身人面像也都寂静下来，不再为这座金字塔守卫。我和周赤背着专门准备的工具包，里面装着简单的攀岩工具，开始逐级向上攀爬。

我不能准确描述当时的那种心情，有兴奋，有恐惧，有轻微战栗，也有将要达到目的的那种自得，如同酒量不大的人喝了一杯五味杂陈的鸡尾酒，有点微醉却仍然具有能够控制局面的清醒。夜色中看不见周赤的表情，我不知周赤当时的心情如何，他是一个比我更容易掩藏内心的人。这种本领不是硬装的，而是他天生就是这种人。周赤在右侧紧挨着我向上攀爬。越向上爬风越大，可以模糊地看到风把他的长发横吹过来，在夜色中感觉他就像是鬓毛飘舞的熊，当然是一只笨熊。此时我感觉到我的成年男子朋友中，只有周赤这种人才可能愿意和我一起做这种不着边际的事情，看来我算是找对人了。

但是，还没有爬到金字塔的五分之一处，我就发现自己先前的认识错误了。周赤开始向我打手势，说他实在爬不动了。他看我只顾向上爬，板着脸不和他说话，可能考虑面子的原因，又坚持爬了一会，最终终于坚持不下去了，就对我大喊着说爬不上去了。基于此，我们就用安全绳固定在一个岩角处进行短暂休息。无论我怎么劝他，他也只是找不愿意爬的理由，说什么爬上去也没有结果，说我还是受过专门教育的成年人，还相信这些。还说那个羊皮卷书可能是那个古代希伯来人故意那么写的，可能是故弄玄虚。

我悬挂在金字塔的高处，可以上，也可以下。但是，即使爬上去得不到长生之道，甚至是我可能会摔得粉身碎骨，如果到了这个时候再中途停止，这也不是我的性格。我有些冷漠地对周赤说："如果你实在不愿意爬的话，那就下去。下去相对容易多了。我今晚就是死在这里，也一定要爬上去。我也不确信爬上去真的能找到长生的秘密，但是，如果不爬上去我就会遗憾终生。"在夜色中，我看见他的眼睛忽然变得暗淡下来，他有些沮丧地对我说："潘长生，我自以为很了解你，现在我发现自己看走眼了。你确实是一个狠人，至少比我狠，这一次，我服你了。"

我独自一人孤独地向金字塔上爬着，像我那么多年前一直做的一样，像我自小就一直做的一样，从来很少有人真正帮助过我。特别是在精神方面更是如此。在我的心理悬崖之上，我多年前一直向上攀爬的绝对不比金字塔更安全，但是，我不也是挺过来了吗？对于我而言，只要不死，没有被死亡压倒，我就要追寻长生。我活着就是为了长生。即使最终没能长生，我也追求过，在死的时候也不会遗憾，这总比一直庸庸碌碌到死时再遗憾强的多。

向金字塔顶上爬是非常陡，但是，却并不是不可攀爬。因为胡夫金字塔都是一些坚硬的巨石建成，不会坍塌，也有东西可以抓握。实际上,胡夫金字塔也就是相当于泰山十八盘那么险峻,但是,却没有那么高。一开始我向上爬之时,手摸着的岩石还是温热的夏天气息,后来越向上爬,岩石变得越凉,是沙漠中的大风将这些巨石逐渐吹凉。我在这种外界的大风激荡之中,内心却更为平静,只是心无旁骛地向上爬,似乎忘记了时间一样地向上爬。等到最终登上金字塔的顶部时,我看了看表,时间已经接近午夜十二时了。

那时我就坐在金字塔的顶部,好似坐在整个世界的顶端,内心既是孤独,又是繁华。在看过的相关记载中,没见过有在夜里登上金字塔顶的人。除了当年最后一批建造金字塔的工人外,我可能就是几千年来唯一的一人了。我的身下是举世闻名的金字塔,它巍峨无比,镇守着开罗的西南几千年。但是,这毕竟是静止的巨物,人最终还是能登顶。就像是长生一样,即使它看上去可能遥不可攀,但是,谁又能保证永远没有人能实现长生呢?就像是当我端坐在金字塔顶上之时,谁也无法预料我能坐在或是站在金字塔顶上。

天风浩荡,几乎将我从金字塔的顶部吹下。但是,此时我并没有感觉到害怕,更多的是感受到了涌入胸中的豪气,然后是无边的感慨。考虑到灵宝还需要我为他寻找长生的秘密,我还是用安全绳将自己固定在金字塔顶部的巨石上。一片大风中我端坐在金字塔的顶部,我的脚下是巨大的金字塔,再远处是还亮着星星点点灯火的巨大的开罗城,再远处就是绵延不绝的尼罗河,我甚至能够听到尼罗河中的船桨声,以及开罗人梦中的呓语。人只有站的更高才能听的更远。

再过一会就到午夜十二时了。我向着天空上方看去,此时沙漠上面的天空更加辽阔，星星低到几乎与金字塔顶部平行。我坐在与星星的平行之处，甚至感觉到无数的星星都向着我平行地飞来。几千年来，我可能是天空中与它们的唯一对话者。在这无边的夜空中，我们互相慰藉，互相都感觉到了彼此的温暖。

终于等到午夜十二时，我还没有看到羊皮卷书中提到的那个身穿白色衣服的神灵。我伸出手去，天空也是空荡荡的，并不能像是走平路一样走过去。难道那本羊皮卷书记错了吗？但是，在我头顶的几十米处，确实有一朵巨大的白云。在这漆黑的夜空之中，如同开在池塘里的唯一一朵巨大的莲花，显得特别耀眼。我忽然脑海一阵震颤，是不是羊皮卷书中写的高度错了呢？或许埃及法老也知道羊皮卷书中的消息，因此，才在这个地方不惜巨大的人力物力，花费了几十年的时间建造了这座金字塔。但是，是不是胡夫法老也被那本羊皮卷书中记载的消息误导了？以至于将这座金字塔的高度建低了，因此，就没法走过去和神灵沟通，也就无法获得神灵关于长生的秘密。因此，这也使他的尸身一直没能复活。这是一个错误，还是神灵的笑话，还是神灵设计的迷局？

金字塔上的风变得越来越大，无论我如何失望，路总是要向前走。无论我是否获得了长生的秘密，但是，我毕竟竭尽了全力，总比没有努力就向时间投降强得太多。此时，在巨大的风声中，我好似听到了一种来自遥远地方的声音，这既像是头顶白云之上发出的，也像是我自己的心里发出的。无论这是来自哪里的声音，都传达了同样的意旨，是说只要我能种下长生之因，就会结出长生之果。长生不是不死，也不一定是肉身不腐败，更为重要的是灵魂不腐。只要心中长生的灯火不灭，我的心就不会在惊涛巨浪中迷途，即使迷途也能上岸。

第二十二章

涉罪者

一

在我代理董情的离婚案件中，她比较满意我代理案件的实际水平。其实，当时我对自己的法律水平还是有些惴惴不安的。后来发现，法律最重要的还是经验。如果没有经验及机变，即使法律理论学得再好，也不过是书斋里的律师而已。如果这些律师真正到了法庭上，也不可能控制住局面，从而变成法律的奴隶，成为处理当事人案件的绣花枕头，中看不中用。

然而，董情离婚这件事情过了不到一年，她又一脸尴尬地再来找我。我内心一怔，以为她准备要和丈夫复婚。但是，等到她坐下后才无限感慨地告诉我说："我说了你也许不信，我的前夫韩石被公安抓起来了，听说是诈骗。"

我说："你先给我说一下什么情况。"

她说："在我和他离婚时，我心里对他那个恨，简直能恨到骨头里。想起他竟然和我亲侄女勾搭通奸，并且这么欺骗我，他就是当时马上死，我也不会掉一滴眼泪。那时，我的精神差点崩溃，没有想到最亲的亲人都会这么骗我。我曾经无数次在内心诅咒他以后得到报应。可能是我诅咒的原因吧，他现在真的得到报应了，我的心又难受起来了。我对他的心是死了，但是，我自己的心没死。毕竟他是孩子的父亲，他现在鬼蒙眼走了邪路，我总不能见死不救吧。我怕孩子长大后听到爸爸被抓起来了，而妈妈不管不问会心里难受。我找你帮忙，并不是为了我自己。"

其实，虽然董情说不是为了自己，但是，我感觉她还是对这个男人有点感情的。这种男女之间的事情，是瞒不了人的。这就藏在他们的眉眼之间，就藏在一丝细微的动作中。我继续催她说："到底发生了什么事情，我下午还有一个庭要开，你得长话短说。"

董情接着一五一十地说出了前夫韩石如何和一个电信公司的经理合谋诈骗的事情。她前夫和她离婚后，董情分走了家里的大部分财产。她的丈夫因为这件事情在当地名声很臭，很长一段时间也找不到合适的工作。但是，董情的那位侄女是因为贪图姑父能够赚大钱才和他在一起的。时间一长，钱花的不爽，就开始找董情前夫的麻烦起来。韩石本身也是个酒鬼，在没有和董情离婚前，经常趁着董情不在家，招呼来一帮狐朋狗友在家里喝，还喝得酩酊大醉。等董情回到家时，看见家里横七竖八躺着的都是酒鬼。床上也有，沙发上也有，地上也有，还不好意思下逐客令，内心实际上是气不打一处来。

董情和前夫离婚后，前夫更是任意放飞自我，整天和一帮酒友胡混，没钱了就想怎么弄到一些钱花。正好酒友中有一个是在电信公司上班的经理，于是经理将手机以样品名义发给韩石，然后让他以正常手机的价格向外卖,答应卖完后给韩石一定的好处。还没有等到韩石见到好处,就被公安机关发现,被送进了局子。

二

其实,董情的前夫被抓进去我并不吃惊,在我不太长的办案经验之中,这种事情还是能够经常见到。一些人本身就是处于犯罪的边缘,属于犯罪病毒易感人群,我可以清楚地看到他们的脚步在犯罪悬崖边缘的危险地带行走,掉下去只是早晚的事情。但是,真正让我吃惊的是,董情不仅来找我,而且愿意出一部分律师费用让我为其前夫做辩护律师。韩石的父母因为儿子和董情离婚,加上平时他不务正业,基本上和儿子断绝了关系。她的那个侄女是来享受的,哪里见过这种世面,并且和前姑父并没有结婚,就找了一个借口溜之大吉。"我自己恨透了前夫,也实在不愿意管,但是,我不管谁去管呢? 无论如何,我也看在他是孩子爸爸的份上",董情说。

夫妻本是同林鸟,大难来时各自飞。在董情和韩石的婚姻中,夫妻二人还没有遇到大难,只是因为韩石遇到一个更年轻貌美的女子,还是前妻的至亲,他马上就原形毕露。因此,在我代理的案件中,如果偶尔遇到一个女子请我为其老公辩护,我心里还是有些感动的,也会因为这位女子在道德方面的加分,为其老公提供更高质量的法律服务。

对于韩石的这个案件,董情愿意出钱找律师,并且积极地跑前跑后,我认为韩石抛弃了这个女人实在是人生大错。她这个妻子至少是千分之一的那种类型,是能经历起大难考验的那种。

三

本来我不是特别愿意接这个案子，毕竟我以前代理过董情和韩石的离婚案件，和董情的前夫算是有了过节。但是，董情却认准我了，认为我是一个负责的律师，也是一个值得相信的熟人。我没有办法，只得硬着头皮接了这单案件。

关押韩石的看守所位于这个郊县的偏僻之处。可能是怕被看管的犯嫌逃脱会对附近的居民造成危险，国内绝大多数看守所都建在比较偏僻的地方。当然，看守所附近并不是人迹罕至之处，也有一些做犯嫌生意的人。在看守所的大门口往往会有一些不伦不类的小店，最辣眼的是小店门口往往挂着某个律所的牌子，门外的墙上贴着代为办理取保候审、无罪释放等诱人的广告。因此，特别有面容忧虑的犯嫌家属向看守所里面送衣物时，就会有那些小店里的人悄悄接近，像是贩卖假证或者黄色光盘一样神秘地问要不要取保。不过自从我做了律师后，到看守所去会见时，从来没有其他律师将我误认为是犯嫌的家属，即使我脸上也没有写着律师的字样，看来律师也能闻出其他律师同类的气息。

在第一次会见韩石时，因为其他事情时间耽搁了，又遇上堵车，到了看守所后时间就有些晚了。我忽然想起还和关押韩石这个看守所的一个保安正好认识。上次在等候会见另外一个嫌疑人时，听到那个保安的口音比较熟悉亲切，我就专门问了一下，一问才知道老家是一个市的老乡。再叙，原来是一个县的老乡。再问居然是一个乡镇的。最后又问，竟然巧合到还有些八竿子打不着的亲戚关系。因为我在老家有些薄名，这位老乡也很热情，也愿意认识我。这次居然就用上了这个关系。看着旁边还有几个等待排队的律师,这位保安老乡就给我使了个眼色,我心领神会,也没有排队就到里面直接交材料等待会见了。这可能也是我出身最为贫寒的阶层,却可以逆流而上,超出我老家那片山地的大多数人,最终能够在省城获得立足之地的原因。因为我的特点是不会放过一切可以合法利用的机会。因为对于我这种出身而言,不可能挑挑拣拣,也没有资格在任何机会面前暴殄天物。

自从我辞职做了律师以后,我发现任何职业都不是世外桃源,每个行业都有每个行业的烦恼。在我做记者时,我可能只是受制于报社领导及采编中心的头头。但是,那时毕竟是在体制以内,大家都会留个余地,表面上还得做出个象征性的尊敬的样子。然而,在我做了律师以后,我发现公检法或者看守所这些特殊部门,即使是保安我也得毕恭毕敬。

韩石虽然身材不是很高,却还算是一个俊朗人物,这或许是董情当年看上他的原因之一。否则,这种整天就知道和朋友一起吃喝玩乐的男人,实在看不出有什么值得与之恋爱交往并结婚的理由。当然,这是以我作为男人的眼光看他。女人看男人,或者男女朋友之间互相看对方可能就不是这种结果,情人眼里出西施可能就是这个道理。爱情不是数学,而是文学,只有懂得的人才懂,局外的人只是纸上谈兵而已。听董情说韩石和她一起的时候特别喜欢臭美。确实如此,即使是上次他和董情离婚时,我也看他穿的很体面,头发上涂抹着发蜡,梳的整整齐齐,油光水滑。当我们一起在法庭庭审笔录上签字时,我还闻到了他好像是喷了香水。然而,等我这次会见他时,他明显比以前邋遢了不少。因为他一个动作不符合管教的要求,带他进会见室的管教立即骂了他几句,他连连低头说对不起。韩石当时身上穿着看守所统一的黄色马甲,这件囚服的正面显眼地写着两个白色大字"某看"。虽然他脸上比以前白了一些，却明显地没有了精气神，当他弯腰坐下时，可能是因为手铐的扯动，也可能是身份改变的原因，我甚至看到他有一些佝偻，全然没有了以前挺拔的形状，给人感觉一下子老了五六岁的样子。看来看守所或者监狱真是外貌形象的试金石，无论长得多么漂亮或者英俊，到看守所或者监狱里才能见真章，这里会让很多人的外貌原形毕露。

　　和我预想到的一样，韩石显然没有料想到我能前来会见他。押送他过来的干警还没有把他的手铐在会见的大铁椅上固定好，他就挣扎了一下大声说："你怎么来了，是不是弄错了。"押送的那个干警有些不耐烦，大声吼着说："你吵什么吵，老实点。"

　　等到那位干警走了以后，我坐下来慢悠悠地说："没有弄错，是你前妻说服了你父母，用你父母的名义委托的我。"我看着面前这位长相还算不错的男子，一身黄色的囚服让他减少了不少风采。上次开庭时，我还没有这么近距离地观察过他。为了安抚他的情绪，我掏出了董情专门在外边为他准备的一包香烟。这真是一个好女人，即使在这种情况下还想着前夫的烟瘾。其实，律师这种私带香烟的行为是违规的。不过那时的看守所管理不像现在这么严格。一开始董情让我带一包香烟给前夫时，我感觉有些为难，也为董情的行为有些感动，同时我也是为了和韩石好打交道，就冒点风险将那包香烟带了进去。韩石看到香烟之后，果然脸色好了不少。他伸出细长的手把一包烟都拿过去，然后，看了看周围其他会见室里是否有人注意，头就转向我，我也拿出打火机想给他点着一支烟。

　　韩石说："潘律师你先等会，这么抽烟不方便，等我把铐子解下来。"

我一开始还没有反应过来，只是目瞪口呆地看着他把手铐从手腕上左右扭动，手腕用力后缩，三下五除二，只是比脱手表费事一点，就把手铐摘了下来。然后，他有些得意地就着我的打火机上的火，点燃一支开始抽起来。

我有些发懵，就问他说："你以前到底是做什么工作的？怎么会这一招？我只有在电视或者电影中，才看到有人可以在没有钥匙的情况下，能把手铐这么轻松自如地从手腕上解下来。"

因为忙着吞云吐雾，他似乎有些来不及仔细回答我的问题，应付似地对我说："我爸是区武装部的干事，以前管理的比较松，我们家里就有几副手铐，我整天摆弄，时间长了就可以自己解开了。"

我不由内心有些感叹，可惜这小子了，整天把才能用在这个方面。也可惜董情这么深情的人，竟然遇到这么一个男人。这就是我经常慨叹命运的原因。不是因为其他，而是我亲眼见证了无数的命运不合理的安排，或许这种安排本身就是命运的含义吧。

韩石一口气把那包香烟抽了大概有十七八支的样子，剩下几支舍不得抽了，就把自己囚服裤子上松紧带外面的线给拆开，然后，将剩下的几支烟一点一点地塞进去。

我说："你进来时间不是很长，倒是很专业的嘛。"

他说："没有办法，到哪讲哪。我这人就是适应能力强。"

我说："你在看守所还适应吧，进去以后有什么情况？有没有受到逼供或虐待？"

他说："我刚进看守所时非常不适应，一开始整夜整夜地睡不着。就是睡着了，一觉醒来还以为是在家里。但是，人是一种奇怪的动物，也是一种最能适应环境的动物，慢慢我就睡得着吃的香了。"

我说："你们平常一般都吃什么东西？"

他说："听说全国都差不多。早饭有玉米碴粥、馒头和一些咸菜。午餐和晚餐基本上都是馒头和汤菜。菜绝对和我以前整天吃大餐不能比，没有什么油水，菜叶子也没有洗干净，黄叶子、死叶子没有摘去，还有泥沙。"

我说："你住的还习惯吗？一个监室里面住了多少人？"

他说："不习惯也得习惯啊？一个监室不到二十平方，住了十二个人，都是你的头挨着他的脚，他的头又挨着另外一个狱友的脚。我目前在号子里还算混的不错，混成了二号床位，看来有可能大头一走，我就是一号床位，成为大头了。"

我心中暗暗好笑。因为在监室里面，是按照监室里的江湖地位决定床位的。一号床位就是牢头狱霸，二号床位就是二把手。看来这小子混社会确实有一手，现在倒是不怕他被牢头狱霸欺负了，因为他自己就是牢头狱霸。

我问："平时你们在监室里有什么娱乐活动吗？"

他叹了一口气说："哪有什么娱乐活动。你以为在里面还是进KTV唱歌啊。就是在周六和周日看中央电视台的固定频道。再瞅着管教看不见，偷偷打个扑克就算很不错了。"

在我第一次会见韩石时，由于那天天气不好，等会见完天色已晚。我出门时有点转向，恍惚中竟然不辨东南西北，一个人在看守所的里面围着看守所的高墙转圈，不一会忽然听到头顶一声力喝："干什么的？站住。"我抬头一看是看守所高墙的岗楼里的一位哨兵在那里喊，就连忙说："我是律师，有些迷路了。你们这里面太难走了，也不设一个标志。"这时身边房间的一个窗户中探出一个管教的脑袋,问明白情况以后就指点我如何出去。等到我出去之后,看到身后的戒备森严的高墙,以及持枪守卫的武警,忽然感觉自己好似是从看守所里刚被释放出来一样。韩石在看守所里,抽一支烟都成为奢侈,看一次有情节的电视剧也成为梦想,我想这些人绝对不会再去想什么长生问题。在我幼年时衣食不足,少年时四处流浪打工,也很少去想过长生问题,只是想到如何维持生存。现在是不是我想的太多了呢?是不是我太贪婪了呢?对于这些问题,也是纠缠着我的一条绳索,不过,我不知道去问谁。

四

第二次会见时,董情同样让我捎给她前夫一包烟。这次我有些烦,对她下了最后通牒。我说这是最后一次为你带烟进去,如果这个事情被看守所发现上报到律协,至少我的律师执业证得吊销六个月。那时不仅我受损失,而且你前夫的案子也不能代理了。说得她在那里直抹眼泪,连连说:"下次绝对不会了,我这也算是仁至义尽了。以前他那么待我,我都不知道为什么现在还对他这个样子。你说是有感情吧,我心里跟明镜似的,一点感情都没有了。可能这只是呆在一起时间长的亲情吧。"

我和韩石这次会见显然比上次熟悉了不少。人都是健忘的动物,特别是他处于目前这种境地,也没有资格或者选择余地去挑三拣四。他好似忘记了以前我代理他和董情离婚案子时让他受到的损失。当然,我感觉他也是内疚的,也亏理,这可能也是他能够那么快就对这件事释然的原因。当然,想不释然也没有办法。

这次当我把那包烟掏给他时,他说:"潘律师,你先等等,上次会见的时候,可能隔壁会见室的犯人看到了我自己脱手铐,就报告了管教,现在管教给我换了一个型号更小的手铐。"说完,他将手上明晃晃的手铐亮出给我看。然而,这次他还是在那里努力地把手铐向下脱,显然这次比上次更加费力气,不过也没用多长时间,最后还是把手铐摘下来了。

我说:"你真是一个人才,被关在这里可惜了。你应该从事间谍工作,国家可以把你派出去,这样可以为国立功。"

他说:"我也想啊,如果现在国家要我去,我脑袋都可以献出去。我是报国无门,想立功也没有办法啊。"

我对他交代说:"如果你在监室里面发现谁有隐瞒的犯罪没有交代,就可以向管教举报,这也是立功的情节。"

他频频点头又摇头说:"立功是好,但是,我现在是牢头了,是我们监室里的老大,怎么得讲点义气,不能出卖朋友。"

我说:"上次我过来会见你时,承办警察还没有提审,后来警察审问你时,你是怎么交代的?"

他说:"实事求是地说呗。警察给我定了个诈骗的罪名。其实,我也不知道怎么就成了诈骗犯。我在替电信公司朋友卖手机时,没有事先向我那个朋友要好处,后来他也没有给我任何好处就被抓了。"他的眼睛在那里转动着,我知道他的实事求是并不一定真的是实事求是。很可能在监室中有其他狱友懂得法律,教过他如何回答了。但是,律师辩护就是根据现有的证据去辩护,根据当事人告诉的事实去辩护。我不是警察,至于他到底是否是诈骗,那是警察需要解决的问题。

我说:"你说的这些都可能对你有利,但是,这些都是你自己说的,到底如何,律师也没有亲眼见过,也不知道。我只能根据你所说的，以及案卷中的事实和证据替你辩护。"

他说："自从离婚后，孩子就归我前妻董情了。现在我儿子怎么样？他那么小，如果我判的很重，等到我出狱后，可能连孩子都不认识我了。"

听他说到这里，我心中忽然好似受到了一击。毕竟是虎毒不食子。即使韩石并不是面临生离死别，现在终于感受到了父子之爱。这是一种本能，是一种天性。但是，我不知如果此时他还在外面花天酒地，还会不会散发出这种天性。

韩石的年幼儿子比这位爸爸强多了，至少知道感恩。这是一个从未谋面的小朋友，他只有四岁，还不明白爸爸到底去了哪里。通过董情了解到他最喜欢的礼物是滑板车，想起我从小从未有过一件礼物，心下恻然。在六一儿童节的时候，我就买来送他。第二天董情接到幼儿园老师的电话，说今天中午其他小朋友吃水饺，他的宝宝坚决不吃，只是用打包袋把水饺装起来，挂在手腕上，一定要留给我吃。我听到后内心一阵温暖。这个孩子这么小就有感恩之心，希望他未来顺利。

后来通过我与办案警察耐心地沟通交流，也详细地向那个准备辞职的警察说明了我的观点。我对他说，我的当事人在主观上不具有非法占有的目的。在客观上，并没有从这次诈骗中获利，因此，定诈骗罪实在有些牵强。这位警察可能是将要辞职的原因，不愿意再把法律做更严苛的理解，最终同意让韩石取保候审。到底这个案子最终如何，因为负责侦办此案的警察辞职，我后来也不知道以后的警察接手后如何处理的。在开庭审理韩石那位经理朋友时，法官也没有通知韩石到庭，估计就这么把韩石放过了。

第二十三章

长生协会的研讨会

一

那次长生协会组织了近些年来规模最大的一次研讨会，很多年后还被长生研究者及爱好者们津津乐道。这次研讨会的主题为"科学还是非科学——长生的历史及未来"。在这次高端长生研讨会上，几乎集中了国内的一流长生学学者或者长寿学的专家，可以说是精英荟萃，人才济济。召开一次这么高规格的研讨会从来不是一件容易的事情，牵涉到方方面面，特别是组织工作需要做得非常细致。我作为长生协会的副秘书长，为召开这次研讨会也鞍前马后地做了不少事务性的工作。当然，在我的印象中，这次研讨会最让人印象深刻的是长生学各种流派的争鸣，这其中包括医学派或者科学派、心理学派、社会派、玄学派、宗教修炼派等等。

当然，这么重要的研讨会并不是每个长生学者或者参加人的舞台。在哪里都是如此，舞台就这么大，只能看着少数人表演，只能是长生学各个派别的重要代表或者头头们的展现舞台,而大多数人只是有做看客的资格。当然,大多数人就是来蹭会的。在这种会议上,如果你以为大家都是冲着长生来的,那么,就说明还不是很成熟。可以说,大家都抱着不同目的,从五湖四海来参加这个会议。在这个会议上,年轻学者可以认识一下圈内的大咖,为以后的发展铺平道路。有发表论文需要的可以借此认识一些核心期刊的主编或者编辑,以后发文章时熟人总比生人强。这是因为,人都是社会的动物,谁还没有个私人感情呢?如果在发表文章时,熟面孔的文章和生面孔文章差不多,甚至比生面孔要差一些,在情感上主编和编辑还是愿意用熟面孔的。学术界也是一个江湖,都在江湖上混,谁没有一个照应呢?学术界是用笔在打打杀杀的江湖,虽然没有刀光剑影,有时照样可以一剑封喉。现在评职称都是依靠核心期刊的论文,一篇重要的核心期刊论文就可能决定一个学者的终生。其实,内行人都知道这些论文到底写的什么东西。我曾认识的一位核心期刊的编辑一次对我悲哀地说:"我编辑发的这些稿子,可能就两个读者,我是一个,这是我做编辑的职业要求,不看不行,捏着鼻子看。另外一个就是作者本人。"

还有一些商人前来参加那次长生学术会议,他们中的有些人想通过穆智会长的关系甚至是牵线,以获得一些官场上的照顾。还有一些人就是为了推销保健品而到这里参会。甚至还有我的几个律师同行也前来参加会议。他们认为参加这种会议的很多都是有钱有权的人,通过参会多认识一些这种人,不仅可以获得一些案源,而且获得的都是优质的案源。因为这些有权有钱人的案子,往往是标的额大,或者容易多收一些律师费的。整天和一帮民工混在一起,律师的当事人就是民工,收费也就是民工的标准。因此,是当事人决定的律师，不是律师决定的当事人。当然，也不怕大家笑话，我也是有借助开会获取案源意图的律师中的一员。这也是没有办法的事情，做哪行讲哪行。这就是生活。

之所以那次长生协会在我们省城召开，一个重要的原因就是我们这里有全国知名的名山大川，在山下还有一片人工的湖泊，湖泊旁边还有一个闹中取静的度假村，风景旖旎，景色无限。这里有寺庙有道观，既有人文又有风景，也是其他行业学者参会的一个重要选址之一。现在来自全国各地的各行各业的专家们都有学术经费可以报销，特别是到了年终，如果不报销也就浪费了，到这里参会，一举两得，何乐而不为呢？

二

根据会议的日程安排，由张刚教授第一个发言。张刚属于国内长生医学派或者科学派的重要代表人物。此人长得身材不高，相貌一般，口才一般，但是，他却是国内重要核心期刊《长生医学》的副主编，因此，这为他的发言凭空增加了不少说服力。至于张刚为何能够在省城一个著名大学评上了教授，并且在这么重要的杂志社里站稳了脚跟，这与他父亲以前在办杂志的这个大学当过副校长有莫大的关系。因此，在《长生医学》这份杂志，不管谁做主编，只要是识相的，都会给张刚一个面子。因为他父亲的余荫犹在，张刚本人资格也是《长生医学》编辑中最老的，并且年龄上也快退休了，即使是校长也不会轻易惹他，关键也犯不上惹这种人。因此，在这次研讨会上，张刚是被邀请的重要嘉宾之一。同时，穆智会长在学界摸爬滚打那么多年，并且经营官场也颇有经验，他也根据张刚教授的资历及背景，给了他一个长生协会副会长的职务，这更使张刚在众人面前似乎具有了一言九鼎的威势。可以说,知识性权力也是权力,掌握了这种知识权力后,照样能够控制他人的命运。虽然这种知识权力和传统意义上的政治权力表面上不同,实质上却并无差异。

张刚教授调整了一下面前的麦克风的角度,清了清嗓子开始发言。因为他的身材不高,因此,他必须努力伸长一下身子,以便参会的嘉宾更加清楚地看清他。他说:"各位嘉宾,各位朋友,感谢穆智会长安排我第一个发言,因为我时间有限,等下还要参加另外一个重要学术会议。我现在就是做抛砖引玉,简短表明一下我的观点。其实,我还是一直坚持长生并不是一种绝对的科学。在某种程度上,这是一种理想。再长时间我不敢说,即使是一万年后也实现不了长生。至于其中的道理,在座各位都是专家,我就不再一一赘述。但是,通过医学可以实现最大程度的长寿是可行的。甚至通过特定的技术,在一定程度上,也是可以真的实现人的返老还童。"

张刚教授似乎为自己这种观点而得意。因为这既没有完全否认玄学派及宗教修炼派等其他各种学派的观点,同时,也彰显出了他在这个领域的独特见解,而独特见解就意味着独特地位。同时,他自我感觉不错,认为在座的学者能有点真才实学的寥寥无几,从而有种指点江山、激扬文字的豪情。确实如此,在座的不少专家其实并没有多少成果,很多都是通过参加这种会议来混个脸熟,从而获得业内的认可。此外,张刚教授也知道到会的不少人是冲着他来的,更确切地说是冲着他担任副主编的这本《长生医学》来的。因为在他负责的栏目中,他就可以决定用谁的文章或者不用谁的文章,即使主编也不会轻易否决他的观点。这也是和他在编辑部的地位有着直接关联的。在他们编辑部中有个微妙的平衡。如果是年轻编辑的关系稿，主编可以否决不用。对于像他这样老资格的，并且担任副主编多年，只要主编情商不是太低，都会给他留个面子。曾经有位在国外留学回来的主编不懂省城学界的规矩，以及《长生医学》编辑部的内部运行规则，不给他面子，因此，在一次《长生医学》内部编辑会议上，他找了一个合适的理由，打了那个比他更年轻的主编一巴掌，从而一打成名，也把那位主编一巴掌打出了原形。对于这种事情学校领导层最难办，处理他吧，他是前副校长的儿子，根深蒂固，他父亲的门生故旧在那座省城大学甚至省里的重要部门人数众多，势力也相对比较雄厚。再说一巴掌也构不成轻伤，甚至连轻微伤也算不上。无论是报警还是通过民事诉讼都无法解决，闹出去那个大学也没有面子，无奈只好和稀泥，分别谈话了事。结果那位主编从此无法在那个大学和《长生医学》杂志社立足，被迫调到其他大学。

张刚教授继续发言说："各位专家，大家都知道，如果人永远不衰老就能达到长生，决定人的衰老的关键因素就是端粒。只要端粒能够不断延长，人就不会衰老。但是，自然界的规律却是不能让端粒永远延长，这是人类命运的枷锁，却永远无人能够获得钥匙。"

张刚也好像为自己刚才这句精妙发言激动了。我坐在会议桌的一个边远角落里，也明显能看出他的得意神色。即使我是长生协会的副秘书长，其实圈内人都明白，这就是一个办事打杂的。可以看出，张刚只有在这种会议上才能找到感觉，才会真正感觉高大一些。因为大多数人都不热衷于长生和长寿，长生或者长寿也不被年轻人喜爱或者追捧，因此，在年轻人面前，他基本上没有什么地位，因为没有人会去崇拜他。

他看了一下面前的材料，继续往下说："以色列的萨伊·伊弗拉迪教授认为，端粒拉长被认为是衰老生物学的'圣杯'，许多药理和环境干预措施正在被广泛探索，希望能够将端粒拉长，从而实现生命的更大程度的延长。从这个意义上而言，无论是理论界还是实务界，我们将来最重要的突破方向就是如何拉长端粒。这其中主要的方法就包括运动，也包括改善饮食以及调整作息，从而使自己的生活习惯更加合理。当然，也可以通过更强干预的方式，譬如说，将人放入加压氧舱中，通过面罩呼吸的方式吸入纯氧。这也可以在一定程度上保持端粒的生长，减少衰老细胞的密度，从而保持身体状况的极大好转，这真的可能使一个人能够做到返老还童。"

三

下一位发言的是女教授江雅秋，此人来自本省的另外一所著名高校。但是，她的真正根基却在帝都，其导师本身属于心理学的大咖，在心理学会担任要职，也在中央级的媒体经常做一些心理学的讲座。由于她导师讲座风趣幽默，竟然把心理学讲成了一门众人皆知的学问。同时，社会上也因为她导师的讲座的热推，从而衍生出众多的心理学培训学校，声称心理学是成功人士的必修学问。如果想进入上流社会，只有具备健康的心理才能够让人们在其中游刃有余。对于想进入上流社会者，心理学是入门的必经门槛。如果连上流社会的心理都不知道，如何能与他们打成一团？如何能被上流社会所接受呢？

正是由于和导师的关系，江教授虽然在省城，其却是导师在省城的代理人及发言人。因此，她在长生协会也具有了一定的位置，也被任命为这个协会的副会长。之所以如此安排，一则江教授的导师和穆智会长是多年的好友，多少得照顾一下老友的门生故旧。二则江教授确实有一定的水平，凭借着自己的真实水平也能在省城心理学界站住脚跟，并且也是省城心理协会的主要负责人之一。

江教授虽然是教授及博导，是心理学的后起之秀，近些年来声名鹊起，为人却不错，性格比较能够与人为善。当然，人都不能做到十全十美，江教授不幸天生耳朵有些问题，因此，找老公也是高不成低不就，最后找到一位不图颜值，只是图才华的外地男子。但是，二者却只能长期异地分居。一方面这确实造成了二人世界或者家庭方面的诸多不便，然而，一切事情都应用辩证法来看，这种分居也有好处，这使她将事业放在家庭之上，而不是整天搞那些卿卿我我之事，因此，她不仅在心理学界有成，而且在仕途上也有上升趋势。因为她也是省城民主党派的重点培养人物，年龄、学历及性别都占优势，最近听说已经把她纳入某个重要职位的考察对象中。

江教授说话声音很哄亮。由于听力不好，别人得对着她大声说话，她也养成了大声说话的习惯。她整理了一下面前的牌子说："感谢穆会长，感谢各位专家能听我在这里班门弄斧。我虽然与第一位发言的张教授的意见不一定完全相同，但是，却有异曲同工之处。我认为，无论是长寿，还是长生，心理都起到了关键的作用。刚才张教授也提到过，决定人的寿命的是端粒及端粒酶，端粒酶具有能够修补端粒的作用。端粒是一种 DNA 结构，它起到了维修工的角色。这主要是指在细胞分裂之时，它可以保护染色体的顶端。端粒酶之所以重要，因为它能够恢复及改善端粒，从而可以使人保持精力，避免或者减缓衰老。"

江教授喝了一口水，观察了一下周围听众的神色，除了看到少数几个人在桌子底下不知和谁在发着信息,感觉众人听得还算认真。她就继续说:"根据国内学者陈奎佐的建议,以及我的观点,可以通过正念的方式来调整个人的心态,从而保持端粒酶的水平。这样就可以防止端粒缩短,从另外一个角度实现长寿甚至是长生。至于什么是正念? 正念是一个心理过程,想、回忆、决定、判断、觉知,这都是心中正念的作用。在正念这一心理过程中,人要将意识放置在当下发生的事上,而不进行判断,通过精修而实现正念,从而影响端粒酶水平,再通过端粒酶的修复作用,使端粒减缓缩短或者不会缩短,这一定会延长人类的生命。当然,到底是否能够最终实现长生,目前却无法进行实证分析。其实,通过心理等正念方式延缓衰老甚至实现长生,国外的一些学者也在这方面有相当成熟的研究。美国著名抗衰老学者迈克尔曾指出:'如果可以最大限度地提高智商、情商、体商,将自己乐观心态发挥到相当高的程度,这不仅可以实现记忆力的维持,更可以最大限度地延缓衰老。'当然,长生是由无数个环节组成,如果这一环节做好,无疑会对将来可能实现长生大有裨益。"

四

第三个被安排发言的是社会学派的代表王玉珏。此人是省城有一定名气的企业家。他从小家境贫寒,依靠卖青菜谋生。后来由于聪明能干,又攀上老家出来的一位省城领导,逐渐控制了省城的蔬菜市场。这位王老板身体状况并不太好,由于常年处心积虑想着赚钱以及管理手下的员工,从而用得脑门闪闪发亮。我那时发现,如果每天让心计在大脑中不断循环,不仅在里面可以反复运行大脑,竟然还可以摩擦到外部,这让他的脑门在会场中与灯光互相辉映。当然,王老板做这么大的生意,管理这么多人,不仅伤害大脑,而且伤害心脏和肾脏,他的心脏和肾也出现了问题。我几年前去采访过他,也算半个熟人,就劝他放松一下,别一直只是想着赚钱,要多和老朋友一起聊聊天,抽时间到全国的一些景点到处看看。他叹了一口气说:"这么大的一摊子,如果我不在这里吆喝着,说垮就是一声。"他说的是实情。别看他的企业体量那么大,本质上就是个家族企业,他就是这个企业最粗大强壮的一口气。如果他的气息弱了,这个家族企业也会慢慢衰弱。如果他的气息停了,他的家族企业还真有垮掉的危险。

不过这几年王老板确实转变了经营及管理思路,也专门挖来了职业经理人负责管理公司,从而让自己轻松一些。但是,我感觉他只是表面上的放松。在这次会议前我去他们公司邀请他参会,顺便谈一下他赞助这次研讨会的经费落实问题。当时看见他坐在公司里一个小型花园的假山石头上喘气。那么大的太阳,我比他年轻十几岁都感觉成了蒸笼中的馒头,他却还是在那里晒着。我让他回屋里休息一下,他说心脏不舒服,在外面晒一会更好受一点。我那时忽然内心一阵悲凉,其实像他这么有钱的老板,本来应该是他对我感到悲凉的。但是,我却感觉他就是为了赚钱而延续生命的人。如果不赚钱了,很可能生命也就逐渐停止了。我突然发现有钱人拼命赚钱也算是一种疾病,治疗这种疾病的药剂就是不停赚钱,但是,这却更会加重这种疾病。

由于王老板是这次长生会议的赞助人,他也是穆智会长的朋友,更为重要的是,作为长生协会的最主要经济支持人,他也被任命为长生协会的副会长。因此,安排他第三个出来发言看似是随意安排,其实穆智会长也是动了一番脑子的。可以说,每次学术会议或者其他规模比较大的会议，都是一场精心设计及安排的过程，其中的繁琐及学问不为外人所知。因此，一场重要会议的安排处处都是学问，其中包括每个人的座位位置，发言顺序，发言内容，发言时间长短，谁和谁挨着坐，这都需要精心考虑，只有如此，才可能办成一场成功的大会、胜利的大会。

王老板初中没有毕业就出来谋生，当然，这并不影响他赚钱，他也不避讳自己学历低的问题。他把嘴里的茶叶吐在桌子上，开始大声说："穆会长，其他各位朋友，我是一个粗人，你们都是文化人，我也没有什么高见，我就说一下低见。对于我们社会上的人而言，我认为长生首先要积德行善，只有积累到一定程度，让上天看得到，才有长生的可能，其他的我都不懂。"

即使我没有看到尴尬在哪里，但是，我感觉整个会场都洋溢着尴尬。虽然在会场上实际上没有听到讥笑，然而，我知道会场的众人心中都泛起一阵讥笑的涟漪。大家一定会在内心中说，怨不得社会派又叫庸俗派，果然名不虚传。几个发言顺序比王玉珏靠后的业内大咖更是内心的嘲笑浪涛滚滚。他们都暗自叹息说："这就是金钱的力量啊，有钱就是爷，这位老板说的是哪跟哪啊。"

果然，紧接着王老板又提到了钱。他说："各位专家，不要笑话我，积德行善可能让大家长生，我奶奶就是个例子。虽然在旧社会她生活的不好，但是，她整日积德行善，今年马上一百岁了，身体还是杠杠的，这就是个例子。当然，有钱也很关键。我现在就是身体不好，还是要努力活下去。如果能撑到长生药发明那一天，注射一次几千万，我估计各位学问再大，没钱也没人给你注射，只有等死。大家不要以为我赚钱上瘾了，想钱想疯了，才这么拼命赚钱。我才不傻，我赚钱是为了长生。"此时会场中忽然安静下来。确实如此，虽然王老板最后这些话简单粗暴，但是，话糙理不糙，确实还真是那么一个理。别说长生药一时半会难以发明，就是发明了，正式投入使用了，你没有钱好使吗？只能看着亿万富豪在那里通过药物获得长生，一般人还得在那里等死。这和目前穷人住院一样。我一次在病房照顾病人，同病房的一位老头可能身患绝重症，当护士不小心告诉他每天的治疗费用后，无论他身体如何痛苦难受，无论旁边几个农村人模样的子女如何劝说，他就是坚决不让护士打针。因为这位老人不舍得一天几百元的注射费用。在穷人那里，活着都成了问题，谈长生本身就是一种奢谈。

五

仲法宝教授在我们省里甚至在全国都是最早研究现代长生学的专家，名字也颇具诱惑力。可惜，虽然他的名字叫做法宝，但是，神怪故事看得多的人都知道这点。如果法宝掌握在没有那么大法力的人手中，反而持宝人会遭到反噬。其实，现在的很多人都不需要法宝了，安安稳稳地活着就好，有了法宝反而是个麻烦。当然，如果自己不是法宝，或者没有法宝，就愿意被别人的法宝所控制，即使有些不便或者压抑，但是，轻易也不愿意挣脱。

仲法宝教授的长生学研究借鉴了国外的相关经验，能够和国外学者在同一平台上进行对话。他的外语也好，也经常到国外与这个领域的一流学者进行交流。同时，仲教授还能吸收国内历史上各种长生学的学问，因此，在领域内属于公认的长生学的实力派。在成立这个长生协会时，他也是最早被邀请加入的。当时，我是协会的副秘书长，长生协会中有的朋友和我讨论，说穆智会长是创始人，也有大学校长这个官方背景，是毫无争议的第一任会长。

但是，等到他从长生协会会长的位子上退休后，一定是仲法宝教授接他的位子。

虽然我不善于在体制内搞这些斗争，但是，我也认为这位朋友太幼稚了，明显地穆智会长不可能把会长位子让给外人。即使仲教授的水平再高，万一穆智会长退休以后，再返回来找仲教授办事，二人都是旗鼓相当的人物，仲教授不买他的账怎么办。因此，他只能是找自己的学生或者自己的人准备接他的位子。我这位朋友还不相信。果然，在正式成立长生协会时，连一个长生协会副会长的位子都没有给仲教授，只是给了他一个常务理事的安慰性虚职。穆智会长却把副会长兼秘书长的职务给了自己最得意的一个学生。为此，仲法宝教授一气之下连常务理事也辞掉了。当然，即使仲教授性格有些孤傲，他的水平还是圈内人所公认的。

在这次会议上，本来穆智会长真实的想法是不打算让仲法宝教授来参会的，但是，仲教授的江湖地位又在那里，不邀请又不好，就礼节性地发了邀请函。本来以为即使是邀请仲法宝教授也不会来，没有想到还真的来了。这可能有点来者不善、善者不来的意味。

果然，在这次研讨会上，不知穆智会长是有意还是无意的安排，不仅业内几个大咖都获得了充足的发言时间，即使他的一个学生只是后辈，却也给了发言机会。而对于仲法宝教授而言，虽然他的名字出现在这次研讨会参会名单中比较靠前的位置，却更像是一种名誉性的安排，实际上没有给他专门发言的机会。因此，仲法宝教授本来心里就有火，于是趁着会议嘉宾讨论的机会，就开始发炮："诸位专家，我认为我们这个研讨会应当是一次科学的会议，不能任何人都可以在上面能随便发言。这可能会导致政治影响不好,容易给人抓住把柄,说我们在搞什么封建迷信。"他这么一说,不仅是我,而且其他参会成员,特别是了解仲教授与穆智会长过节的,都抬起不知刚才在思考什么问题的头,带着好奇的表情向着穆智会长看去,看他怎么收场。果然姜还是老的辣,穆智会长在那里马上进行了圆场,他打着呵呵说:"我们这个协会呢,实际上具有民间性质,大家都可以知无不言、言无不尽,这也是我们国家言论自由的一种表现嘛,呵呵。不过我们仲教授提醒的好,大家发言时也要注意,应当既要有理论高度,也要有政治高度,都尽量在政治上把一下关,谈长生也尽量要讲究科学,不能跑题太远。"

第二十四章

仲法宝教授的长生研究

一

　　长生从古至今都是人类的向往所在。在所有的寻求长生的方法中，就不能不提到我国的道家修炼之法。可以说，即使道教还有其他的追求目标，但是，寻求长生不老，让生命永远无限延续下去，最终成为神仙是道教的最主要宗旨之一。

　　长生之术最早起自春秋战国之时。在《韩非子·说林上》中就有相关记载，称战国时有人向楚王敬献长生不老之药。秦朝之时，秦始皇为了寻求长生不老仙药，就派徐福及卢生入海寻找。在秦始皇后，为了永享富贵，历代帝王都痴迷长生不老之术。历代统治阶层为了追求长生不老和成仙上天而苦寻不已、费尽心机，甚至不惜丢掉性命。

　　道教主要有两种成仙的说法。第一种是肉体成仙说，这种主要在魏晋南北朝之时达到鼎盛。第二种是灵魂成仙说，这种主要在唐代之后成为主流。

为了实现成为神仙的目的,道教专门发展出了神仙方术。这主要是通过修炼而成仙的方法。一般而言,道家修炼无非是外修和内修。在唐朝以前,以外修为主,这主要是采取服用金丹等方法,也就是所谓的外丹术。在宋代之后,则发展为强调心性修炼的修仙方法,也即是内丹术。上述两种修行方法在道教中被统称为丹术。最早修道之人就是通过炼金丹并服用来实现长生不老的最终目的。对于金丹,张伯端在《金丹四百字》中解释为:以火炼金"返本还原"谓之金丹也。金丹分为外丹和内丹。最早道教所炼的金丹就是外丹。《山海经)中记载的不死药,其实就是外丹。这特别在东汉及魏晋盛极一时,凡是求长生之人,皆言无丹不成仙,此时的丹也即是外丹之意。当时的道家修仙代表人物葛洪曾言:"曾所披涉篇卷以千计矣,莫不皆以还丹金液为大要者焉。然则此二事,盖仙道之极也。服此而不仙,则古来无仙矣。"

在西汉之时,汉武帝时的方士李少君研究炼制金丹之法一直流传下来。外丹术以矿物质为原料。这主要是将丹砂、铅汞、铜青、水银、雄黄、矾石及其他药物配制后,放入专门炼丹的鼎炉炼制后,其化合物称之为金丹。之所以将上述矿物原料进行炼丹,这是因为黄金、丹砂、水银表面光泽及具有不腐烂、不锈蚀的特性,这与人的不死具有相似之处,二者都是光泽如新。在《史记·孝武本纪第十二》里记载,少君言于上曰:祠灶则致物,致物而丹砂可化为黄金,黄金成以为饮食器则益寿,益寿而海中蓬莱仙者可见,见之以封禅则不死,黄帝是也。

在唐朝之时,外丹术可以说是盛极一时。不仅是道教中的道士,而且皇帝及王公贵族为了实现长生不老的目的,纷纷都成为外丹术的拥趸。但是，以当时的科学技术，尚不知这些外丹却是有毒的化学物品炼制而成，结果中毒死亡者屡见不鲜。唐朝的诸多皇帝都深受其害，太宗、宪宗、穆宗、敬宗、武宗、宣宗都是服用丹药中毒而死。即使唐太宗李世民在早年不相信服用外丹可以实现长生之说，但是，在他的晚年，随着年龄的逐渐增大，就开始相信服用方士用奇药异石炼制的丹药可以实现长生不老，不料最后服用后死亡。对此，在《古诗十九首》曾留下这么一句诗："服药求神仙，反被药所误。"因此，即使唐代以后外丹还有一定的影响，但是，由于造成如此众多的负面效果，就导致人们开始对外丹警醒及反思，这也促进了内丹术的发展，从而成为内丹术思想萌芽的基础。

至于什么是内丹，内丹这种说法，最早见于东晋许逊的《灵剑子》："服气调咽用内丹"。道教著名领袖之一晋朝的葛洪则是内丹理论的系统提出者。与外丹不同，外丹是用于固形的，而内丹则是用于固气的。内丹是以丹田为鼎炉，以精气为材料，在意的作用之下，通过体内元气的推动运转于人的经络，从而最终形成圣胎。这是道教中倡导内丹术者所主张的一条主要修炼路径。耿良、介小素认为，东汉魏伯阳学习《龙虎经》，参合《周易》、黄老，撰《周易参同契》，隐晦而又系统地阐述了内、外丹炼化之道，被尊为"万古丹经王"，从而奠定了中国内、外丹学的理论基础。后世内丹学逆炼归元的理论模式及筑基、三关炼化等修炼法则，无不本于此书而发挥。由此道教中一般认为《周易参同契》和《悟真篇》是丹经之祖。在《周易参同契》中就记载："含精养神，通德三元。津液腠理，筋骨致坚。众邪辟除，正气常存。累积长久。变形而仙。"全真教创教祖师王重阳《在五篇灵文》中也提及："神仙妙用，只是采取先天真阳之气，以为金丹之母，点化已身阴气，以变纯阳之体。"

在金朝和元代之后，在道教成仙修炼方法中，内丹术成为主要的方术，这可以分为南派、北派。如果再细分，则包括后来的东、西、中派。南派以北宋张伯端为祖师。其修炼成仙之术主张"先命后性"，所谓的"命"，即是精气，所谓的"性"，即是神。这是通过生理修炼实现心理修炼的过程。除此之外，张伯端还建构了筑基、炼精化气、炼气化神、炼神还虚的四阶段修炼内丹之术。南派包括两个分支，一是异性相采的双修法，一种是闭息而入，混然忘却一切而获取内丹的清修法。南派的经典道教典籍即张伯端的《悟真篇》。这本书被称为中国气功的四大经典之一，后世丹家将其视为与《周易参同契》同样重要的道教修炼内丹的典籍。在南派之中，其信教者主要来自中下层，人数相对较少，却出现了不少对道教有精湛造诣及研究的修道高人，因此，南派在理论方面对道教特别是内丹术的研究有重大的推动作用。北派以王重阳为代表，该派主张"先性后命"的修炼内丹术。北派主要的修炼方术是清除杂念及欲望，心念纯净，抱元守一，从而静心修炼，达到精、气、神合一。北派主张"真性即仙""全真而仙"。元代后，南派逐渐衰微，最后融入北派之中。

到了元代之后，道教的外丹派基本已经不复存在，至多作为一种辅助性的修炼方法。在内丹修炼中，除了南派和北派外，明清时期还出现了陆西星的东派，李含虚的西派。东派主要提倡男女双修内丹术，西派则提倡综合各家修炼内丹之术，也是主张男女双修之法。此外，还包括元代李道纯创立的中派，此派主张结合南北二宗的内丹之术，吸取两派的精华。然而，无论哪种派别，其修炼内丹术的基本思路是不变的，修炼核心其实与南北两派都没有实质性的差别。可以看出，无论是南派还是北派或者是东派、西派、中派,都是强调性命双修,只是顺序可能有些先后而已。综上可知,即使道家内丹术存在派别的差异,但是,其修炼方法的内核并无本质差异。在所有的内丹派修炼方法中,都非常重视精、气、神的作用。内丹术把人体炼养部位的丹田喻为鼎炉,把炼丹时呼吸调意的控制的程度喻为火候。通过筑基、炼精化气、炼气化神、炼神还虚四个阶段,通过百日筑基,达到精足、气满、神旺的三全境界,先打通任督二脉小周天,然后打通奇经八脉大周天,从而让精、气、神在鼎炉处形成内丹。这就是道教通过内丹术的修仙必由之路。

二

在现代科学意义上,如果要实现长生,就要控制人的衰老。人超过三十岁之后就开始衰老,这是一个不可逆转的过程。人的衰老是与细胞直接相关的。人的细胞分裂 50 至 60 次后就会停止,人体组织器官活力就会下降,从而导致人体的衰老。衰老是人体器官的衰老,器官衰老是因为组织的衰老,人体组织的衰老的主要原因是干细胞衰老引起的。而端粒则是决定细胞衰老的"生物钟",其是一种位于染色体两端的微型生物钟。端粒由串在一起的 DNA 片段组成,能够防止染色体断裂和粘连,维持染色体的稳定与完整。端粒随着细胞分裂而缩短,每次细胞分裂,就会损失一些端粒的 DNA 片段,端粒就会缩短一些,并且这种缩短是不可逆的,无法得到更新和补充。最后当端粒缩短到一定程度时,细胞就停止分裂。这也就是所谓的导致人类衰老的"程序假说"。端粒对染色体的保护,就如同在染色体外面加上了一个帽子。其实,端粒也是细胞的一种保护层,如果这个保护层不复存在或者活力不足,人的细胞就会不再分裂。因此,有学说认为,控制衰老的关键在于修复或者维持端粒，这是实现长生的重要密码之一。

在科学寻求长生方面，目前比较有希望的是关于端粒结构的研究。有科学研究认为延长端粒是逆转衰老，甚至是实现人类长生梦的关键。在理论上讲，保持端粒的长度是实现长生的关键，只要端粒的长度恢复或者保持在年轻时的程度，那么，这就实现了长生不老的最关键的一步。

基于此，相关的科学研究重点关注如何维持端粒的活力，这是保持人类不被衰老疾病所消灭的关键。可以说，对端粒活力的研究，近些年来也获得了一系列的进展。据报道，在权威学术期刊《自然》杂志上登载了由美国哈佛大学肿瘤医生罗纳德·德宾霍的研究。他通过开发一种打开端粒酶逆转录酶的药物，从而实现保持端粒活力的目的。上述这种酶本身就存在于身体内，而自然规律神奇之处在于，为了避免人的生命无限再生，就设计让这种酶在身体内自动关闭。作为一种针对性的做法，罗纳德·德宾霍的研究则是如何让端粒酶逆转录酶恢复活力，从而实现修复端粒的目的。在罗纳德·德宾霍的实验中，主要是通过让衰老的老鼠服用打开端粒酶逆转录酶的药物，让端粒酶逆转录酶恢复活力，再修复端粒，从而再次让这些老鼠恢复了青春活力。但是，这项研究还存在让人沮丧之处，那就是试验老鼠的端粒本来就比较长，却并不能保证其长寿。更让科学界难以解决的是，在大多数情况下，能够有效导致端粒生长的端粒酶存在于大多数癌细胞中，那么如何在癌细胞中激活端粒酶还是一种棘手的问题。这也意味着通过端粒酶来实现端粒的修复是一把双刃剑。一方面，端粒酶可能恢复衰老细胞的活力。另外一方面，它会给癌变前本来已经没有活力的导致癌变的细胞以新的生命，这可能会引起癌细胞的繁殖与生长，从而把问题拖入到另外一个困局之中。

在科学领域,异种共生也是实现长寿甚至是长生的一种重要研究方向。这主要是在不同动物之间互相交换血液,把年轻动物体的血液注入年老动物体的血液之中,从而实现衰老生命体的延长。美国科学家艾米·韦戈斯根据自己的研究,在衰老小白鼠及年轻小白鼠的血液的互换试验中,他认为一种叫作 GDF11 的蛋白质是促使衰老小白鼠恢复年轻的关键。这种蛋白质就存在于年轻小白鼠的血液中。但是,这种异种共生研究也存在一定的风险及技术难度。根据国外的一些试验,这种方式确实可以让细胞变得年轻,然而,一些科学家认为这种通过交换血液实现长生的方法,可能会增加受体的患癌症的风险。

一般而言,在通过现代科学实现长生方面,根据相关国内外的研究资料,其长生的主流观点主要有五种。第一种是通过重新调整生物体内部的细胞或者结构,从而实现长生。这种方法就是通过药物或者纳米技术,转变人的基因结构、特征、性状等,最大限度地延缓衰老,从而最终实现长生的目的。这包括上述提到的改善端粒、异种共生等方法。此外,控制自由基也是一种重要的方法。所谓的自由基,是指一种缺乏电子的物质(不饱和电子物质),在人体新陈代谢之后,产生自由基是必然的。然而,自由基又会夺取其他细胞蛋白分子或者原子的电子,也即与其他分子或者原子产生氧化反应,从而会产生畸形的致癌细胞,或者导致人体衰老。根据相关科学研究,如果要实现长生,一种关键的方法就是控制自由基的生成。然而,人的生命越是衰老,自由基就越会产生更多的有毒物质,这会给身体带来巨大的危害。因此,科学家就研究各种方法试图控制自由基在人老年时体内的产生,这其中的一种方法就是服用白黎芦醇化合物。通过服用这种药物，可能减缓自由基的生成，从而将人类的生命无限延长。第二种就是通过与机械或者网络联机的方式，让机械或者网络代替人类人体的一部分，从而在一种共生的状态中实现长生不老。第三种是通过电子计算机复制而实现长生。黄敏认为，基于量子计算机的技术发展，可以借助计算机获得长生。这种计算机有能力处理全息模拟计算法，人类在肌体老化死亡时，可以将人的身体克隆出来，通过电脑的微芯片植入，也可以将大脑活动或者思考的状态予以储存，这样，即使人类以前的身体死亡，但是，却可以通过量子计算机的复制，从而转移到其中，以实现将生命再延续下去。如此人类就会以另一种形式得以永生。这是一种所谓的"数字化长生"。第四种就是把人死后的尸身通过冷冻等技术保存起来，以等到将来科学发展到一定程度后，再通过专门的医学技术实现人的复活。其实，埃及法老用木乃伊的方式保存自己的尸身，总的思路也和这个一致。埃及法老们认为如果自己的肉身不死，那么，灵魂即使远去，但是，终有一天会回来，到那时再实现重生。在这方面而言，几千年前的埃及法老已经有了一定的预感，知道人类终有一天将会重生。这也是一种长生的形式。第五种就是克隆人。特别是随着现代科学技术的发展，科学家已经在克隆牛羊等哺乳动物上取得了重大突破。在理论上，通过克隆自己而实现千万年的长生不老追求已经不再是梦。但是，人的克隆技术仍然任重道远。这种技术涉及重大的技术问题，其包括克隆哺乳动物中的早衰现象，这是与人类遗传学及生物学规律相违背的，属于逆天行事。当然，克隆人的技术也会涉及到人类的基本伦理问题。这也是社会各界争议激烈之处。

第二十五章

再见张生

一

即使你看我在法庭上口若悬河、滔滔不绝,有舌战群雄的气概,但是,我本质上是一个不善言谈的人。即使你们看到我到处呼朋引伴,高朋满座,朋友众多,但是,我本质上是一个孤独的人。我真正的朋友基本只有两种,第一种是那种心机不多,能够生死相托的人。第二种就是那种和我是同类的人。即使张生出家了,但是,我从第一眼见他,就能认出我们是同类,可能他也会有类似的感觉。我们即使不用说话,也是在说话。即使不用交流,也是用独特的方式在交流。这种同类基本上就是出身不好,同时又有些怀才不遇之人。当然,这只是一个大概的范围,可能并不能用语言精确地描述出来。很多人也具有这种特征,却不是我的同类,这种微妙的感觉,只有自己才会真正知道。

由于我真正的朋友数量极少,因此,我特别珍惜这些朋友。我就如同一片洪水冲刷着的松软田地,洪水不断蔓延,边缘的泥土不断地变软,不断地向洪水中跌落,我作为剩下的土地就会变得愈加孤独。我的生命本来如同一面完整的镜子,后来周围的一些亲友逐渐变成碎片开裂掉下。我的祖父掉下去了,潘翔掉下去了,火亮掉下去了,我已经变得支离破碎,不再完整。我如同一棵种植在那片山地里的树,一开始根深叶茂,即使经历了那么多的风雨,至少我的树皮是完整的,但是,随着岁月磨石的不断摩擦,我外面的皮肤开始逐渐变得沧桑、干枯、脱落,慢慢就剩下我自己用裸露的身体独自对抗寒冬。我其实是一个怕冷的人,即使身边真正的朋友很少,但是,再少也可以在一起互相提供一些温暖,也可以彼此依偎过冬。然而,我感觉自己需要面对的冬天越来越多,春夏越来越少。

火亮是我的同类,潘翔是我的同类。周赤只能算是我的半个同类,他有他自己的孤独,他的孤独可能要超过我。火亮和潘翔一个是不为俗世所容,一个是不为疾病和命运所容,都在我面前缓缓地消失了。如同一部老电影的特写镜头,他们最初和我曾经密切地相处过,后来被一场命运的雷暴所击中,只是留下最后一丝夕照的阳光,无力地照着他们,照着逐渐变得昏暗的大地和村庄,最后缓缓地消失在一望无际的黑暗中了。这是一种彻底的黑暗,即使一个人有惊人的力量也难以将他们从黑暗中拉住。

但是,张生还在人间,却又不在人间。他好像就是在我的身边,又好像永远地消失了。然而,在有意无意之间,我还是在他可能出现的地方下意识地去看一下,看看他是否在那里。我不知道这是在安慰谁,是在安慰自己吗? 就如同我寻找长生一样,难道这只是长生吗? 或者这也是一种希望。我有时糊涂,有时明白。在这世上,谁又不是如此呢?我不能说大多数人都是在自我欺骗中活着,但是,至少有很大一部分人是在自我麻醉中活着。他们活着其实就是为了活着,没有目的,没有动力,只是凭借惯性活着,活着就是为了暂时不死。

二

我去过无数座寺庙。无论是帝都那座有高达数十米佛像的雍和宫,还是西藏有着白塔、转经轮以及红白墙的藏传佛教的寺庙(红墙有味道,发甜,是由白玛草压成,多舔会拉肚子)。我去过西藏高山之上有着九色鸟的久卡寺。在这座寺庙中,我看到了身着九种颜色锦服被称为锦凤的鸟,它们被认为是西王母的禽鸟,我因而可能从它们的鸣叫声中获得上天的信息。我去过舍利宝塔内珍藏着佛国珍宝释迦牟尼真身舍利的阿育王寺。我去过隐藏在一片荒山之中,几乎看不到人迹的,在正午阳光下悬崖上孤立的悬空寺。无论我到哪个寺庙,都会想到张生,会不由自主地想张生是否会在这座寺庙里出家呢?是否会偶然遇到张生呢?

我曾去过老家一个相对偏僻的寺庙。这座寺庙的前身历史悠久。从寺庙中遗留下来的巨大而陈旧的石碑上可以看到,这座寺庙的历史可以上溯到元朝。但是,现在只是剩下了一个前殿。以往上千名僧人云集,香火旺盛,善男信女络绎不绝的胜景已经成为遥远的旧事。此时香火比较凋零,还没有商业脚步走过的痕迹。在这座寺庙大殿的前廊柱处,我看见一位中年的僧人斜坐在廊柱前的椅子上,两只脚翘在前面的椅子背上,正午的秋日阳光悠闲地洒在他的脸上及光头上。风在悄悄地将一片黄叶吹走,又将另外一片黄叶吹来,他都视若不见,只是低声哼唱,自得其乐。他见我

进庙,方才将脚放下来。正所谓:为谁辛苦为谁忙,为谁伤心愁断
肠;南柯梦醒风去了,釜中黄粱尤未凉。那时,我就会情不自禁地
想,是否张生在出家之后,也像这位僧人这样真的看开,过得逍遥
自在,不用再考虑婚娶,不要再考虑职称,也不用再考虑世间的是
是非非。

当我走到这座寺庙大门里的一座僧房之时,另外一位颇为严
肃的僧人就住在那里。此时,他正在耐心地将一只瘦瘦的萝卜去
皮,切片。我问候了一句,他可能是没有听见,后来才知道是听见
了,他故意不想理睬我。因为这附近的无聊人士太多,他也不愿意
多和这些人交流。在后来我和他的聊天之中,我问这位师父出家
之前老家在哪里,他还是比较严肃地说:"出家不谈家,这是僧人的
规矩。"这是一位有性格的僧人。这说明即使出家,也不能完全浇
灭尘世的火气。那么,是否张生也会在出家之后,还是像以前那样
还保留着一些火爆的性格呢?

因为我到帝都的一个法院开庭,在开庭后服从内心的要求,到
帝都郊区的一个山中庵堂去游玩。那时正是夏天,万物生机勃勃。
在这座山中庵堂中,由于夏天的关系,即使游客不多,也不会显得
特别寂寥。因为陪着我的当事人不愿意进到庵堂里面,就在门口
有一句没一句地和卖纪念品的一个姑娘贫嘴,我就一个人进入到
这座庵堂里面。这是一座面积不小的佛教建筑,层层叠叠向上沿
着山势而建,可以看见庵堂旁边有弯曲向里的山洞,可以看见有藤
萝遮蔽的佛家院落,也可以看见有一棵巨大古松的斜枝斜进去的
一座大殿的屋顶。我从庵堂的高处看到一座出家人修行的院落。
这座院落的两扇小小木门紧闭,门外面挂着一个牌子,上面有几个
小字:出家人修行之地,闲人莫入。但是,我仍然可以看见一个僧

人和一个比丘尼正在谈论什么。那位僧人身材矮小，有几分张生当年的模样，而那位比丘尼身材稍高，面容白皙，有点像是陈素娥教授的样子。但是，仔细一看，却又不是。看来我可能产生了幻觉，我是多么希望能够在这里或者在其他地方意外地和他们相遇，他们又到哪里去了呢？

三

虽然我在内心中设计过无数个奇妙的与张生再次相逢的情节，但是，当我再次见到他时，却是因为一个平常之事。我那时正在老家的县城办理一个案子，一个在县城负责管理户籍的同学知道我和张生的关系，就告诉我张生来县城公安局了，来的目的是为了开一个证明，以用于办出家人的戒牒使用。我就专门找了一个饭店请张生聚聚。因为县城这种小地方没有素餐，我就特别在临近县城的一座山中小店安排了一下，专门交待厨师一定要用素油，锅一定要刷干净。

即使是一座小县城，远处也传来工程施工车辆的巨大轰鸣声，这让县城北边山麓上的这家饭店显得更加宁静。饭店有一个很大的院子，院子里还挖掘了一个池塘。此时正是秋末，围绕池塘半周种植的芦苇还没有完全变成黄色，还间杂着几棵半黄半绿的芦苇，一眼望去还不是很苍茫。在饭店窗子外面没有经过怎么修整的野草坡上，草大多是黄色，然而，也可看到草根之处有绿色的芽苗。这里既有枯萎，又有绿色。既有逝去，又有挽留。希望第一场雪来时，不要将这些绿色完全掩埋。

再次见到张生时，我直觉上感觉他确实是变了，但是，我却不能准确地说出他哪里变了。以前他是一条激流，现在他变成了一潭静止的水。以前能看到有雀鸟在水面上忽高忽低，现在水面上一片静寂，连风都不能吹起一丝涟漪。以前感觉到那条河流不时有激起的浪花，但是，现在却看不到一点浪花，也看不到再有能够激起浪花的石头，也看不到任何能够激起浪花的风。以前能够感到他眼里还有游动着鱼儿，现在却看不到有任何鱼儿游动的迹象。一切能够跳动的东西在他身上都游走了。他好似回到了没有读书、没有工作前的淳朴少年的时候，但是，却少了那种少年的独特活力。

我还是像以前那样招呼他说："张教授，你自从出家之后，我感觉你心静了很多。"

他说："不要叫我张教授，我法号叫延生。到时候你就会明白，世间最安静的地方不一定是寺庙，而是人心。人心静，即使在闹市中人心也静。人心乱，即使是在最荒凉无人的寺庙也乱。心是万物之源，心有则有，心无则无。心空则空，心实则实。心安则安，心不安在哪里都不安静。"

我说："你什么时候决定出家的呢？也不对我说一声。"

他回答："出家是我一瞬间决定的事情，其实也决定了很久。我连家人都没有商议，只要和自己商议就可以了。"

我问："你现在哪里出家呢？生活的怎么样？"

他回答说："出家人四海为家，到处都是家。出家人不讲生活，只讲修行。"

我问："你感觉出家比以前有什么变化吗？"

他回答："变化你已经看到了。"

我们这次聚餐基本上说的话并不多，我不知道如何再与他交流，我又能聊什么呢？聊我们共同经历的春节后一起回大学学校下火车后差点被抢劫的事情吗？聊我们一起憧憬着毕业后大干一场的场景吗？聊一下他刚结婚就离婚的妻子吗？聊一下他家里还剩下哪些亲人吗？这些本来都应该聊，但是，却又都不能聊。我们就这样一直默默地吃完饭。我专门提出要送他，他也不让。我只能在远处遥望着他的背影在夕阳下远去，夕阳将他的矮小的身子拉成长长的影子。他就是那样飘然而来，又飘然而去。

　　那时，我的耳边不知为什么忽然想起一阵歌声，这歌声既在耳边咫尺之遥，又在万里之外。既是细若游丝，又响若洪钟巨鼓。既是对我而唱，又是对无数人所唱。唱歌之人既像是我的多年前的老友，又像是一个陌生之人。这首歌是弘一法师在未出家时写的一首诗：

　　　　　　长亭外，古道边，芳草碧连天。

　　　　　　晚风拂柳笛声残，夕阳山外山。

　　　　　　天之涯，地之角，知交半零落。

　　　　　　人生难得是欢聚，唯有别离多。

　　　　　　长亭外，古道边，芳草碧连天。

　　　　　　问君此去几时还，来时莫徘徊。

　　　　　　天之涯，地之角，知交半零落。

　　　　　　一壶浊酒尽余欢，今宵别梦寒。

　　即使在现代社会中长亭又短亭不复存在了，已经化作粉尘被狂风吹走。即使千百年前的古道已经不在了，已经被现代化的机械作业变成了车水马龙。然而，芳草是无法消失的，即使冬天时变成瑟瑟发抖的枯茎，这只是它们暂时冬眠而已，春天来时还会在漫山遍野之上绿遍。但是，芳草还是以前的芳草，而踏遍芳草，也不见旧时之人了。

　　当然，这次与张生再见，本身就是一个莫大的缘分。以他以前的性格，以他今后的性格，我再见到他的机会可能是极其渺茫了。虽然他说佛家讲的是缘，有缘还会再见。其实缘就是奇迹，就是命运。之所以是缘，就极其稀有，否则，那就不能叫做缘。

　　其实，我们自从出生就是不断分解的过程，从完整分解为不完整。我的知交也是如此，每个人都在面临着无数的分解的力量，直到让我们变成零落而孤独的天地寄客。我不会喝酒，但是，即使没有酒，我照样还是会在一梦之后感受到酒醒后的巨大寂寞。这就是一场人生的悖论，越是需要温暖之时，越是会感受到寒冷。越是感觉到孤独之时，越是会更加孤独。我们都走在一条出生——工作——退休——死亡的惯性道路。少年时是一把打开的锁，老年之时则是一把锁上的锁。我们慢慢将自己的肉身锁上，让自己的肉身无法动弹。我们逐渐将自己的灵魂锁上，让它上面布满尘土和蜘蛛网。

　　这次究竟是再见，还是再见，我和张生还能再见吗？

第二十六章

冥冥中的告诫

一

虽然做律师的坏处有很多，但是，唯一的好处就是相对自由。虽然不能特别任性，但是，却可以随时任性一下。因为律师是自谋职业，是一种兼具权力的高级个体户，那就是律师的专业技能可以转化为权力。作为律师，即使给我钱多，我也可以选择不代理。我可以选择这次不赚钱，选择下次赚钱。我可以选择不赚这个当事人的钱，而是去赚那个当事人的钱。

在我选择不赚钱的时候，我就跟随着赵菲她们几个到处游玩。你们不要看到每次这个不固定的驴友团队合影中没有我，我只是负责为他们照相留念。在为这些爱美人士留念的同时，我也是为自己留念。我是高原的记录者，我是雪域的纪录者，我是盆地的记录者，我是天府之国的记录者，我是大江大川的记录者，我是天南地北的记录者。

　　我曾经到过最高之处寻找长生之道，也到过最低之处寻找长生之道。在我以前曾经挖过煤的地下，虽然不是最低之处，但是，也是属于社会阶层的最低之处，我就曾经在其中谋生。谋生也是长生的一部分。谋生是长生的基础。谋生是长生火炉的木柴。谋生是长生的过程，长生是谋生的目标。如果没有谋生的木柴，如果没有谋生的过程，长生的火炉就会熄灭火焰，就只能在隔壁的季节中遥望长生的春天。谁也没法赤脚空腹到达春天。即使在最为低微的阶层中也可以悟出长生之道。那些在最低阶层实现的长生，与最高层实现的长生没有本质的区别，如同死亡对他们没有区别一样。

　　我曾经在最荒野之处求长生之道。因为人类的最大秘密存在于荒野之中，我们看到的都是让我们看到的，我们知道的都是让我们知道的。还有无数个我们人类不知道的秘密都在荒野。在山之荒野，在水中荒野，在天之荒野。我们人类都不要自负。因为丧失了解神秘的钥匙而受到惩戒的都是自负的人。

　　我曾在最繁华之处求道。以前我在省城认识的那位前女友，她大学是在上海这个非常大的城市读的。这个城市繁华到让人不敢相信是一个发展中国家的地方。据说从偏远的郊区到市里吃一顿饭开车都要来回六个小时，这等于坐火车横跨了中国几个省份去吃一顿饭。

　　然而，在夏日的一个夜晚，当我到了那个前女友介绍的，在上海的一个聚会地点时，没有想到在闹市中还有那么安静的别墅。这座别墅的年龄看来比参加聚会的每个人都要老。看来还是城里人会玩，还在院子里种了各色的蔬菜。这些蔬菜的价格估计要是按照地段来衡量的话，绝对是天价。但是，上海的人都不缺钱，他们缺的是信仰。因此,这个院落里会经常有个西藏的活佛来传道。在不算明亮的灯光下,我看到所有的人都向这位年轻的活佛磕长头。这个活佛有着西藏人普遍的红紫色的面孔,却掩盖不住他正当盛年的年龄。但是,旁边的那位侍者僧人的年龄却比他大不少。我来到这里的唯一目的就是问西藏是否有一位现在还活着的二百四十九岁的活佛。但是,不知这位活佛不懂汉话,还是懂了不想回答,或者是怕泄露天机,总是微笑不语。

我到过未通公路前怒江边上的丙中洛的普化寺寻求过长生之道。这里四周被神山所环抱,只有马帮驿道。我看到了烟雾缭绕下的寺内佛像位于两虎一狮的中间。这些烟雾与如洗的高天相连,使得这巨大的寂静之中,添加了一些动的渺渺的人间烟火。这里是自然被人类活动干扰的较小的地方,人类还是自然的儿女,不是任意而行的强盗。因此,这里人的面孔更接近我心目中的人的面目。这里自然与人类融为一体,这里独龙江与神山融为一体,这里错落有致的村庄与普化寺融为一体,这里普化寺与信仰融为一体。普化寺中有巫师打鬼祭神,也有和尚诵经敲鼓。这里面目淳朴的少年喇嘛与精神矍铄的纹面女融为一体。在这里的寺庙之中,即使我不说一句话,黄桑木的叶子还是在悄悄的生长,风在轻轻地吹,雪水在缓缓地流,万物的生命在不动声色地繁衍生息。如果死在这里,即使不能长生,也算是感受到了一次长生。

我到过神秘古国埃及求长生之道。我攀爬到胡夫法老金字塔的顶部,聆听来自上天的圣训,或者这也是我内心的声音。到底是谁的声音,其实并没有区分必要。人世本来就很复杂烦人,有时没有必要非得弄的那么明白。我到过尼罗河边的帝王谷寻求过长生之道。这些沉睡的皇帝可能是最早寻求长生之道的异国帝王,可能他们弄错了寻求长生之道的细节。因此,他们就得躺在帝王谷各处的地下宫殿里,在某一个意外的情况下被发现,从而接受来自全世界旅人的瞻仰。这其实也是一种长生,是用一种很长时间假死的方式在众人眼中的长生。

在这个驴友团体之中,有时赵菲一人参加,有时她的情人陪着。赵菲的师母还不知道多年前的一次对自己漂亮女学生的指责,在多年后以这种方式被惩罚。赵菲是一个四顾茫然的人。她内心充满了迷途的因素。她和情人在一起,不要孩子,也不要结果,也不要未来,她说:"即使我不要未来,我们每日都大踏步逃跑似地奔向未来。"

即使我和赵菲单独在一起,即使我们睡在同一个帐篷中,我们之间也没有男女私情。我是一个追求一种虚无的人,她是追求另外一种虚无的人。我是一个携带着亲人的逃跑者,她是不携带任何人的逃跑者。相比较而言,我认清了她,她也认清了我。我们最多只能在一起偶尔陪伴,而不能在一起有温情。因为我的幼时、少年及青年时期遇到的事情太过寒冷,已经不能为其他人提供多一点的温暖。我得用这些少得可怜的温暖去暖热灵宝。赵菲幼时也是被寒风吹透,并且她的内心没有一点自我发热机制。她身上的热量丢失了就丢失了,即使连个太阳能也不如,太阳能还能积攒一点热量。因此,她身上现有的热量都不能温暖自己,何谈去温暖别人。就是她的亲生骨肉也不能得到一点这位母亲的温暖,希望她的这位丧失母爱的儿子不要变成另外一个她。

二

我和他们在一起,翻越过七七四十九座山脉,渡过七七四十九条河流，走过七七四十九片草原，转山转水一直到心中的圣洁之地。在高原之上，我到处问那个二百四十九岁的活佛在哪里？但是，没有人回答我。很多人都没有活到二百四十九岁，因此，也没法证明别人是否真的活了二百四十九岁。

在雪域高原的那座寺庙之中，所有的事物都进入了梦乡，喇嘛在自己的诵经声中进入了梦乡，转经筒进入了梦乡，转经轮进入了梦乡，佛座前的蒲团进入了梦乡。只有月亮还在寺庙上空高洁地醒着。但是，我不知道自己是醒着还是睡着，反正是人无论如何都是在半梦半醒之间。在我夜晚居住的寺庙房间里，我看到了似乎是迷雾，又好似是实体，其实，无论是迷雾还是实体，都不过是我们心中的迷雾或者实体。

我听见有声音在问我，但是，我不能确定到底是否是有人在问我。这个声音似有似无，这是一个声音组成的实体。声音问："你是潘长生吗？"

我回答说："我是潘长生，又不是潘长生。我是火亮，我是潘翔，我是潘行，我是周赤，我是付洪成。我写过的一切都是我，又都不是我。"

声音问："你是想追求长生之道吗？"

我说："这让我如何回答呢？我不知是在追求长生之道，还是谋生之道，还是梦想之道，但是，我就是想追求，追求到哪里算哪里。"

声音问："你认为长生有意义吗？"

我说："长生没有意义，长生本身就是意义。"

声音问："生命越长，烦恼就越多。一只秋虫，可能是速生速死，生命虽然短暂，但是，却也简单，也不会受到过多烦恼的折磨。

你何必去自寻烦恼，寻求长生呢？"

我说："我也不能确定自己到底真的寻找的是长生，还是寻找一种让我精神长生的东西，或者是一种追求。关键我不是秋虫，如果我是秋虫，在那么短的时间内，就有那么多的快乐，速死也是我能接受的。关键是在我活的几十年或者不到百年的时间里，遇到的只是无尽的烦恼，很少感受到一些快乐，快乐稀薄的比这最高的高原上的空气还要稀薄。我之所以追求长生，也许是我对这种状态的不甘心吧。"

声音问："自从地球上诞生生命以来，数不胜数的生命都消失了，你还追求长生，你认为自己愚蠢吗？"

我说："我希望自己愚蠢，但是，最悲哀的是我不愚蠢，因此，我内心还是想着追求长生。"

声音问："你认为自己是不是太贪婪了？你一个在接近地狱的地下挖煤，上天没有抛弃你，把你从那么多尸体中挑选出来，让你从那么多煤矿工人中显现出来，把你从那么多的贫苦农村人中拔擢出来，让你从一个衣衫褴褛的农村人，成为一个衣冠楚楚的城市人。为何你还是不知足呢？这就是西方神话中的巴别塔的效果。如果西方神灵不控制巴制塔的建造者，那些贪心不足的人类可能就会无所不能，无所不想，最终会夺取原本属于神的权力。"

我说："我不知道自己是不是太贪婪了。但是，贪婪也是梦想的一部分。如果我一点不贪婪，我的梦想也就停止了。我本来就是一个无边无际大海中的游鱼，如果不贪婪，那么，此时我身下的海水就会逐渐退去，我就会搁浅，从而成为一只没有任何梦想的鱼干。我认为上天把我造就出来，目的并不是为了浪费。我也不想浪费自己，我不想无谓的让时间晒干自己，那么，我只有追求长生。

这是我内心的甘霖，只要有这种甘霖滋润，我就不会干渴，也不会被晒干。"

声音问："你整天想着追求长生，是不是如同在空想的天空中生活，非常不现实呢？"

我说："即使我迷失在天空的星月之中，也不愿意在尘土万丈中淹没自己。"

三

大多数时候，我在时间长河中被裹挟着，这时我不知自己是清醒还是糊涂。我无法抽身事外，我也是无数奔向死亡中的一个不起眼的人，是一滴从天空坠落到大海的雨水，是宇宙坠落到大地的一粒尘埃。有时我像是一个在漆黑夜晚的呼喊者，众人却都在沉睡。到了睡觉之时，睡觉是正常的，不睡觉在那里狂呼乱叫是不正常的。但是，世界都是由正常人建构的吗？不正常人是否也是建构世界的一部分？

在最危险的地方，可能闭着眼睛走路的人反而是最安全的，但是，我为什么要睁着眼睛呢？

有的人是需要用鞭子抽打着才能前行，有的人用鞭子抽打也不愿意前行。有的人不用鞭子，因为他的鞭子就挥舞在内心。但是，谁又是那个挥舞鞭子的人呢？

随着我对自己内心了解的越多，我越是发现，心才是我真正的主宰者，或者说是最基本的主宰者，是我所居住城堡的堡主。即使有其他更高的统治者可以控制我，但是，却相对比较遥远，没有心对我的控制那么直接。心有神魔之分。心神控制则为神，心魔控制则为魔。这也许就是一念天堂一念地狱的另外一种释义。心影响着我的一切。心认为万物丑陋，则我的眼睛就只能看到丑陋。心认为万物美丽，则我的眼睛看到的就是美丽。心为万物微笑，我也会对万物微笑。心对万物伤感，我也会对万物伤感。

我对事物的恐惧，可能是心对事物产生了恐惧，也可能是因为我对心的陌生而产生恐惧。我对长生的追求，其实也可能不是我的追求，而是我的心在追求。拯救自己最重要的方式还是让心来拯救。如果我是一名战士，心就是我的武器。如果我是一名农夫，心就是我的铁锹等农具。只有我将心把握在手中，才会产生力量。我的孤独，其实就是心的孤独。我自己在孤独深渊中爬出来的同时，也将心从其中打捞出来。从这个意义上而言，我们也是互相拯救。

我常年都在奔跑。更为确切地说，我不知是奔跑还是逃跑？我不知自己是逃命还是在寻找另外一个生命。以前我的奔跑、逃命都是像一只野兔那样，隐藏在野草丛生之地或者青纱帐里。但是，后来我想，即使这样可以遮挡住狩猎者的目光，难道还能遮挡住时间的眼睛吗？于是我就在任何时间和地方奔跑。在有人的时候奔跑，在无人的时候奔跑。在赤裸的时候奔跑，在穿着衣服的时候奔跑。在夜里奔跑，在白天奔跑。此时的奔跑已经是不顾一切，因为时间追缉的脚步太急了，我没有功夫隐藏自己的形骸。

我能从一棵巨大将要枯死的银杏树的树洞中看到一个人的眼睛，即使这棵树在香火缭绕之下半醉半醒，但是，这只眼睛从睁开之时就从来没有闭上。无论是刮风下雨，还是三暑夏天，或者是三九寒天都会冷冷地看着人世，以及人世中没有明显规则却有着自己运行规则的人心和人情。因此，不要以为可以隐藏什么，万事万物都有灵性，都在那里用心记着呢。

在各种庙宇、道观之中,以及其他具有宗教意义的场所之中,即使没有人提示,也没有谁主动给我以训诫,我都会默默在内心寻求训诫。但是,到底谁能帮助我这个到处寻求答案的人,拯救我这个到处寻求长生之道痴迷不改的人? 无论是王侯将相,还是天纵奇才者,都会老老实实地死去。我到底是谁呢? 我到底是在自我矫情? 还是出自真情?

我自己如此执着,这本身就意味着孤独。有多大的执着,就会有多大的孤独。这种孤独是食肉动物吃肉的孤独,是食草动物吃草的孤独。这是隐藏于本能的孤独,如果没有这种孤独,我就不会这么执着。

即使我在荒野之中,我也想着巨大的荒野忽然有一天把大门向我打开,让我偶然能够迈入,让我看到里面的细节。我想荒野不过是上天的后花园而已,其中隐藏了神秘的训诫,却只是让有缘人进入。

我越是寻找训诫越是感觉自己的无知。其实,我们所见到的只是某种神秘力量让见到的而已。即使是最有能力的人类,在地球上,也不过如同一个巨大泥球上的蚂蚁,最多只是稍微大一点的蚂蚁而已,不知道的东西永远在泥球的其他地方。

第二十七章

长生的未来几种可能

一

那次开庭是我律师执业以来时间最长的一次。一共开了六天，周六也需要开庭。这是一个公司集资诈骗的案子，包括老板、高层及负直接责任的中层全部一窝端。其实，我的当事人本意只是想换个高薪工作而已，没有想到把自己送入了犯罪的陷阱之中。这位女当事人家庭条件相对比较优越，原来工作单位也相当不错。她本身并不缺钱，只是抵御不了更多钱的诱惑。可以说，在我见过的所有人中，几乎没有人嫌钱多的。我的朋友中也有个亿万富翁，即使身体常年不好，也不会放弃一丝多赚钱的机会。他的一位朋友说这是病，但是，我知道即使赚钱会加剧这位亿万富翁的身体衰败，却是他活下去的动力。

我的当事人换到这家公司的薪水绝对是让她心动的那种，并且年终奖多到让她自己都不敢相信的程度。甚至我最初也不相信,一个公司的高管竟然年终奖有一千多万人民币。此时,她已经意识到这个公司来钱太快,有些不正常,对此也隐隐感到不安。但是,金钱的诱惑让她决定再继续坚持两年,过两年赚够四千万她马上就辞职不干了。即使我不是她,我也敢确信,即使两年后赚够四千万,她一定会安慰自己再坚持几年,赚够一个亿再说。这就是人心,人的贪婪是千年不变的主题。我没有理由对她进行抨击,她是我的客户,何况这也符合人的本性。人最难以战胜的就是自己,再进一步说,人最难战胜的是自己的本性。其实,我何尝不是如此呢?我有什么理由去指责她呢?如果没有自私及贪念,这个人不是傻子,就是圣人。这也是自古成圣成仙的艰难之处。人的内心是世上最险峻的高山,凭借自己很难以跨越。

这位当事人被逮捕后查出了乳腺癌,虽然不是最致命的那种,经过治疗也可能控制住。但是,她有两个孩子,大的三岁,最小的孩子只有一岁多。由于我要向法官说明她个人的家庭情况,以求得法官的同情,从而可能获得轻判。因此,我还亲自去她家看过两个孩子。孩子是无辜的,那位取保候审的女当事人只有在陪伴两个幼子之时,才忘记了自己将要面临的牢狱之灾,也忘记了疾病随时都可以将她的生命取走。实际上,她的生命已经放入死神的购物车上。但是,我看见她还是在尽量地满足自己孩子的心愿。因为她心里明白,可能陪伴孩子的时间不多了,她所要做的只是上天安排母亲履行的一种神圣使命。但是,孩子们却不知道,他们都还是喜欢绕着妈妈的膝盖亲昵的年龄。两个孩子还是会变着花样和妈妈淘气,因为妈妈是他们人生的最珍贵的礼物,他们要尽情享受母爱的光辉。然而,他们却不知道妈妈随时就要去一个不知名的地方。要不是去一个有高墙及持枪哨兵的戒备森严的地方,很长时间看不到他们。要不就是去一个更遥远的地方，遥远到此生都无法再返回去看望他们。

我以前从来没有投入过如此多的精力及感情到案件中。我感觉自己不仅是在挽救这个年轻的母亲，而是在挽救孩子。在六天的开庭时间里，当地法院非常重视，不仅有武装警车守卫在开庭大厅的门口，而且医院的急救车也在随时待命。因为这么重大的案子，不仅是被告人可能会随时出现身体问题，就是律师在巨大压力之下猝死也有可能。

在这六天的开庭之中，我一改往日比较温和的辩护风格，变得很是强势。当然，在法庭审判时，还有一位年轻气盛的律师比我还要强势。但是，这是我保留余力的结果。我不想因为过于强势而得罪检察官，也不想因此给庭审法官留下不好的印象。这不是我个人的问题，我需要采取最适合的辩护策略来保护我的那位可怜的女当事人，更要保护她的嗷嗷待哺的正需要母爱时的孩子。即使在开庭时，我也是能听到孩子的哭声："我要妈妈，要妈妈。"但是，这就是法律的冷酷之处，即使我尽到了最大的努力，毕竟法律是一位冷酷无情者，它有自己的判断准则，不会因为个人感情而改变法条的内容。不过这次开庭整体效果还算不错。由于开庭时间比较紧，在中午休庭时，无论是法官、检察官还是三十多位律师都在庭审大厅吃盒饭。可能是惺惺相惜的原因，亲自开庭公诉的一位副检察长甚至都和我成了朋友。在午饭后的休息间隙，他也会招呼我过去聊上两句，我就半真半假地和他开玩笑说："检察长，我们到了你这里开庭，你们是主场，你是主人，我们是客人，请你要手下留情啊。"他听到以后，严肃的黑脸上也会绽出一丝笑容。

二

等到那次开庭结束后,我连夜从邻省赶上火车,到我所居住的城市,然后再打出租车到郊区我所居住的小区,当时已经是凌晨两三点了。即使是在省城,郊区也和一般的县城没有什么区别,路灯下几乎没有什么人影,灯光将我的影子拉成一根瘦长的树干。在我向前行走时,只有我和影子一起晃动。整个黑夜那么深沉,仅凭我和影子是无法将其惊动的,也不会带来一丝的响声。如同一粒沙子掉在湖水中一样,甚至还不如沙子在湖水中激起一丁点的水花。此时,我感觉自己只是一个无法改变整个宇宙一点点的孤独者而已。我的影子也只是如同幻梦般存在,并不能给我任何的助力。

等我到居住的小区门口之时,反而没有了回家的急切感,而是停下来拿出一支烟点着。在这丝丝缕缕的烟雾中,让自己的内心更加平静一下。在远处忽然有鸡鸣响起来了,一开始只是一只,后来好像有一只怕前面的伙伴寂寞,也跟着叫起来。有时人还不如鸡。如果一个孤独的人在夜里叫起来,无论他喊的声音有多么响亮,周围都不会有人回应一声。

在几棵高大的法国梧桐树的缝隙中,天上的几颗星星眨着睡眼惺忪的眼睛。显然,即使在高天之上,也是和人间差不多,也需要睡眠。此时,我忽然发现夜晚一人独行也有好处,很长时间没有听到鸡鸣,也没有看到星星了。或者是城市的喧嚣太大,听不见鸡鸣,或者是城市的楼房过高,遮挡住了星星的面目。也许鸡鸣和星星本来就在那里,只是我忘记了自己有听鸡鸣的耳朵,忘记了自己有看星星的眼睛。

由于大城市的坟墓价格上涨,很多生活在省城的人已经死不起了,反而接近农村的郊区的偏僻地方的房子价格并不贵,因此,在我所住的小区不太远处,就有人买了这种房子,将自己死去父母的骨灰盒放进去。价格相对而言不贵,也不受风吹雨打,祭奠还方便。只是附近的小区居民开始担惊受怕,唯恐死人的风水对自己不利。附近的小区房屋的价格也是一落千丈。其实,这也没有什么可怕的,那些放在小区的死人不过是已经死了的活人,而住在小区的活人只是等死的活人而已。

我所住的小区很是偏僻,不仅大门年久失修,而且四周小区的墙上遍布了不知是谁也不知哪年种植的藤萝。它们在黑夜之中更加浓黑,如同无数个巨蛇攀附在上面。小区的院墙并不高,本来没有门卫,后来不知是小区谁家的亲戚被聘来做门卫。那个门卫老头年事已高,到了很晚后往往是酣睡如雷,无论怎么敲门都不会应声。果然,等我到了小区大门口,老远就听到了他震天的鼾声。我怀疑他这么大的年龄了,从哪里来的能量将鼾声弄的那么响。没有办法,我只有从院墙矮的地方爬进去。如果我敲门喊人的话,估计这位老头没有听见,可能整个小区的人都会听见。这就是这个地方的特点,如果做重要的事情,需要呼唤他们醒来时,无论如何也没人会醒来。如果是无关紧要之事,即使是最小的声音也可能将他们惊醒。

三

我住的小区都是没有电梯的楼房,我甚至不愿意关心它到底建造于哪个年代。因为能在大城市的郊区谋得一个安身之处已经是命运的垂青。在生活中,其实,我并不是一个贪婪的人。相比我当年在外漂泊流浪时,这已经是一种天大的奢想。沿着楼梯,我一步一步地向上挪着脚步，深夜中的回声空旷地震动着我的心脏。当然，即使是我的脚步很是乏力，但是，内心却逐渐松弛下来。每个人都有个家，无论是多么破旧，照样可以让肉身和灵魂暂时休憩一下。在家的臂膀中，即使是钢筋水泥做成，也可以安慰一下疲惫的内心。

当我用钥匙打开门后，看见月光从窗户外照进房间，它好似在我家里已经停泊很久了。虽然不是很明亮，但是，已经把房间里面照透了。月亮高悬在夜空中，本来是冰凉之物，然而，它在屋内温暖了那么久，也显示出温暖的光泽来。灵宝和外公睡在一起，他的身子几乎从整个床上横过来。如果他的脚或者手没法碰到外公，就会努力地把身子向着外公靠紧一些。几乎在每个睡梦中他都会这么做，这可能是幼儿渴望安全或者保护的一种本能。他真是一个幸运的宝宝。从小就可以获得这么多的爱，需要多少我们就会为他提供多少。即使他以后遇到寒冷，这些幼年之爱早已经把他的内心晒得发烫。他不仅能温暖自己，一定也能温暖别人。

月光圣洁地照亮了整个房间，我不愿意开灯，就让这月光高高地照耀吧，毕竟人间这么安静温馨的时光太少。以前我没有注意，灵宝这么小的宝宝还会轻轻地打着鼾声。这显示出他正处于无边无际的安全之中，有外公，也有我，有全家人，有整座房屋，有整个小区，有整个城市，有整个宇宙在保护着他。此时，他就是整个宇宙的中心。

在我的心之中心，他就是宇宙的中心。在很多时候难道我不是为他而活着吗？我寻找长生之道表面上是为我自己，其实内心更是为了他。否则，我一人独活有何意义。当然，他也是为我而活着。他是我生命的延续，是我的第二次生命。

他从呱呱坠地之时就是我的宇宙的中心。在他看到世界之初，有的亲戚说他出生时长的丑，即使表面上不说，其实我的内心有些恼怒。在最初之时，孩子都是父母内心中最美的天使。如果丑陋的话，都是后来的丑陋。灵宝最初认识我时就是我的宇宙中心。他从牙牙学语叫第一声爸爸就是我的宇宙中心。他被背带拉着学步，当看到我从远方工作归来，当他努力地拽着背带后面的外公向着我奔跑时，他就是我的宇宙中心。

四

人的长生有四种形式，第一种是让自己的生命永不停止，永远存留于世间，像是科普文章中提到的一些单细胞植物一样，已经不死几亿年了。第二种是通过自己繁衍后代，后代再繁衍后代，让自己的基因永远延续下去，这也是代替不老传说的一种做法，也是最为常见的做法。第三种就是在特殊年代，横刀立马，战功赫赫，或者是保境安民，立下不朽的功业。这是用名声来使自己不死。这种长生方式很难再有。第四种就是借助自己的作品长生。立功不如立德，立德不如立言。在和平年代可以通过著书立说，让自己的名字永远流传下去。但是，这条道路看似简单，其实难度也不小。因为众人皆是凡人，谁还会考虑将来，能够把当下过好就不错了。想的那么多，累不累啊。

我自以为是与众不同之人，不想默默地生，再默默地死。这也是我想寻求长生之道的原因。我具有浪漫的性格，也具有理性之特质。我也知道，寻求长生的艰辛可能超过任何我所知道的困难。如果可以长生的话，谁还愿意去死？王侯将相哪个不比我强呢？现在都成为野山的座座荒丘。我一生都很少遇到奇迹，而长生是千百万年来人类最大的奇迹，凭什么我能够遇到呢？但是，即使如此，我还是要寻找，去等待，去梦想。

我能通过著书立说获得长生吗？其实，虽然我并不是专门从事文学写作之人，我的主业是法律，我只是一位业余作家，但是，我并不认为自己的写作水平是业余的。

我把自己的每本作品都当作是自己的孩子。我的这些书都是有呼吸，有生命，有声音的。他们能发出细语，也可以发出雷霆般的呼喊。这些书和我的生命同在，我希望他们能把我的生命延续下去。每次我写一本书，就等于抚养自己的孩子，总是会胆战心惊、殚精竭虑。好不容易养大之后，还得考虑如何出版。出版以后，还要考虑是否能被众人所接纳，能否被后世所接纳。因为被当世人接纳，特别是被后人所接纳是作者写作的价值所在，这也是一本书能够流传下去的希望。如果一个作者的生命结束了，自己写的书的生命也随着结束。这是作者最为悲哀之事。

写作非关金钱，实际关系到延续。对于一个真正的写作者而言，每本书都是自己的孩子，都希望他们有个好的归宿。写作不能欺骗自己，更不能欺骗别人，能让读者喜欢自己的作品是作者最大的喜悦。

写作就是我的生命所在，它是与我的生命混为一体的。我的生命五颜六色，就是写作真正赋予的。一张白纸没有意义，是写作人给予这张白纸的意义。白纸一般的生活也没有色彩，是写作人的描画，让其出现了光与色泽。

我不知将来自己的作品是否能流传下去，这也是让我永生的一种希望。但是，我努力过，努力就是种子，有种子就有可能发芽。努力就是希望的灯火，有希望就可以带我穿越无边的尘世尘土，让我穿越死亡的永远黑暗的河流。

　　但是，我为什么要写作呢？因为我没有其他的爱好，所谓的不良爱好更是没有。即使有一些娱乐，也远远达不到爱好的程度。我在读硕士时，一次在学校餐厅打饭之时，听见里面的一位负责打饭的阿姨对另外几个男厨师大声地说，男人嘛，吃喝嫖赌一样都不喜欢，那还叫做男人吗？说的附近的学生以及餐厅里面的人一阵哄堂大笑。我不是没有这些欲望，而是认为这些欲望并不能解决我的孤独问题。我的本质问题是孤独，这是一种无尽的深渊。我只有在不停地写作当中，才能缓解孤独。但是，这同时又将我坠入更深的孤独中。这是一种漫长的旅程，也是一种互相纠缠互相损坏的过程，我不知道什么时候是个终结。我只能寄希望于写作中找到最终出路。如同一本武侠小说中的一个大侠一样，最初也是一个书生，但是，通过看书，从中发现了武林的秘笈，最终成为一派宗师。但是，我能最终从写书中找到长生秘笈吗？如果实在找不到，能够找到人生秘笈也可以，这也能让我获得解脱。

　　当然，即使通过作品可以获得某种意义上的长生，但是，这与真正意义上的长生还是有一定区别的。其实，这种更像是精神意义上的长生。因此，美国著名电影导演伍迪·艾伦曾说"我不想通过我的作品达到不朽，我想通过不死而不朽。"

　　我能通过孩子获得长生吗？即使我能感觉到灵宝的灵性。在家族遗传的河流上，我能明显地感觉到他身上有我的回音。他看书速度很快，博闻强记，兴趣广泛。无论愿不愿意承认，即使他能将我们家族的种子继续传下去，但是，如果不成才的话，我的种子只能结出一个个干瘪的果实。我认为这不是我想象的长生，只是属于我生命的变异。然而，即使灵宝的先天条件和后天条件远远好于我,却不一定能成为另外一个我。上天并不会随便选择一个人成才。这需要经过各种痛彻心扉的考验。一个人在茫茫尘世之中,特别是一个普通阶层的孩子,就如同在怒海中行舟,也如同在茫茫大海中长大的一条小鱼。这需要经历惊涛骇浪,经历大鱼吃小鱼的自然法则的淘汰,需要经历孤独、恐惧、饥饿等不利因素的层层筛选,最终能够长成一条大鱼的几率微乎其微。你们所看到的鲸鱼,只是因为它们的父母本身就是鲸鱼。即使是鲸鱼,实际上最终长大的也是微乎其微。否则,多数鲸鱼就不会成为海洋保护动物。

作为父亲,我希望他成才。但是,我不要求他成为下一个我。因为我是火炼成的,这种淬火的苦痛是常人所难以忍受的。以我本人而言,出身于那片山区的偏僻农村中最为贫穷的家庭。我因为贫穷中途辍学,十四五岁就从事最为危险繁重的工作,经历千辛万苦,非常人所能理解,更是非常人所能忍受。

即使我后来辍学后又重新读书,成为报社记者及律师。但是,其中的风险波折,命运诡谲,数次皆可能毁我于一旦。我只是努力抓住每一棵救命稻草。如果是换做其他人,即使有我这种心智,但是,却不一定有我这种求生意志。

天才是天让其成才,上天没有那么多的时间关注每个人。因此,无论家庭提供什么样的条件,这只能让绝大多数家庭的孩子做一个社会阶层中的中等人。绝大多数人注定都是平凡人。其实,做一个平凡人何尝不是一种幸福?

天才就是心中不仅需要有木材,还需要有火的人。然而,心中有木材的人不是很多,心中有火的人更少,能让心中之火持续燃烧的人则少之又少。

真正跨越阶层的人是人中龙凤。这是被造物主青睐之人,具有超乎常人的天赋。这是上天选择之人，命运对其特别垂青。他们具有藤条般坚韧的性格，他们的身体有超乎寻常的适应周围的天性。他们跨越了阶层，就是跨越了自己。他们跨越了阶层的高度，更是跨越了自卑的内心。他们跨越阶层，不仅是跨越了自己的祖辈，也跨越了别人的祖辈。

我能通过科学获得长生吗？即使我的希望被折断无数次，我认为将来科学必将带领世人走向长生之路。即使不是绝对的不死不灭，但是，绝对会活到一个人不想再活为止。那时可能活着已经不是问题，最关键的是想死都没法死的问题。我估计几十年后长生科学就会有突破。科学永远是最可靠的长生保证。通过科学获得长生其实也是上天赐予。上天赐予众人智慧，智慧再帮助众人拯救自己。

然而，如果达到这个目的，首先我必须保持肉身的健康。即使将来等不到那一天，也应保持肉身的不腐。只有保存自己的肉身，才能够等到将来科学发展到一定的高度，才能够使自己的肉身重新复活。那时死其实就是一场长长的冬眠，但是，如同狗熊在树洞中冬眠不要被猎人打死，如同青蛙冬眠时不要被其他动物害死一样，保存自己的肉身是最关键一步。否则，肉身消灭了，就没有了复活的基础。

那么，我能够等到长生科学发展到一定程度而获得长生吗？对于如此稀缺的资源，我认为除非非常普及，否则，即使长生科学发展到可以长生的程度，但是，这可能需要大量的金钱，以及需要特殊的关系才能获得。在这个社会中，凭借正常的运行规则，即使应该我得到的都不属于我，那么，对于如此稀缺的东西，我凭借什么能够得到呢？再说，什么时候长生科学发展到真正具有可以操作性，这很难说，可能是四十年，也可能是一百年，也可能是无数年，没有人能确切知道。在目前的长生科学中，无论是端粒科学，还是通过异体共用血液来获得长生，都存在难以克服的困难。

那么，我能够通过道教等宗教获得长生吗？即使历史上有无数的道家肉身成仙的传说，但是，却没有谁真的见过。紫光道长说我有修道的天赋，有灵性。但是也说我心浮气躁，这是通过修道走向长生之路的大忌。无论是辟谷，还是打坐练气，都需要内心澄静。就这一点，我自己也就是自己的最大敌人。但是，为何紫光道长还说我有这方面的灵性呢？这不是说明我缺少这方面的灵性吗？可能道家之道最大的奥妙在于有多个出口，像是紫光道长这种高人应当能知道我最适合走向何方。

在夜深人静时，我也会扪心自问，难道我真的是在寻求长生吗？或许不忍自己也如同无数人一样被时间的黄沙淹没才如此。或许我只是和冥冥中的一种力量在搏斗，这是生长自内心的东西，是从娘胎里就带来的东西，这是一种不认命不服输的心的力量。或许我只是寻求一种不死的东西而已。那么，这种东西究竟是什么呢？是现实的奇迹吗？还是一种心的奇迹？如果是盼望奇迹的话，那一般是在绝望之时期待奇迹，但是，我现在还没有到最终绝望的时候，那么，为何我总是比别人更匆忙呢？

即使我的父母加在一起也没有小学三年级的文化程度，但是，或许我的父母才真的是大智若愚之人，否则，为何他们在我小时就给我起名字叫做潘长生？难道他们早就知道我一生要寻找长生吗？我终生都在寻找长生，这难道是冥冥中注定？因为我的这个名字，或许我是在寻找自己。我是在确定自己的真正面目吗？我是在确定自己的来处及去路吗？

图书在版编目(CIP)数据

长生记/宋远升著. —上海:上海三联书店,2022.1
ISBN 978-7-5426-7592-7

Ⅰ.①长… Ⅱ.①宋… Ⅲ.①长篇小说－中国－当代
Ⅳ.①I247.5

中国版本图书馆 CIP 数据核字(2021)第 228690 号

长生记

著　　者 / 宋远升

责任编辑 / 郑秀艳
装帧设计 / 一本好书
监　　制 / 姚　军
责任校对 / 王凌霄

出版发行 / 上海三联书店
　　　　　(200030)中国上海市漕溪北路 331 号 A 座 6 楼
邮购电话 / 021-22895540
印　　刷 / 上海颛辉印刷厂有限公司

版　　次 / 2022 年 1 月第 1 版
印　　次 / 2022 年 1 月第 1 次印刷
开　　本 / 890mm×1240mm　1/32
字　　数 / 250 千字
印　　张 / 10.75
书　　号 / ISBN 978-7-5426-7592-7/I·1740
定　　价 / 70.00 元

敬启读者,如发现本书有印装质量问题,请与印刷厂联系 021-56152633